आतंक

आतंक

नरेन्द्र कोहली

ISBN : 9789350642627

AATANK (Novel) by Narendra Kohli

राजपाल एण्ड सन्ज़

1590, मदरसा रोड, कश्मीरी गेट-दिल्ली-110006

फोन: 011-23869812, 23865483, फैक्स: 011-23867791

e-mail : sales@rajpalpublishing.com

www.rajpalpublishing.com

www.facebook.com/rajpalandsons

मधुरिमा को

एक

डॉ. कपिला ने बड़ी जल्दी में घर से निकलते हुए, घड़ी के डायल पर दृष्टि डाली।

नौ बजकर पाँच मिनट।

उन्होंने रोज़ के समान हिसाब लगाना शुरू किया...नौ बजकर पाँच मिनट। बस-स्टैंड पर पहुँचते-पहुँचते सवा नौ। यदि तुरन्त बस मिल जाए, बैठते ही टैक्सी के समान चल पड़े, तो भी ठीक समय पर कॉलेज पहुँचना मुश्किल है। साढ़े नौ बजे पहला पीरियड शुरू हो जाता है। कोई भी बस बारह-चौदह किलोमीटर का रास्ता पन्द्रह मिनट में तय नहीं कर सकती थी।

बस से पहुँचना असम्भव था।

फिर? स्कूटर?

उनका सिर भन्ना गया। वे अपने-आप से ही खीझ उठे।

उनके साथ रोज़ यही होता है। उन्हें पता है कि उन्हें देर हो जाती है। प्रायः रोज़ ही स्कूटर लेना पड़ता है। स्कूटर न मिले तो टैक्सी लेनी पड़ती है। रोज़ यातायात पर ही पाँच-सात रुपये निकल जाते हैं। परेशानी अलग। सब कुछ जानते-बूझते भी, वे जल्दी तैयार क्यों नहीं होते? धन्ना सेठ बने, बड़े ठस्से से, देर करके ही क्यों निकलते हैं...?

जब भी वे स्वयं से यह पूछते हैं, उनकी आँखों के सामने जैसे पिक्चर की एक पूरी रील घूम जाती है...बस स्टैंड के एक कोने में बना, लकड़ी का एक शेड। परेशान लोगों की बड़ी बेसब्री से बस की प्रतीक्षा करती हुई लम्बी-सी कतार। दूर से बस दिखती है और कतार भीड़ में बदल जाती है। ठुसी-ठुसाई बस। परेशान हाल बूढ़े, रोते-चीखते, बौराए हुए बच्चे; रास्ता माँगती, बार-बार चट्टान से टकरा,

पीछे हटती हुई पानी की लहर के समान स्त्रियाँ; कुछ भीड़ में पिसी, कुछ जान-बूझकर दुष्टतापूर्वक पीसी जाती हुई लड़कियाँ। अश्लील और अशिष्ट आवाज़ें और कहकहे...

डॉ. कपिला को लगता है कि वे जान-बूझकर देर करते हैं। वे बस में जाने से घबराते हैं। देर हो जाती है तो उन्हें बहाना मिल जाता है। फिज़ूलखर्ची के विरुद्ध दिए गए तर्कों को वे बड़ी सुविधा से काट देते हैं...कॉलेज तो समय पर पहुँचना ही है न! स्कूटर-टैक्सी न लें तो कॉलेज पहुँचने में देर हो जाएगी। समय से पाँच मिनट भी ऊपर हो गए तो लड़के सीटियाँ बजाते हुए कमरे से निकल जाएँगे। शोर मचेगा। अनुशासन भंग होगा। दूसरी क्लासों में बैठे, पढ़ते हुए लड़के भी तंग होंगे। फिर उन्हें देखकर, जहाँ-तहाँ घेरकर लड़के खड़े हो जाएँगे, ''सर, यू केम लेट।''

स्कूटर-स्टैंड पर एक स्कूटर खड़ा था। कभी-कभी एक भी नहीं होता। दफ़्तर का समय है, प्रत्येक व्यक्ति को जल्दी होती है। स्टैंड पर स्कूटर न हो तो इतना समय भी नहीं होता कि कुछ प्रतीक्षा कर ली जाए। जब तक एक-आध स्कूटर आता है, तब तक ढेर सारे लोग जमा हो जाते हैं। स्कूटर के रुकते ही लपक-झपक आरम्भ हो जाती है। जो झपट सके, वह झपट ले। डॉ. कपिला या तो ऐसी छीना-झपटी में भाग नहीं लेते, या फिर सफल नहीं हो पाते।

वे स्कूटर में बैठ गए, ''मोतीबाग।''

स्कूटर चला तो उन्होंने उचककर मीटर देख लिया। ठीक था। असावधानी कर जाओ तो ड्राइवर मीटर ही डाउन नहीं करता। अपने गंतव्य पर पहुँचकर सवारी हैरान रह जाती है—इतने पैसे? पर इस प्रश्न का कोई उत्तर नहीं होता। मीटर में आए पैसे तो ड्राइवर लेगा। यदि भाव-तौल ही करना होता तो सरकार हर स्कूटर में इतना महँगा मीटर ही क्यों लगवाती।

पर ख़ैर, इस ड्राइवर ने मीटर डाउन कर लिया था।

वे सीट के बायें कोने में, तिरछे होकर, दाहिनी ओर पैर अड़ाकर बैठ गए। इस मुद्रा में बैठकर सारे रास्ते मीटर पर नज़र रखी जा सकती है। नहीं तो, अवसर मिलते ही सुई घुमाकर ड्राइवर पैसे बढ़ा लेगा। ज़रा-सी असावधानी हुई और गड़बड़ हो गई। आदमी असावधानी या अज्ञान में बुरी तरह लुट जाता है।

अभी पिछले दिनों, वे अपने रूमहीटर के प्लग में एक तार लगा बैठे थे। हीटर काम नहीं कर रहा था। वे उसे लेकर अलेक्ट्रिशियन के पास गए। अलेक्ट्रिशियन ने अर्थ-वायर को एक स्थान से खोल; दूसरे स्थान पर लगाकर, दो मिनटों में ही

उनसे पाँच रुपये झाड़ लिये...कल ही कॉलेज में मेहता रो रहा था। उसकी मोटर साइकिल का क्लच और गेयर की एडजस्टमेन्ट वाला स्क्रू गलती से ज़्यादा कसा गया था। मोटर साइकिल ठीक चल नहीं रही थी। वह उसे लेकर मिस्त्री के पास गया। मिस्त्री ने पेचकस से स्क्रू को कुछ ढीला किया, कुछ कसा और एडजस्टमेन्ट ठीक कर दी। कुल मिलाकर दो मिनट भी नहीं लगे उसे, और माँगे—पन्द्रह रुपये।

मेहता ने आश्चर्य प्रकट किया तो मिस्त्री ने उसे डपट दिया, "यही तो मुश्किल है। कोई ईमानदारी के पैसे देना नहीं चाहता। मैं अभी आपको घर भेज देता। चार-पाँच घण्टों के बाद बुलाता। तीस-पैंतीस का नुस्खा बना देता तो आप ख़ुशी से दे जाते। ग्राहक के सामने तो कभी काम करना ही नहीं चाहिए।...और आप किसी गलत जगह फँस जाते, इंजन डाउन हो जाता। ढाई-तीन सौ रुपये ठुक जाते तो ठीक होता। जाइए बच गए आप..."

उन्हें लगता है, इस देश में हर आदमी सवेरे-सवेरे, भगवान का नाम लेकर, अनजान लोगों को ठगने-लूटने का प्रण करके ही घर से निकलता है। आँखें फेर लो तो ग्वाला दूध में पानी मिला दे, स्कूटरवाला मीटर की सुई खिसका दे, ठेकेदार सीमेंट में रेत मिला दे, दुकानदार लिफ़ाफ़े में सड़ी चीज़ टिका दे...देशभर में बिना परिश्रम के, दूसरों को लूट-खसोटकर खाने की अपराधी मनोवृत्ति अमरबेल के समान फल-फूल रही है।

स्कूटर में बैठते ही डॉ. कपिला अनजाने ही कुछ बहाने सोचने लगते हैं। घर लौटने पर यदि शारदा ने उनका पर्स देखा, तो अवश्य ही समझ जाएगी कि वे फिर स्कूटर पर कॉलेज गए थे। वैसे तो कोई बात नहीं, पर जब कभी वे ख़र्च अधिक होने की शिकायत करते हैं, शारदा हर बार यातायात में होने वाले ख़र्च में कटौती की बात करती है। वह बहुधा यह ज़िद करती है कि वे दोनों यह प्रण कर लें कि वे लोग जहाँ कहीं भी जाएँगे, बस में ही जाएँगे।

वे लोग अपने इस संकल्प को पूरा करें तो ज़्यादा नहीं तो महीने-भर में डेढ़-एक सौ रुपये वे अवश्य ही बचा सकते हैं। पर डॉ. कपिला इस प्रकार के संकल्प से बहुत घबराते हैं। वे जानते हैं कि उनसे यह प्रण नहीं निभेगा। बसों के लिये प्रतीक्षा और बसों में यात्रा की यातना उनके लिये असह्य है। उनका मूड ख़राब हो जाता है। वे बीमार हो जाते हैं। वे कम और सस्ते कपड़ों में गुज़ारा कर सकते हैं। खाने में कटौती कर सकते हैं। अपने शौक और मनोरंजन छोड़ सकते हैं, किन्तु यातायात की सुविधा उन्हें चाहिए ही।

पर साथ ही वे यह भी जानते हैं कि स्कूटर-टैक्सी की आदत एक ऐसी रईसी है, जिसका ख़र्च उनकी जेब बर्दाश्त नहीं कर सकती। कदाचित् यही कारण है कि वे खुलकर शारदा से कह नहीं सकते कि सही बात क्या है। और शायद वे स्वयं अपने सामने भी यह स्वीकार करना नहीं चाहते कि वे इतने अतिरिक्त रूप से भावुक और अनुभूतिमय हो गए हैं कि इस देश के सामान्य जीवन में घुलमिल गई अशिष्टता और क्रूरता का सामना नहीं कर सकते।

इसीलिये तो शारदा को बताने के लिये वे बहाने खोजते रहते हैं। शायद शारदा की आड़ लेकर अपने आपको भी बहलाते रहते हैं।

पिछले दिनों चंडीगढ़ से कुमार कनिष्क आया था। कुमार कनिष्क ने एक मासिक पत्रिका आरम्भ की थी—*कथा-मंच*। उसने उसी सन्दर्भ में डॉ. कपिला को पत्र लिखा था। उन्होंने उसे एक निबन्ध भेजा था। निबन्ध कुमार कनिष्क को पसन्द आया था और उसकी पत्रिका में प्रकाशित भी हुआ था। उसके पश्चात् उन दोनों में नियमित रूप से पत्र-व्यवहार चल निकला था। कुमार कनिष्क ने सम्पादक का रूप छोड़कर डॉ. कपिला से बन्धुत्व स्थापित कर लिया था और उनसे *कथा-मंच* के लिये एक नियमित कॉलम लिखवाना आरम्भ कर दिया था। वे एक-दूसरे को जानने लगे थे, बन्धुत्व का अधिकार मानने लगे थे। पर तब तक मिले कभी नहीं थे।

उस दिन अचानक ही बिना किसी पूर्व सूचना के कुमार कनिष्क उनसे मिलने के लिये घर पर आ पहुँचा था। दोनों मिले, बैठे, बातचीत की और डॉ. कपिला को लगा कि अभी उन्हें बहुत कुछ कहना-सुनना है। चाय के बाद कुमार कनिष्क का चला जाना ठीक नहीं होगा। उन्होंने उसे रात के खाने के लिये रोक लिया, ताकि सुविधा से बातें हो सकें।

पर डॉ. कपिला को बच्चे की दवा लेने के लिये डॉक्टर के पास सुन्दर नगर तक जाना था। यह काम ऐसा नहीं था, जिसे वे टाल जाते। निकुंज पिछले दिनों काफ़ी अस्वस्थ रहा था। अब कुछ ठीक था—पर अब भी काफ़ी चिड़चिड़ा था। उसकी दवा लाने जैसे काम की उपेक्षा नहीं की जा सकती थी। वे और शारदा मिलकर बड़ी मुश्किल से सँभाल रहे थे। घर पर इन दिनों कोई नौकर भी नहीं था। वह तो कॉलेज में छुट्टियाँ थीं, इसलिये काम चल रहा था, नहीं तो छोटे बच्चे के साथ उनका और शारदा का अपने-अपने कॉलेज जा पाना भी सम्भव नहीं होता—बीमार बच्चे की तो बात ही क्या!

कुमार कनिष्क रुक गया था।

डॉ. कपिला ने बड़े ग़रीब-से स्वर में उसे अपनी मजबूरी बताई थी और उसे अकेले छोड़कर डॉक्टर के पास जाने की अनुमति माँगी थी। इस काम के लिये कोई भी उन्हें अनुमति दे देता। कुमार कनिष्क ने भी बार-बार कहा कि वे ख़ुशी से जाएँ, वह काम बहुत आवश्यक था। फिर भी, डॉ. कपिला उसे पक्का विश्वास दिलाकर ही घर से हिले कि वे बहुत शीघ्र ही लौट आएँगे।

कुमार कनिष्क नहीं जानता था, पर डॉ. कपिला को मालूम था कि उन्हें बस में आने-जाने में ही दो घण्टे लग जाएँगे; और यदि डॉक्टर के पास आधा घण्टा भी लगा, तो ढाई घण्टे। अतिथि बन्धु को तीन-चार घण्टों के लिये रोककर, स्वयं ढाई-तीन घण्टों के लिये ग़ायब हो जाने की कोई सार्थकता नहीं थी। उनके सामने एक ही मार्ग था कि समय बचाने के लिये, पैसे अधिक ख़र्च किए जाएँ। जाते हुए उन्होंने स्कूटर लिया था और वापस लौटते हुए टैक्सी।

टैक्सी में लौटते हुए उनके मन में एक बात अत्यन्त स्पष्ट थी कि शारदा को उनकी यह हरकत एकदम पसन्द नहीं आएगी। वे दोनों मिलकर अच्छा-खासा कमाते थे। पर इस महँगाई के ज़माने में इतनी रईसी उनकी आय के लिये भी असह्य थी। फिर पिछले दिनों निकुंज की अस्वस्थता पर काफ़ी ख़र्च हुआ था। वह उनकी बाध्यता थी। पर पैसों की तंगी की इस अवस्था में, अपने मित्र से घण्टा-डेढ़ अधिक गप्पें मार सकने के लिये, उनका आठ-दस रुपये ख़र्च कर देना, शारदा किसी भी रूप में पचा नहीं पाएगी।

वे अपने घर से कुछ इधर ही टैक्सी से उतर गए थे। न वे टैक्सी को अपने दरवाज़े तक ले जाएँगे, न शारदा को पता चलेगा।

घर पहुँचे तो देखा, कुमार कनिष्क निकुंज को कन्धे से लगाए ड्राइंग रूम में टहल रहा है और निकुंज सो रहा है।

"अरे, इसे तुम लिये हुए हो!" उन्होंने कहा, "लाओ, मुझे दो। शारदा कहाँ है?"

"कोई बात नहीं।" कुमार कनिष्क बोला, "भाभी खाना बना रही हैं। वे दोनों काम तो कर नहीं सकती थीं और हमारा भतीजा बिस्तर पर टिक नहीं रहा था।"

बात ठीक थी। शारदा या तो निकुंज को सँभालती, या फिर खाना ही बनाती। पर शारदा ने कुमार कनिष्क से यह कहा कैसे होगा। हो सकता है, उसने म ज़ाक किया हो—"देवर! खाना खाना है तो भतीजे को सँभालो।"

जो भी कहा हो...

अच्छा ही हुआ कि वे टैक्सी में आ गए, नहीं तो घण्टा-भर और लग जाता। कितनी परेशानी होती...पर तब भी वे शारदा को यह बताने का साहस नहीं कर पाए कि वे टैक्सी में आए हैं।

''जल्दी ही आ गए।'' शारदा ने कहा।

''हाँ! भाग्य अच्छा था। दोनों ही ओर बस काफ़ी जल्दी मिल गई।''

आज भी घर जाते ही वे घोषणा कर देंगे कि आज तो बाल-बाल बच गए टैक्सी लेने से। नहीं तो छह रुपये ठुक जाते। उनके मस्तिष्क में एक पूरी कहानी तैयार थी। वे शारदा को बताएँगे, कितनी देर हो चुकी थी और स्टैंड पर एक भी स्कूटर नहीं था। कितनी भीड़ थी वहाँ! एक स्कूटर आया। सब लोग झपटे। कैसे जान पर खेलकर उन्होंने स्कूटर पकड़ा। कितनी मुश्किल से उन्होंने टैक्सी के पैसे बचाए—नहीं तो कसर कोई नहीं रह गई थी!

दो

बलराम ने जब से होश सँभाला था, उसे अपने घर का वातावरण पसन्द नहीं आया था। तब शायद उसे यह भी पता नहीं था कि उसे क्या पसन्द था, क्या नापसन्द। पर घर की घुटन, चीख-चिल्लाहट, रोज़-रोज़ होनेवाली मार-पीट से वह बुरी तरह परेशान हो जाता था।

अजमेरी गेट के भीतर घुसकर, कुंडेवालान में एक मकान की तीसरी मंज़िल पर वे रहते थे। पिताजी, माँ, बड़ा भाई मदन, वह, छोटा भाई गिरिधर और बहन कमला। काफ़ी छुटपन से ही उसे घर के झगड़ों, डाँट-डपट और मार-पीट का एहसास था। अपना और भाई-बहन का पिताजी के हाथों पिटना उसे कोई खास बात नहीं लगती थी, पर जब पिताजी माँ को पीटते तो उसकी छाती में दर्द-सा होने लगता था। वह बहुत छोटा-सा ही था, जब उसे लगने लगा था कि यह उचित नहीं है। पिताजी गाँजे का दम लगाकर, या जुए में हारकर आते तो माँ को ज़रूर पीटते और सारे बच्चे सहम-सहम जाते।

फिर घर में एक परिवर्तन और हुआ। मदन आठवीं में से उठा लिया गया और साइकिलों की एक दुकान पर, मिस्त्री के पास काम सीखने के लिये छोड़ दिया गया। दो-तीन वर्षों तक तो सब कुछ वैसे ही चलता रहा, पर उसके पश्चात् मदन कुछ पैसे कमाने लगा। वह लाकर रुपये पिताजी की हथेली पर रख देता। पिताजी मदन से बहुत प्रसन्न थे। दोनों में पूरी तरह मेल हो गया था।

अब घर में दो दल थे : एक दल में पिताजी और मदन थे, दूसरे में माँ, बलराम, गिरिधर और कमला। मदन एकदम भूल गया था कि कुछ दिन पहले तक वह भी दूसरे ही दल में था और वह भी पिताजी के हाथों बुरी तरह पिटता था। अब घर में पीटनेवाले एक की जगह दो थे, पिताजी और मदन। पिटनेवाले शेष सभी लोग थे। मदन का जब भी मन होता भाइयों और बहन में से जिस-तिस को पीट देता। उसके विरुद्ध पिताजी कोई शिकायत नहीं सुनते थे और माँ का उस पर कोई वश नहीं था।

बलराम नौवीं की परीक्षा की तैयारी कर रहा था, जब पहली बार मदन से उसका डटकर झगड़ा हुआ। वह छोटी-मोटी मार-पीट नहीं थी, खासी लड़ाई हो गई

थी। बलराम पढ़ने में वैसे ही कोई बहुत तेज़ नहीं था, पर इस बात के प्रति सचेत होने के कारण वह चाहता था कि अधिक परिश्रम से वह अपनी कमी पूरी कर ले। दिन का सारा समय स्कूल में, घर के छोटे-मोटे कामों में और खेलने में निकल जाता था। शाम होते ही बलराम पढ़ने बैठ जाता था—परीक्षा तेज़ी से भागती चली आ रही थी।

वह पढ़ने बैठा ही था कि मदन ने आवाज़ देकर नीचे बाज़ार से थोड़ा दही ले आने के लिये कहा।

''मैं पढ़ रहा हूँ, किसी और को भेज दो।''

बलराम कुछ क्षुब्ध-सा हो उठा था। आख़िर उसकी पढ़ाई की बात और कोई क्यों नहीं सोचता। उसके अन्य सहपाठियों के घरवालों के समान, उसके घर पर कोई उसे यह नहीं कहता कि वह पढ़ने बैठे। कोई उससे उसकी कठिनाइयाँ पूछकर, उन्हें सुलझाने का प्रयत्न नहीं करता। कोई उसे पढ़ाई के लिये प्रोत्साहित नहीं करता। उलटे जब वह पढ़ने बैठता है तो—''जा बाज़ार। दही ला, नींबू ला, शक्कर ला...।''

मदन को इन बातों की चिन्ता नहीं थी। उसने वैसे ही पुकारकर कहा, ''अच्छा-अच्छा बहुत पढ़ाई हो ली। जा, अब दही ले आ, नहीं तो दूँगा एक चाँटा।''

बलराम कुछ और तीखा पड़ा, ''मुझे पढ़ने नहीं दोगे, तो मैं इस बार फेल हो जाऊँगा।''

''अच्छा-अच्छा। हो जाएगा फेल तो हो जा। पास होकर ही तू कौन-सा लाट-गवर्नर हो जाएगा। मेरी तरह कहीं पंक्चर ही लगाएगा साइकिलों के। वह नौवीं पास भी कर लेगा और नौवीं फेल भी।''

पर बलराम नहीं उठा और मदन को जैसे ज़िद थी कि वह उसे उठाकर ही रहेगा। मदन ने झपटकर उसके हाथ से उसकी पुस्तक छीन ली और जब बलराम ने पुस्तक लेने की कोशिश की तो मदन ने उसे एक चाँटा लगा दिया।

बलराम पिटा भी, उसकी पुस्तक के दो-एक पृष्ठ भी फटे और फिर भी उसे दही लेने के लिये बाज़ार जाना पड़ा।

वह एक हाथ में कटोरी और दूसरे हाथ में चवन्नी पकड़े, जब कुंडेवालान की गली पार करता, आँसू पोंछता हुआ, दही लेने के लिये बाहर की सड़क पर आया तो पहली बार उसने अपने, अपने जीवन और अपने भविष्य के विषय में सोचना आरम्भ किया था। जैसे पहली बार लगा था कि जिस वातावरण में वह

रह रहा है, उसमें वह नहीं रहना चाहता। इस वातावरण में उसका दम घुटता है। और अनजाने ही उसने निर्णय ले लिया कि इस घर और वातावरण से उसे समझौता नहीं करना है। इन छोटी-छोटी तंग कोठरियों, संकीर्ण गलियों, पिताजी के विषैले व्यवहार, मदन के उजड्डपन, और आस-पास के संकुचित लोगों की इस दमघोंटू दुनिया से उसे बाहर निकलना है। पर उसके पास निकलने का मार्ग कौन-सा था? एकमात्र पढ़ाई ! वह पढ़ना चाहता था, ऊँची-से-ऊँची कक्षा तक ताकि वह इस संकुचित और अपरिष्कृत वातावरण से बाहर निकल सके।

ये सारी बातें उसके मन में बहुत दिनों से दबी पड़ी हैं—वह स्वयं नहीं जानता था। आज मदन के एक चाँटे ने यह सब कुछ कुरेदकर उसकी आँखों के सामने रख दिया था। साथ ही मदन ने उसे यह भी बता दिया था कि वह उसके जीवन के विषय में क्या सोच रहा था—या पिताजी और मदन ने उसका भविष्य किस रूप में तय कर रखा था।

ज़रूर पिताजी ने भी यही सोच रखा होगा। वे यही चाहते होंगे कि उसे भी मदन के समान स्कूल से उठाकर किसी मिस्त्री के पास बैठा दें। वह भी साल दो साल मिस्त्री की गालियाँ और चाँटे खाता रहे। फिर काम सीखकर कुछ रुपये कमाने लगे और तब पिताजी, मदन और वह एक ओर होंगे; माँ, गिरिधर और कमला दूसरी ओर। वह भी पिताजी और मदन के समान गिरिधर और कमला को पीटकर प्रसन्न हो लिया करे। हो सके तो माँ से भी झगड़कर उसे परेशान कर लिया करे।

पर यदि ऐसा कुछ हुआ तो वह इस घर से, इन तंग, भीड़ी, संकीर्ण गलियों से, इन संकुचित लोगों के बीच से कभी नहीं निकल पाएगा। उसका दम सदा ही घुटता रहेगा और किसी दिन वह सचमुच ही समाप्त हो जाएगा।

वह यह नहीं समझ पा रहा था कि यदि वह पढ़ना चाहता है तो मदन को इससे विरोध क्यों है? उसकी पढ़ाई से मदन को कोई हानि नहीं थी, लाभ हो सकता था। पर मदन उसे वही बनाना चाहता था, जो कुछ वह स्वयं है।

दूसरी शाम जब वह पढ़ने बैठा तो मदन ने आकर कमरे की बत्ती बुझा दी। बलराम ने दुबारा जलाई, तो मदन ने फिर बुझा दी। फिर कहासुनी हुई और फिर झगड़ा। मदन ने फिर बलराम को मारा।

तीसरे दिन मदन ने उस कमरे की बिजली के तार ही काट दिए, जिसमें बलराम पढ़ता था।

बलराम मजबूर हो गया। वह समझ गया कि वह इस घर में पढ़ नहीं सकता था। पर वह पढ़ाई छोड़ नहीं सकता था। वह घर से बाहर निकल गया। अपनी किताबें लेकर वह अजमेरी गेट के बाहर बने हुए पार्क में बत्ती के नीचे बड़े बेंच पर आ बैठा। यहाँ चारों ओर बहुत शोर था : रिक्शे-ताँगे थे, बसें थीं, स्कूटर-टैक्सियाँ थीं, पैदल लोग थे। वह किसी को भी नहीं कह सकता था कि वे शोर न करें, उसे पढ़ना है।

पर यहाँ कोई उसे पढ़ने से मना नहीं करेगा। मदन उसे मारेगा नहीं।

उस दिन भी उसने अपने विषय में बहुत सोचा, अपने घर के विषय में सोचा। पुस्तक तो पड़ी की पड़ी रह गई। वह सोचता ही रहा।

घर में यह सब कुछ होता रहा था और पिताजी ने एक बार भी मदन को मना नहीं किया था। माँ को मदन का यह सारा व्यवहार अच्छा नहीं लगा था, पर माँ मदन को रोक नहीं सकती थी। मदन के विरोध का अर्थ था, पिताजी का विरोध और इस विरोध का अर्थ था—झगड़ा। पिताजी से कोई झगड़ा कैसे करता। पिछले दस-बारह दिनों से पिताजी ने घर में मार-पीट नहीं की थी। उन्हें छेड़ने का साहस कौन करता।

बलराम को मदन के ही समान, पिताजी का व्यवहार भी समझ में नहीं आ रहा था। वह जानता था कि उसके सारे सहपाठियों, मुहल्ले के सारे लड़कों के पिता डाँटते थे, पीटते थे, ताकि वे पढ़ें। यहाँ उसका उल्टा व्यवहार क्यों है? आख़िर उसके पिताजी क्यों नहीं चाहते कि वह भी पढ़े?

इन प्रश्नों के उत्तर बहुत बाद में उसे मिले थे, जब वह बड़ा हो गया था, पढ़-लिख गया था और समझदार हो गया था। अब वह देख सकता था कि विद्या उसकी मुक्ति का संबल थी; और न पिताजी यह चाहते थे और न मदन कि वह मुक्त हो। केवल माँ चाहती थी कि वह पढ़े, क्योंकि माँ चाहती थी कि वह मुक्त हो। माँ की मुक्ति भी उसी पर निर्भर करती थी।

उस दिन अजमेरी गेट के बाहर वाले पार्क में बैठे-बैठे पहली बार बचपन में सुनी बहुत-सी कहानियों की सार्थकता उसकी समझ में आई थी। उन कहानियों में राक्षस होते थे, जो मन से कोमल, सबका भला करने वाली राजकुमारियों को पकड़कर ले जाते थे और किसी दुर्गम स्थान पर किसी कोठरी में, किसी गुफ़ा में बन्द कर देते थे। वे जानते थे कि राजकुमारियाँ उनसे विवाह नहीं करेंगी, वे उनके लिये नहीं बनी हैं। पर फिर भी वे उन्हें बन्दी कर लेते थे, ताकि वे राजकुमारों से विवाह न कर सकें।

उस दिन उसने समझा था—उन राक्षसों का नाम पिताजी और मदन है और पुस्तकें वे राजकुमारियाँ हैं।

उसका भी मन ऐसी ही कहानी लिखने को छटपटा रहा था—आज उसने इतने निकट से राक्षसों और राजकुमारियों को पहचाना था। राजकुमारी राजकुमार को मिल जाएगी तो राजकुमार सुख से जीवन बिता सकेगा। अपनी जनता का कल्याण कर सकेगा और ये राक्षस...। वह कहानी लिखेगा, ज़रूर लिखेगा...और उस दिन उसने अपनी पुस्तक नहीं पढ़ी—एक कहानी लिखी।

पिताजी मदन के विवाह की तैयारी कर रहे थे।

माँ हैरान थी कि अभी से मदन के विवाह की क्या आवश्यकता है? बलराम सूचना पाकर चुप रह गया था। जिस हाल में उनके दिन कट रहे थे, उसमें मदन का विवाह कर घर में एक और व्यक्ति की वृद्धि करना, कहाँ की बुद्धिमानी थी? पर वह किससे पूछता? उसको उत्तर देने वाला ही कौन था?

मदन शायद प्रसन्न था। उसे खेलने के लिये एक खिलौना मिल रहा था। उसे कुछ करना नहीं पड़ रहा था, न कुछ अधिक करना था। पिताजी उसका विवाह कर रहे थे। विवाह के बाद भी ख़र्च की ज़िम्मेदारी पिताजी पर थी। वह उसी प्रकार काम करता रहेगा और जो कुछ कमाएगा, लाकर पिताजी की हथेली पर रखता रहेगा।

जैसे-जैसे दिन बीतते जा रहे थे, माँ की हैरानी क्षोभ में बदलती जा रही थी। पर उसका क्षोभ किसी का क्या कर सकता था। वह न तो पिताजी का विरोध कर सकती थी और न मदन का। अपने-आपमें वह दिन-रात बड़बड़ाती रही, ''बहू लाकर ये चूल्हा अलग करेंगे। अपने और मदन के खाने का प्रबन्ध अलग कर लेंगे और फिर हमें घर से निकाल बाहर कर देंगे, घसीटकर गली में खड़ा कर देंगे।''

पिताजी मदन और अपने कुछ सम्बन्धी मित्रों को बारात में ले गए। अलीगढ़ के किसी गाँव में मदन का ससुराल था। बहू लेकर वे घर आए। सबने देखी और सराही थी बहू।

बलराम भाभी को देखने नहीं गया, मिलने नहीं गया। उसने अपने मन में विभाजन कर रखा था : जिस कमरे में वह सोता था, वह उसका, माँ का, गिरिधर और कमला का घर था। पिताजी वाला कमरा पिताजी का घर था, और मदन वाला कमरा मदन का घर। मदन और पिताजी से उसने बोलचाल बन्द कर रखी थी। वह उनके घर नहीं जाता था।

वैसे भी वह घर में रहता ही कितनी देर था? सुबह ही उठकर नहा-धोकर तैयार हो जाता। नाश्ता करता और तीन छोटे-छोटे परांठे, बिस्कुटों वाले टीन के

खाली डिब्बे में, दोपहर के लिये लेकर निकल जाता। दिन-भर बाहर ही रहता। चाहे किसी बाग में चला जाता, चाहे किसी सार्वजनिक पुस्तकालय में। हायर सेकेंडरी की परीक्षा के बाद उसे एक प्रेस में प्रूफ देखने का काम मिल गया था। इतने सारे कामों में उसका दिन निकल जाता। शाम को वह पढ़ने के लिये कॉलेज चला जाता। रात को दस बजे से पहले वह कभी घर नहीं लौटता था। आकर खाना खाता और चारपाई पर जा लेटता।

मदन के विवाह ने घर में हलचल मचा दी। विवाह को अभी दस-बारह दिन ही हुए थे। वह काफ़ी देर से घर लौटा था। उस दिन पिक्चर देखने चला गया था। साढ़े बारह बजे तक घर में लोग सोये हुए नहीं लग रहे थे। सिवाय गिरिधर और कमला के, सभी जाग रहे थे। माँ क्रुद्ध थी, ग्लानि और लज्जा से पीड़ित थी, रो रही थी—समझ में नहीं आ रहा था कि क्या हुआ है? उधर मदन के कमरे में बत्ती जल रही थी। मदन और भाभी जाग रहे थे—पिताजी भी उन्हीं के कमरे में थे।

बलराम को यह सब कुछ बड़ा असाधारण-सा लगा था। पर उसे क्या? इस घर से उसे कोई वास्ता नहीं था। साधारण हो या असाधारण। वह खाना खाने बैठा।

माँ ने अपनी उसी क्षुब्ध मनःस्थिति में उसे खाना परोसा।

उसने नहीं पूछा कि माँ क्षुब्ध क्यों है, या घर में आज यह असाधारणता कैसी है?

माँ ही बोली, "बलराम! एक बात तुझसे कहूँगी। मानेगा?"

"बोलो माँ।"

"पहले वचन दे। मानेगा?"

"मानूँगा।"

"तो अपने पिता के कहने पर विवाह कभी न करना और अपनी बहू पर अपने बाप की छाया कभी न पड़ने देना।"

"अच्छा माँ।"

उसने फिर भी नहीं पूछा कि आख़िर बात क्या है? घर में हुआ क्या है?

पर उससे खाना नहीं खाया गया। वह उठकर अपनी चारपाई पर जा लेटा।

'माँ ने ये बातें क्यों कहीं? क्या पिताजी और भाभी में कुछ ऐसा हुआ कि माँ यह सब कहने को मजबूर हुई? शायद यही बात थी। पर क्या हुआ होगा?' वह अपने अनुमान भिड़ाता रहा। उसे किसी से पूछना उचित नहीं लगा। जब आज तक कभी कुछ नहीं पूछा, तो आज ही क्यों पूछे?

दूसरे दिन पिताजी भाभी को उसके मायके छोड़ने चल पड़े।

तीन महीने हो गए, भाभी को लेने कोई नहीं गया। पिताजी न स्वयं गए, न उन्होंने मदन को जाने दिया। उन्हीं दिनों बलराम ने देखा, मदन कितना हताश

था, कितना भीरु और कितना पराश्रित। वह रोता रहता था। पिताजी उसे डाँटते रहते, और वह उन्हें मनाता रहता।

फिर मदन और पिताजी में समझौता हो गया। मदन जाकर भाभी को ले आया। मदन बहुत ख़ुश था। रात-भर उनके कमरे की बत्ती जलती रही थी—वे बातें करते रहे थे।

दूसरे दिन पिताजी शाम के समय बीमार हो गए। भाभी को उनकी सेवा में लगा दिया गया। वे पिताजी का शरीर चांप रही थीं। मदन को अँधेरा होते ही, पिताजी ने बीस रुपये देकर दवा लाने भेज दिया। माँ अपने कमरे में चारपाई पर औंधी पड़ी रोती रही। मदन रात को देर से घर लौटा था, पिताजी की दवा लेकर नहीं, शराब पीकर।

फिर मदन, भाभी और पिताजी में समझौता हो गया। उनकी रसोई अलग हो गई। उनकी रसोई में से दूसरे-तीसरे दिन मांस पकने की सुगन्ध आने लगी। भाभी के लिये दो-तीन नये गहने बने थे। मदन को पिताजी ने घड़ी दी थी। और पिताजी सप्ताह में एक आध बार नियमित रूप से बीमार पड़ने लगे। भाभी उनकी सेवा करती थीं। पिताजी के शरीर में दर्द होता था और भाभी उनका शरीर चांपती थीं।

पति से एकदम निराश होकर माँ ने बलराम की ओर एक नये ढंग से देखा था। वयस्क बेटे के रूप में, एक पुरुष के रूप में। और कहा था, "बेटे! आयु से तो तुम अभी बच्चे ही हो, पर ज़िम्मेदारियों को देखते हुए तुम्हें मर्द बनना होगा। माँ और छोटे भाई-बहन के भरण-पोषण का ज़िम्मा अब तुम्हारा ही है।"

क्या कहता बलराम? वह प्रेस में प्रूफ-रीडिंग का काम कर ही रहा था। रात को पढ़ने के लिये कॉलेज में जाता था। कभी-कभार कोई कहानी किसी पत्रिका में छप जाती तो कुछ पैसे आ जाते। पर इससे चार जनों की गृहस्थी का बोझ कैसे चलेगा। क्या वह पढ़ाई छोड़ दे? रात को भी प्रेस का कोई काम करेगा।

पर नहीं!

यदि उसने पढ़ाई छोड़ दी तो उसकी मुक्ति कभी नहीं होगी। कभी भी नहीं। उसे स्वयं मुक्त होना था, और फिर अपनी लेखनी से औरों को मुक्त करना था। उसकी रचनाएँ कम छपती थीं। पर जो छपती थीं, उनके विषय में लोग क्या सोचते हैं, वह अच्छी तरह जानता था। वह दलितों और पीड़ितों का लेखक था। उसकी रचनाएँ लोगों में जिजीविषा की वृद्धि करती थीं। अपने बन्धन तोड़ने के लिये उकसाती थीं। वह किसी दिन जनत्राता लेखक बनेगा। समाज और देश की समस्याओं के समाधान के लिये सारा देश उसकी अगली रचना की प्रतीक्षा करेगा। वह ऐसा लेखक

बनेगा, जिसका संकेत सारे देश के लिये आदेश होगा। उसके देश की नीतियाँ संसद में किए गए भाषणों से नहीं, उसकी क़लम से निर्धारित होंगी।

वह अपना यह सारा भविष्य अपने हाथों जला दे? नष्ट कर दे? पढ़ाई छोड़ देने पर क्या होगा? मदन उसके सामने था। उसने पढ़ाई नहीं की। अब कितना अधिक मूल्य चुका रहा है वह। बलराम यह कभी नहीं करेगा।

तब गिरिधर उसकी सहायता को आया था। गिरिधर ने पढ़ाई छोड़ दी थी। सोलह वर्ष का वह भी हो गया था। उसने दरवाज़े-खिड़कियाँ पेंट करने का काम आरम्भ कर दिया था। कभी किसी ठेकेदार के पास काम करता, कभी स्वतन्त्र रूप से। दोनों भाई माँ की गृहस्थी की गाड़ी खींच ले चले थे।

उसके बाद का पाँच वर्षों का समय बलराम के लिये घुटन और संघर्ष का इतिहास था। मदन के ताने-उपालम्भ। घर में घुसते-निकलते, 'हमारे भाई भी डिप्टी कमिश्नर बनेंगे' का चुभता हुआ स्वर, पिताजी के भद्दे इशारे, भाभी की निर्लज्ज हँसी, माँ का उदास चेहरा। सुबह का घर से निकला बलराम प्रेस और विश्वविद्यालय से निबटकर रात को थका-हारा घर लौटता। यह देख-देखकर दुखी होता कि गिरिधर ने पढ़ना छोड़ दिया है और एकदम निश्चिंत है। वह उसके समान महत्त्वाकांक्षी नहीं था। वह शायद इस घर से मुक्ति के लिये छटपटा भी नहीं रहा था। वह केवल एक ही बात जानता था कि उसे माँ और बलराम की बात माननी है, क्योंकि वे ठीक हैं।

पर बलराम चाहता था, गिरिधर में भी वह आग जले, जो उसमें जल रही थी। वह निश्चिंत न रहे। वह कुछ और सोचे, कुछ अधिक समझे...

इस बीच में बलराम की कहानियाँ पत्रिकाओं में नियमित रूप से छपने लगी थीं और एक संग्रह भी आ गया था। वह उन लेखकों के रूप में प्रतिष्ठित हो गया था, जिनसे भविष्य में क्रान्तिकारी साहित्य के सृजन की प्रभूत सम्भावनाएँ थीं।

इसी प्रतिष्ठा के बल पर उसे एक मासिक पत्रिका में उप-सम्पादक की नौकरी मिल गई थी। नाम का वह सम्पादक था, पर काम उसे सम्पादन, प्रूफ-रीडिंग और प्रेस के प्रत्येक कार्य से लेकर जिल्दसाज़ी के निरीक्षण तक का करना पड़ता था। पर वह प्रसन्न था कि उसकी एम.ए. की डिग्री और लेखन को मान्यता मिल गई थी। आख़िर वह अपने प्रयत्न से पिताजी और मदन के फन्दे से बाहर निकल आया था। वह शायद अभी वह नहीं बन सका था जो बनना चाहता था, पर पिताजी और मदन उसे जो बनाना चाहते थे, वह बनने से वह अवश्य बच गया था।

तीन

कॉलेज के गेट पर स्कूटर रुका। डॉ. कपिला ने उतरकर मीटर देखा।

मीटर पर दो रुपये चालीस पैसे बने थे।

वे चौंके।

मीटर पर एक रुपया अस्सी पैसे बनने चाहिए थे। पहले इतने ही होते थे। अब स्कूटरों के किराये बढ़ गए थे, पर मीटर अभी पुराने थे। हर स्कूटरवाले के पास एक चार्ट होता था, जिसमें से देखकर वह बताता था कि मीटर पर आए पुराने किराये का, चार्ट के अनुसार नया किराया कितना बनना चाहिए।

पर इस मीटर पर चार्ट वाला रिवाइज़्ड किराया आ रहा था। तो यह उन थोड़े-से स्कूटरों में से था, जिनके मीटर ट्रैफिक अथॉरिटी द्वारा रिवाइज़ हो चुके थे। पहले भी ऐसे दो-एक स्कूटरों से उनका वास्ता पड़ चुका था। पर उनके मीटर पर लाल अक्षरों में 'रिवाइज़्ड' लिखा हुआ था, जो इस स्कूटर के मीटर में नहीं लिखा गया था या मिटा दिया गया था।

उन्होंने दो रुपये चालीस पैसे निकालकर स्कूटरवाले के हाथ पर रख दिए और गेट की ओर मुड़े।

"कितने पैसे दे रहे हैं साहब?" स्कूटरवाले ने बड़ी रौबदार आवाज़ में उन्हें पीछे से पुकारा।

"क्यों? दो रुपये चालीस पैसे दिए हैं।"

"तीन रुपये पैंसठ पैसे बनते हैं साहब।" स्कूटरवाला अपनी मूँछों पर हाथ फेर रहा था।

डॉ. कपिला का दिमाग भभक उठा। इतनी खुली बेईमानी। वे प्रायः रोज़ या दूसरे रोज़ घर से यहाँ तक स्कूटर में आते हैं। ठीक उसी स्टैंड से स्कूटर लेते हैं और कॉलेज के इसी गेट के सामने उतरते हैं। दो रुपये चालीस पैसे से एक नया पैसा अधिक नहीं बनता। दस-बीस पैसों की बात हो तो वे मान सकते हैं

कि मीटर में इतने आगे-पीछे हो गया—पर सवा रुपये का अन्तर सम्भव नहीं है, फिर मीटर एकदम ठीक किराया बता रहा है। इसका एक ही अर्थ है कि यह मीटर नये किराये के अनुसार रिवाइज़्ड हो चुका है और यह स्कूटरवाला उन्हें ठगने की कोशिश कर रहा है।

''देख भाई। दो रुपये चालीस पैसों से एक पैसा अधिक नहीं बनता।'' उन्होंने स्वयं को बहुत अधिक नियन्त्रित करते हुए कहा, ''मैं रोज़ का आने वाला हूँ। न दिल्ली में बाहर से आया हूँ, न आज पहली बार स्कूटर पर चढ़ा हूँ।''

''मीटर पर पुराना किराया आता है साहब।'' स्कूटरवाला बड़ी उपेक्षा से बोला, ''नया किराया चार्ट पर देखिए।''

''तुम्हारा मीटर नये किराये के अनुसार चल रहा है।''

स्कूटरवाला बड़ी अशिष्टता से हँसा, ''अभी दिल्ली शहर में नये किराये पर एक भी मीटर नहीं चल रहा। ख़ैर, बेईमानी नहीं करता। मैं तीन रुपये पैंसठ पैसों से एक पाई कम नहीं लूँगा।''

डॉ. कपिला ने उसे देखा, यह व्यक्ति खुल्लमखुल्ला बेईमानी कर रहा है और बड़े धड़ल्ले से कर रहा है। उन्हें लगा कि न केवल इस बेईमानी का प्रतिकार होना चाहिए, वरन् इस व्यक्ति को एक अपराधी के रूप में दण्ड भी मिलना चाहिए। वे पढ़े-लिखे नागरिक हैं—बुद्धिजीवी! उनका यह कर्तव्य है कि वे इस अन्याय का विरोध करें।

पर क्या वे स्कूटरवाले से झगड़ा कर सकेंगे? वह ज़रा-सी बात पर बदतमीज़ी भी कर सकता है। उन्हें गाली भी दे सकता है और हाथापाई पर भी उतर सकता है।

डॉ. कपिला अपने कॉलेज के गेट के सामने खड़े थे। चारों ओर उनके अपने विद्यार्थी थे। उन सबके सामने अपमानित होना वे कभी सहन नहीं करेंगे।... स्कूटरवाले से उन्हें लम्बी बातचीत करते देख लड़के समझ रहे थे कि झगड़े की कोई बात हो गई है। वे धीरे-धीरे उनके आस-पास घिरते आ रहे थे। थोड़ी देर में यहाँ भीड़ जमा हो जाएगी।

पर यही तो डॉ. कपिला की शक्ति भी थी। वे क्यों न करें झगड़ा? अध्यापक होने का यह अर्थ तो नहीं है कि शराफ़त के नाम पर वे प्रत्येक अन्याय को सह जाएँ। वे जानते हैं कि स्कूटरवाला बेईमानी कर रहा है और फिर दीनता से नहीं, उनको धमकाकर उनसे पैसे लेना चाह रहा है। यह खुली डकैती वे कैसे बर्दाश्त कर लें। यदि झगड़े से बचने के लिये, वे सवा रुपया अधिक दे ही दें तो दिनभर

उनकी आत्मा उन्हें धिक्कारती रहेगी कि उन्होंने इस सामाजिक भ्रष्टाचार का विरोध नहीं किया, धमकी से डर गए, अन्याय से हार गए। और फिर वे सोचते ही रहेंगे। उनके मस्तिष्क में धिक्कार घुमड़ता रहेगा। उनकी तबियत ख़राब हो जाएगी...

...और फिर वे नहीं रोकेंगे तो कौन रोकेगा? उन्हें इस अपराध-वृत्ति का प्रतिरोध करना ही चाहिए। वे अकेले नहीं हैं। इतने लड़के हैं यहाँ। झगड़े में वे उन्हीं का साथ देंगे। हो सकता है कि स्कूटरवाले को पीट-पाट भी दें। पर क्या वे यह चाहेंगे? नहीं। उससे झगड़ा बढ़ जाएगा। वे तो इतना करना चाहते हैं कि उनसे अधिक पैसे न लिये जाएँ।

अनजाने ही उनकी मनःस्थिति आक्रामक न रहकर, केवल सुरक्षात्मक रह गई थी।

"क्या हुआ सर?"

"क्या हुआ सर?"

कुछ लड़के उनके बहुत पास घिर आए थे। अपने स्वभावानुसार, सबसे आगे-आगे विनय भाटिया और कैलाशसिंह थे। दोनों पक्के यार। कसरती शरीर—अखाड़े की मिट्टी में पले हुए। कॉलेज के प्रसिद्ध छुरेबाज़।

ये दोनों लड़के क्लासों में कम, कॉलेज के गेट पर अधिक समय बिताते थे—डॉ. कपिला को मालूम था। हर आने-जाने वाले लड़के-लड़की पर ये छींटाकशी करते रहते थे। उनके दम से कॉलेज में हफ़्ते-दस दिन में एक-आध लड़ाई हो जाया करती थी।

पर आज उन्हें देखकर डॉ. कपिला मन-ही-मन कुछ आश्वस्त हुए। अब स्कूटरवाला अधिक झगड़ा नहीं कर पाएगा। ऐसे अवसरों पर इस प्रकार के लड़के काफ़ी उपयोगी होते हैं। आख़िर गुण्डा एलिमेंट का मुकाबला गुण्डा एलिमेंट ही तो कर सकता है। उन्हें याद है कि जब वे विश्वविद्यालय में पढ़ते थे और रामजस कॉलेज के होस्टल में ठहरते थे तो झगड़े की सम्भावना होते ही वे लोग स्कूटरवाले को कॉलेज-कंपाउंड के भीतर होस्टल के गेट पर ले आते थे—होस्टल के गेट पर कोई भी स्कूटरवाला झगड़ा नहीं करता था। यह उनका आज़माया हुआ नुस्खा था, और यह इन दोनों लड़कों जैसे लड़कों के रौब से ही होता था।

"यह मुझसे पैसे ज़्यादा माँग रहा है।" डॉ. कपिला ने आज उन दोनों लड़कों को अतिरिक्त महत्त्व देकर, उन्हें पंच बनाया।

"क्यों ज़्यादा माँग रहे हो भाई?" विनय भाटिया ने सरसरी ढंग से कहा, "सर जो दे रहे हैं ले लो।"

"सर रोज़ आते हैं, वे ठीक ही देंगे।" कैलाशसिंह ने टुकड़ा जोड़ा।

वे दोनों बाँह में बाँह डाले, टहलते हुए दूर चले गए, जैसे उनका कोई वास्ता न हो। स्पष्ट ही, वे लोग उनकी ओर से झगड़ा करने के मूड में नहीं थे। शायद वे ऐसे झगड़ों में नहीं पड़ते।

डॉ. कपिला को उनका यूँ चला जाना बुरा लगा। वे बड़े असहाय से हो गए थे।

स्कूटरवाला पहले से भी कुछ अधिक तेज़ हो गया। उसने दूर जाते हुए उन लड़कों की पीठ पर अपना उत्तर उछाल दिया, "मैं भी रोज़ स्कूटर चलाता हूँ। कम क्यों ले लूँ?"

डॉ. कपिला सहसा एकदम डर गए। हो सकता है कि बाकी लड़के भी एक-एक कर वहाँ से खिसक जाएँ। यह बात अब किसी से छिपी हुई नहीं थी कि अब लड़कों को अपने अध्यापकों से कोई विशेष लगाव नहीं था। अपने अध्यापकों के लिये लड़ मरने वाले लड़के अब बहुत थोड़े-से रह गए थे। एक सामान्य लड़के के लिये अध्यापक सम्मान का पात्र कम, विरोध की चीज़ अधिक था। यदि उन्हें स्कूटरवाले से झगड़ना है तो अपने ही दम पर लड़ना होगा; और अब झगड़े बिना गुज़ारा भी नहीं था।

वे अपना साहस जुटाकर कुछ कड़े पड़े, "मैं तुम्हें ज़्यादा पैसे नहीं दूँगा। चाहो तो पुलिस स्टेशन चलो।"

"ज़्यादा पैसे कौन माँ का यार माँग रहा है?" स्कूटरवाले ने उन्हें घूरकर देखा।

पुलिस स्टेशन की धमकी काम नहीं कर पाई थी।

"गालियाँ क्यों दे रहे हो?" वे मुख्य झगड़े से हट गए।

"दे रहा हूँ तो अपने आपको दे रहा हूँ, तुम्हें तो नहीं दे रहा।"

डॉ. कपिला समझ गए कि यह स्कूटरवाला धमकी में आने वाला आदमी नहीं था। वे खड़े-खड़े उसे घूरते रहे।

"बैठो साहब।" स्कूटरवाले ने इशारा किया, "थाने चले चलते हैं।"

डॉ. कपिला ने अपने आपको टटोला। थाने जाने का उनके पास समय नहीं था। अभी घण्टी बज जाएगी। सारे लड़के क्लासों में चले जाएँगे। वे अकेले छूट जाएँगे, इस स्कूटरवाले से निबटने के लिये और वे अच्छी तरह जानते थे कि वे अकेले स्कूटरवाले से निबट नहीं सकते। स्कूटरवाले से इंटलेक्चुअल डिबेट नहीं करनी थी। वहाँ जो कुछ होगा वह बड़ा सामान्य-सा व्यावहारिक झगड़ा होगा।

वे न तो उसे गाली दे सकेंगे, न ही कोई घूँसा-मुक्का लगा सकेंगे। ये दोनों बातें उनके लिये सदा ही 'आउट ऑफ़ कोर्स' रही हैं...

पर तभी कॉलेज के गेट पर खड़ा रहने वाला पुलिस कांस्टेबल सबको धकियाकर भीड़ में घुस आया।

"क्या बात है?"

डॉ. कपिला को पहले से भी अधिक आशा बँधी। कांस्टेबल उन लड़कों के समान पूछताछ कर चला नहीं जाएगा। यदि पुलिस थाने भी जाना पड़ा, तो भी यह कांस्टेबल उनका सहायक होगा।

"यह मुझसे ज़्यादा पैसा माँग रहा है।" वे बहुत आदर भाव से बोले।

"क्यों बे!" कांस्टेबल ने स्कूटरवाले से कहा, "जितने दे रहे हैं, ले क्यों नहीं लेता? क्या बीस-तीस पैसों के पीछे चालान करवाएगा?"

स्कूटरवाले ने सिपाही को बड़ी उपेक्षा से देखा। उसके चेहरे की उग्रता पहले से कुछ अधिक बढ़ गई। बोला, "कम क्यों ले लूँ? कोई चोरी-डकैती है कि जो मिले लेकर चल दूँ? सरकार ने रेट फिक्स किए हैं, मीटर बनवाए हैं। मीटर के पैसे माँग रहा हूँ। मैं पूरे पैसे लूँगा। ज़्यादा मैं माँग ही नहीं रहा। बेईमानी करने का अपना धन्धा नहीं है।"

डॉ. कपिला के लिये यह उत्तर बहुत अनपेक्षित था। उनका विचार था कि पुलिस को देखकर तो वह टल ही जाएगा।

पर अनपेक्षित यह उस कांस्टेबल के लिये भी था। वह अपनी इस उपेक्षा पर डॉ. कपिला से भी अधिक क्षुब्ध हो उठा था। वे देख रहे थे कि अब मामला उनमें और स्कूटरवाले में न होकर, सिपाही और स्कूटरवाले में था। वे कहीं पीछे छूट गए थे। वे जैसे कुछ हल्के हो गए।

"चल फिर चौकी पर। अब तो तुझे सब कुछ सीधे-सीधे हिन्दी में ही समझा देता हूँ। चलो साहब चौकी पर।" सिपाही ने जैसे आत्म-विश्वास पाने के लिये सिगरेट का लम्बा कश खींचकर धुआँ आकाश की ओर उछाल दिया।

स्कूटरवाले ने स्कूटर स्टार्ट किया, "चलो बैठो।"

वह अपनी दृढ़ता से ज़रा भी नहीं डिगा था।

डॉ. कपिला तुरन्त ही स्कूटर में बैठने के लिये तैयार नहीं थे।

"तुम भी साथ चलो।" वे कांस्टेबल से बोले और फिर वे अपनी बात कहे बिना नहीं रह पाए, "मैं अकेला इसके साथ नहीं जाऊँगा।"

“आप बैठो तो साहब।” सिपाही बहुत आश्वस्त था, “मैं साइकिल पर आ रहा हूँ।”

“मैं इसके साथ अकेला नहीं जाऊँगा।” डॉ. कपिला को अब अपना भय प्रकट करने में कोई संकोच नहीं रह गया था, “मैं अकेला इसके साथ निपट नहीं पाऊँगा। कुछ लड़कों को साथ लेकर जाऊँगा।”

उनका मन बार-बार कह रहा था : “हो सकता है, स्कूटरवाला उन्हें थाने लेकर ही न जाए, वह किसी और तरफ़ चल दे।” मोतीबाग से थोड़ी ही दूरी पर धौला कुआँ के पीछे पहाड़ी है। उधर यातायात ज़्यादा नहीं है। अपेक्षाकृत सुनसान क्षेत्र है। वहाँ वे होंगे और होगा स्कूटरवाला। किसी का विरोध करना हो तो एक धरातल पर वे बड़ा सफल विरोध कर सकते हैं। जब कभी कोई मीटिंग या सेमिनार होता है तो उनके विरोधी उनसे काँपते हैं। उनके तर्क विरोधियों की धज्जियाँ उड़ा देते हैं। पर चाकू-छुरे के धरातल पर वे ज़रा भी नहीं ठहर पाएँगे...

उन्होंने अपने आस-पास एकत्रित लड़कों की भीड़ पर नज़र डाली : विनय भाटिया और कैलाशसिंह वहाँ नहीं थे। वहाँ खड़े लड़कों में कोई छोटा-मोटा, ‘बी’ क्लास, ‘सी’ क्लास दादा भी नहीं था। ये जो लड़के खड़े थे, यह तो भीड़ थी—भीड़। यह भीड़ तमाशा देखने के काम में आती है। संघर्ष और विरोध में यह किसी काम की नहीं होती।

“हम चलते हैं सर।”

एक लड़का स्कूटर में बैठ गया था, बिना उससे पूछे। फिर उसके साथ दो-एक लड़के और भी धँसकर बैठ गए थे।

डॉ. कपिला ने देखा : यह लड़का मृणाल सेन था। उन्हीं के जैसा। अन्याय का विरोध करने का दृढ़ संकल्प और माथे पर तेज। पर उसे अपनी इस आयु में डॉ. कपिला का अनुभव नहीं मिला था। उसने अपने दुबले-पतले, कोमल शरीर को नहीं देखा था। और डॉ. कपिला सोच रहे थे कि इस लड़के ने अपने अब तक के जीवन में एक बार भी मार-पीट नहीं की होगी। उनकी दृष्टि विनय भाटिया और कैलाशसिंह को खोज रही थी। इस समय वे ही काम के लड़के थे। वे मिल जाते तो पुलिस कांस्टेबल की भी उन्हें आवश्यकता नहीं थी...

वे अभी असमंजस में ही थे कि स्कूटरवाले ने त्यौरियाँ चढ़ाकर मृणाल सेन और उसके साथी लड़के को डाँटा, “उतरो।”

और बिना यह जाने कि वह क्या चाहता है या डॉ. कपिला क्या चाहते हैं, लड़के आज्ञाकारी बच्चों के समान उतर गए।

स्कूटरवाला वैसा ही ऐंठा हुआ था। उसके हाव-भाव में तनिक भी परिवर्तन नहीं हुआ था। उसने स्कूटर घुमाया और चला गया।

''बस? चल दिए।'' चौकी जाने को तैयार, अपनी साइकिल के पैडल पर पाँव रखे हुए सिपाही ने विद्रूपपूर्ण एक वाक्य दूर भागते हुए स्कूटर की ओर उछाल दिया।

आख़िर पुलिस का रौब काम कर गया। डॉ. कपिला कांस्टेबल के प्रति कृतज्ञता से भर गए।

''मेहरबानी।'' उन्होंने अपने मुक्तिदाता से कहा।

और कोई कुछ नहीं बोला। लड़के भी इधर-उधर बिखर गए थे।

डॉ. कपिला के सिर से जैसे एक बोझ उतर गया था। उन्हें थाने नहीं जाना पड़ा था—थाने पर भी बहुत भरोसा उन्हें नहीं था। उन्हें किसी अरुचिकर स्थिति का सामना नहीं करना पड़ा था। वे बच गए थे।

उनके सूखे मुँह और होंठों में नमी लौटने लगी। गर्म तपे हुए कान कुछ ठण्डे हो गए और मस्तिष्क की तनी हुईं नसें कुछ ढीली पड़ीं। उनके मन में कहीं यह नहीं था कि स्कूटरवाले ने उनके साथ धोखाधड़ी की थी और उसका दण्ड उसे मिलना चाहिए था। वे प्रसन्न थे कि वह टल गया था।

वे बड़े हल्के मन से सीढ़ियाँ चढ़कर, स्टाफ़-रूम की ओर जा रहे थे।

पर, दूर क्षितिज पर हल्की बदली के समान एक आशंका उनके मन में उग रही थी : उन्हें रोज़ स्कूटर पर आना-जाना होता था। यही स्कूटरवाला फिर कभी मिल गया तो?

चार

स्कूटरवाला कॉलेज से चला तो उसका मन घृणा से भरा हुआ था।

घृणा किसके प्रति थी, वह ठीक-ठीक नहीं जानता था। पर उसे लग रहा था कि उस बाबू के प्रति उसके मन में कटुता नहीं थी : कटुता उस पुलिसवाले के प्रति अधिक थी। बाबू का क्या है, वह तो एक शिकार था, जिसे वह फाँस रहा था। शिकार फँसा तो फँसा, नहीं तो न सही। अरे, मछली फँस गई तो खा ली, न फँसी तो उसे गालियाँ देते तो नहीं घूमते। नया चारा लगाकर फिर बंसी पानी में डुबो देते हैं। दिन-भर वह हर सवारी के साथ ऐसा ही करता है। कोई दो-चार सवारियाँ नहीं भी फँसतीं। ज़्यादातर फँस ही जाती हैं। बाबू टाइप लोग ज़ुबान ज़्यादा चलाते हैं, लड़ने-भिड़ने का काम वे नहीं कर सकते।

वैसे भी, वह अच्छी तरह जानता है कि ये बाबू लोग ऊपर की टस-फस में ही सारा पैसा निकाल देते हैं। अब यह आज वाला बाबू ही लो। कॉलेज में पढ़ाता है—मास्टरी में क्या पाता होगा? उससे ज़्यादा तो नहीं ही कमाता होगा। फिर पढ़ाने के लिये कॉलेज आता है, कपड़े भी अच्छे पहनने पड़ते हैं। ग्रेटर कैलाश में रहता है—किराया भी ज़्यादा देता होगा। क्या पता किसी बरसाती में ही रहता हो। इन सारे ख़र्चों के बाद उनके पास कुछ बचता तो है नहीं, फिर कहीं एक रुपया भी ज़्यादा देना पड़े तो इनकी जान निकल जाती है।

कभी-कभी उसे ऐसे लोगों को ठगना बुरा भी लगता है। लाला-दुकानदारों की बात और है : वे तो ख़ुद ही सुबह से शाम तक लोगों को ठगते रहते हैं। पर लाला लोग, स्कूटरों में कम ही चलते हैं, वे बसों में ही धक्के खाते फिरते हैं। ऐसी हालत में खाली जेब वाले बाबुओं को भी उसे ठगना पड़ता है। कोई अपने शिकार पर तरस खाकर तो जीवित नहीं रह सकता। उसे भी तो आख़िर अपने बाल-बच्चों को पालना है। ईमान की कमाई में अब बरकत नहीं है। ईमान की कमाई पर निर्भर रहने वाला आदमी आजकल भूखा मरता है...

पर वह उल्लू का पट्ठा सिपाही क्यों बीच में आ टपका। ख़ुद साले दिन-भर दो-दो, चार-चार आनों के लिये झख मारते फिरेंगे और उसे सीख दे रहा था। वह पुलिसवालों को भी बड़ी अच्छी तरह जानता है। अपने स्कूटर पर दो से अधिक सवारियाँ बैठा लो, लाल बत्ती पर सड़क पार कर जाओ, सवारियों से झगड़ लो—इनकी हथेली पर दो रुपये का नोट धर दो तो सब ठीक है।

आख़िर उसमें और पुलिस के इन मछन्दरों में फर्क ही क्या है। वह भी सुबह से मछलियाँ फाँसने के लिये घर से निकलता है और पुलिसवाले भी। मछलियाँ फाँसने का तरीका अलग-अलग है। फर्क है तो इतना है कि हमारे शिकार हमसे झगड़ लेते हैं और इनके शिकार इनसे लड़ नहीं सकते। खाकी वर्दी से कौन सिर मारे, लोहे की बनी होती है। सिर तो अपना ही फूटना होता है। इन सालों को सरकार ने लाइसेंस दे रखा है, शिकार फाँसने का।

वह रिंग रोड पर निकल आया था।

उसे कुछ जल्दी भी थी, नहीं तो शायद वह सिपाही और बाबू के साथ थाने भी चला ही जाता। हालाँकि थाने जाने का उसे कोई फ़ायदा होना नहीं था। वह सिपाही बाबू का साथ दे रहा था। वैसे भी वह कुल सवा रुपया ज़्यादा माँग रहा था, उसमें से वह उस सिपाही या चौकी के हवालदार को कोई हिस्सा नहीं दे सकता था। यदि वह उन्हें कुछ खिला सकता तो वे लोग बाबू का पक्ष न लेकर उसका साथ देते। वैसे भी कोई पता नहीं। बाबू कॉलेज में पढ़ाता है और आजकल कॉलेज के लौंडे बहुत हरामी हो गए हैं। उनके डर से भी पुलिस बाबू का साथ देती...

उसे मक्खणी ने कहा था कि वह दस, साढ़े दस बजे लाजपत नगर के स्टैंड पर उसे मिले। इसीलिये उसे सुबह-सुबह ही लाल किले से ग्रेटर कैलाश की सवारी मिल गई तो उसने भगवान को हाथ जोड़ दिए...“मालिक! तेरा लाख-लाख शुकर है। नहीं तो खाली ही लाजपत नगर तक आना पड़ता।” मक्खणी ने उसे इतनी दूर से बुलाया था, तो कोई खास बात ही होगी। वह ख़ुद चिराग दिल्ली से वहाँ पहुँचने वाला था।

रास्ते में हर बस-स्टैंड पर लोगों की लम्बी-लम्बी लाइनें लगी हुई थीं। बसों का इन्तज़ार कर रहे थे। मूर्ख कहीं के! रोज़ बसों में जाते हैं, फिर भी यह नहीं जानते कि इस समय बस का मिलना बड़ा कठिन काम था। ‘जय डी.टी.यू. वालों’—उसने मन-ही-मन कहा—“जय हो अन्नदाता! तुम लोगों को परेशान न करो तो हमारी रोटी कहाँ से चले। तुम्हारे बच्चे जिएँ, तुम लम्बी उम्र पाओ। लोगों को और सताओ और हम ग़रीबों के पेट भरो।”

वह हर स्टैंड के पास स्कूटर धीमा कर लेता था, एक-दो बार पुकार भी लेता था, ''लाजपत नगर!''

कोई-न-कोई आ ही जाता।

''पटेल नगर चलोगे?''

''कनाट प्लेस?''

''यहाँ?''

''वहाँ?''

और वह एक ही उत्तर देता, ''जब आवाज़ दे रहा हूँ, 'लाजपत नगर' तो इधर-उधर चलने का क्या मतलब।''

उसे साउथ एक्सटेंशन पर लाजपत नगर की एक सवारी मिली। वह एक लड़की थी—अकेली। नीचे गिरती हुई साड़ी और ऊपर की ओर सिकुड़ता हुआ ब्लाउज़। लड़कों की तरह कटे हुए छोटे-छोटे बाल और आँखों पर बाप के साइज़ का बड़ा-सा चश्मा। जैसे बैल या घोड़े को लगाते हैं न बड़े-बड़े खोपे! ताकि न वह इधर देख सके, न उधर, चुपचाप सीधा चलता जाए। वैसा ही। शक्ल उसकी उसे पसन्द नहीं आई, पर उसकी गोरी-गोरी नंगी पीठ और पेट उसे गुदगुदा गए।

उसने सवारी को बैठा लिया। पीछे से आती हुईं गाड़ियों को देखने वाला शीशा ज़रा टेढ़ा कर लिया। अब उसमें पिछली सीट पर बैठी हुई लड़की की गर्दन से नीचे का भाग नज़र आ रहा था। उसका चेहरा वह देखना नहीं चाहता था।

लाजपत नगर डबल स्टोरी के स्टैंड पर लड़की उतर गई। उसने मीटर नहीं देखा। जितने पैसे माँगे गए, देकर चली गई।

उसने स्कूटर बढ़ाया—मक्खणी आया है या नहीं? उसे अधिक घूमना नहीं पड़ा। अट्ठावन नम्बर वाले स्टॉप पर मक्खणी खड़ा था। उसने स्कूटर रोक लिया।

''आ गए खैरू।''

मक्खणी ने आकर हाथ मिलाया।

''कैसे याद किया गुरू?''

''यार, मेरी घरवाली यहाँ आई हुई है, श्रीनिवासपुरी में, अपनी एक सहेली के घर। उसे वहाँ से लेना है।''

''बस इतनी-सी बात?''

''नहीं। वहाँ से फिर मॉडल टाउन जाएँगे, पिक्चर देखने।''

मक्खणी स्कूटर में बैठ गया।

"देख ओए।" खैरू ने ज़रा चिढ़कर कहा,"आदमी की तरह बात कर मुझसे। घरवाली को सिनेमा दिखाने ले जाना है तो दिल्ली में स्कूटरों की कमी नहीं है। मुझे जो जमना पार से सवेरे-सवेरे बुलवाया, वह क्यों? असली बात है, वह बता।"

"देख खैरू।" मक्खणी बोला, "वह कैलाशो है न। उससे मेरी यारी चल रही है। मेरी घरवाली को इससे कुछ तकलीफ़ है। हो सकता है कि रास्ते में कोई झगड़ा-वगड़ा हो जाए। साली सिर पर ही चढ़ती जा रही है।"

"यह हुई न बात।" खैरू बोला, "यारों से उस्तादी नहीं करते। बता अब चलना किधर है?"

"श्रीनिवासपुरी।"

"चल।"

खैरू ने स्कूटर स्टार्ट किया और बढ़ा ले गया।

पाँच

बलराम की प्यास का अन्त नहीं था।

उसके सहपाठी आगे बढ़ते जा रहे थे। कई छात्रवृत्ति लेकर विदेश चले गए थे। कई कॉलेजों में पढ़ाने लगे थे। कई पी-एच.डी. कर रहे थे। राजेश कपिला अपनी थीसिस पूरी करने वाला था। तब वह हो जाएगा—डॉक्टर कपिला, डॉक्टर राजेश कपिला।

पर बलराम क्या करे? उसकी सारी शक्ति दफ़्तर और घर के छोटे-छोटे कामों में समाप्त हो जाती है। वह सोचता बहुत है, कर कुछ नहीं पाता। जब कभी राजेश कपिला से मिलता है, अपने पुराने दिनों की याद करता है तो देश और समाज के विषय में सोचता है। राजनीति और साहित्य पर बहसें करता है। समाज को बदलने की बात कहता है। देश की नयी पीढ़ी में त्याग और बलिदान-भावना की कमी को रोता है। पर दफ़्तर में सारा समय प्रधान सम्पादक की ज़्यादतियों की शिकायतों की चर्चा में कट जाता है। घर पर पिताजी और मदन ताड़का और उसके सहयोगियों के समान उसकी तपस्या आगे नहीं चलने देते। वह बार-बार घर से भागता है। बार-बार मित्रों के पास जाता है। उनसे आत्म-विश्वास और सांत्वना के राम-लक्ष्मण लेकर लौटता है। पर उसकी विघ्न-बाधाएँ समाप्त नहीं होतीं।

'उसे यहाँ से निकलना होगा'—वह बार-बार सोचता है—पर निकलना आसान नहीं है। माँ, गिरिधर, कमला और वह—चार व्यक्ति हैं। कहीं दो कमरे भी लें—खुली जगह पर तो किराया बहुत हो जाएगा। फिर दफ़्तर से घर दूर होगा। यातायात का ख़र्च बढ़ जाएगा। वह क्या इतना बोझ उठा पाएगा? कोई नया कदम उठाने से पहले उसे अच्छी तरह सोच लेना चाहिए।

राजेश कपिला डॉ. कपिला हो गया है। उसका विवाह हो गया है। वे पति-पत्नी दोनों पढ़ाते हैं। खुला फ्लैट लेकर आराम से रहते हैं। वहाँ रहकर आदमी खुले दिमाग़ से कुछ सोच सकता है। ज़िन्दगी को नये दृष्टिकोण से देख सकता है। ...यहाँ, उसके घर में आदमी सिर्फ़ सड़ सकता है, घुट सकता है, रो सकता है।

उनके यहाँ जब जाओ—राजेश ढेर सारी पत्रिकाएँ दिखाता है। उस अन्तराल में वह पचासों किताबें ख़रीद चुका होता है। कितना पढ़ता है वह। कभी उसके यहाँ उसके बनाए हुए स्टडी सर्कल की बैठक हो रही होती है। लड़के-लड़कियाँ बहस कर रहे होते हैं। राजेश उनमें पढ़ने की भूख जगा रहा है। उन्हें अपनी पुस्तकें देता है। अच्छी पुस्तकों के नाम सुझाता है। पढ़ने के बाद वे लोग उन पुस्तकों पर चर्चा करते हैं। इस अर्थप्रधान, सुविधाजीवी स्वार्थी समाज को बदलने की बात करते हैं।

राजेश कहता है : "देखो। बड़ी-बड़ी कोठियाँ बन रही हैं। पर उनके सामने नाली बनवाने को कोई तैयार नहीं। कमीनेपन की हद तक स्वार्थी हैं लोग। उलटे अपने-अपने घरों के सामने की ज़मीन को सड़क से ऊँची करवा लेंगे ताकि सड़क का पानी बहकर नाली में न जा सके और सड़क पर ही बना रहे। सड़क उस पानी से गल-सड़ जाए, टूट जाए, पर उनको दो फुट सार्वजनिक ज़मीन फूल उगाने को मिल जाए..."

पिछली बार वह पुस्तकों को लेकर कितना क्षुब्ध था। कह रहा था : "नयी-नयी कालोनियाँ बन रही हैं। लोग मन्दिर बनाते हैं, क्लब बनाते हैं—पर एक पुस्तकालय बनाने की बात कोई नहीं सोचता। मीलों तक न कोई पुस्तकालय होगा, न पुस्तकों की दुकान, जबकि ब्यूटी सैलून कदम-कदम पर होंगे। ग्रेटर कैलाश वालों ने पाँच लाख का मन्दिर बनवा लिया, बच्चों के लिये पाँच-दस हज़ार की पुस्तकें उनसे नहीं ख़रीदी गईं..."

बलराम भी सोचता है, बहुत सोचता है। उसके भीतर भी उतना ही आदर्शवाद है। वह भी पुस्तकों की शक्ति को जानता है। उस शक्ति को जन-सामान्य तक पहुँचाना चाहता है। कहानियाँ लिखने की बात उसके मन में आई थी—लेखक बनने की बात उसने सोची थी, तो इसीलिये सोची थी। बचपन में अपनी पहली कहानी लिखते हुए भी उसने पुस्तकों को राजकुमारियों के रूप में देखा था। तब भी उसने उन्हें राक्षसों से मुक्त कराना चाहा था...

पर वह किन झंझटों में फँसा है। उसके पास पुस्तकों के लिये पैसे नहीं हैं। उसके सिर पर घर का बोझ है। यदि कुछ पुस्तकें ख़रीदेगा भी तो उन्हें रखेगा कहाँ? उसके घर में तो सब सील कर ही नष्ट हो जाएँगी। राजेश पुस्तकों को घर का शृंगार मानता है। वह भी यही मानता है—पर घर शृंगार करने के योग्य तो हो।

और फिर पहले उसे गिरिधर और कमला की बात सोचनी चाहिए। हो सके तो उन्हें पढ़ाना चाहिए। माँ को इस अन्धकूप में से निकालना चाहिए। वे उसके परिवार के सदस्य हैं, तो समाज का भी अंग हैं। उनके साथ उसका अपना स्वार्थ भी जुड़ा है। वह समाज के इसी अंग का कल्याण कर सके तो क्या बुरा है।

इन सबके लिये उसे पैसों की ज़रूरत है।

पैसा!

उसकी नौकरी उसे अधिक पैसे नहीं दे सकती। इधर-उधर की पत्रिकाओं में जो दो-एक स्फुट रचनाएँ महीने में छप जाती हैं। उनसे पचास से सौ रुपये तक मिल जाते हैं। अपने कहानी-संग्रह से उसे अभी तक कुछ नहीं मिला था।

अपनी पसन्द का साहित्य लिखकर वह पैसा नहीं कमा सकता। हो सकता है भविष्य में ऐसा अवसर आए, जब उसे अपनी रचनाओं से कुछ अधिक पैसा मिलने लगे। पर, ऐसा अवसर जल्दी नहीं आएगा। किन्तु, पैसा उसे अभी चाहिए था।

हाँ। वह अपनी पसन्द की शर्त छोड़ दे तो साहित्य उसे पैसा दे सकता है। उसके प्रकाशक के पास अनेक ऐसी योजनाएँ हैं, जो उसे तुरन्त पैसा दे सकती हैं। उसे अपने प्रकाशक से सहयोग-भर करना है।

बलराम प्रकाशक की योजनाओं में डूब गया था। वह विभिन्न काल्पनिक नामों से रोमांस-कथाएँ, रोमांच-कथाएँ, जासूसी, थ्रिलर, शिकार-कथाएँ और इसी तरह की चीज़ें लिखने लग गया था। बीच-बीच में कभी-कभी उसे अपना वह लेखक पुकारता-सा लगता था, जो अपने साहित्य से अपने देश को स्वस्थ और उच्च जीवन की ओर ले जाना चाहता था। पर पैसों की बात उठते ही वह लेखक कहीं शून्य में विलीन हो जाता था। पैसे के ठोस सवाल के सामने वह आदर्शवादी लेखक बार-बार हार जाता था।

उन दिनों उसकी डॉ. कपिला से ज़बर्दस्त लड़ाई हुई थी।

''मुझे इस प्रकार की रचनाओं से चिढ़ नहीं है, न उनसे मेरा विरोध ही है। वे सब मानव-जीवन के अंग हैं और साहित्य के वैविध्य, हल्के मनोरंजन के एक धरातल पर उनका महत्त्व भी है। पर बलराम! वह काम तो साधारण प्रतिभा के लेखक भी कर सकते हैं और वे लोग कर रहे हैं। प्रतिभाशाली लेखक का समाज के प्रति भी एक दायित्व होता है, अपनी बुद्धि के अनुसार समाज को एजुकेट करने का। समाज को सही रास्ते पर ले जाने का—उसके सामने उसकी समस्याओं के प्रकार और स्वरूप को रखने का। पर तुम यदि अपनी लेखनी को अफ़ीम बनाकर, समाज का ध्यान उसकी समस्याओं से हटाकर, जन-जागरण में बाधा बनोगे तो

तुम गद्दार हो गद्दार, समाजद्रोही। प्रेमचन्द के बाद के बहुत सारे दिग्गज लेखकों ने यही किया है। वे चाहे स्वयं को मनस्वी समझें, चिन्तक-दार्शनिक समझें, समाज-त्राता समझें, पर मैं कहता हूँ कि उन्होंने देश और समाज के साथ गद्दारी की है और हमारे देश तथा साहित्य का इतिहास उन्हें कभी भी क्षमा नहीं करेगा।''

पर बलराम ने इन बातों को सुन, उनकी सच्चाई का अनुभव करके भी उन्हें भुला दिया था। बलराम को पैसा चाहिए था और पैसा उसके आदर्श नहीं, उसका प्रकाशक दे रहा था। वह लेखक का दायित्व निभाने के लिये भूखा नहीं रह सकता था; अपनी माँ, अपने भाई और बहन को उस सीलन और बदबू से भरे मकान में, उन घटिया और संकीर्ण लोगों के बीच, सड़ने के लिये नहीं छोड़ सकता था...

बलराम हर महीने अपने 'पर' तौलता रहा। आय जोड़ता रहा और ख़र्च का हिसाब लगाता रहा। कब वह स्वयं इस वातावरण से मुक्त हो सकता है और कब अपनी माँ और बहन-भाई को मुक्त कर सकता है। अब उसकी अपनी मुक्ति ही महत्त्वपूर्ण नहीं रह गई थी—वह जाएगा तो अपने आश्रितों को भी अपने साथ लेकर ही जाएगा। माँ, गिरिधर और कमला उसके आश्रित ही तो थे...

तीन-चार महीनों के अथक लेखन के बाद उसने पांडवपुर में दो कमरों का मकान किराये पर ले लिया। मुहल्ला अभी नया था, कुछ मकान बने थे, कुछ अधूरे थे और कुछ बन रहे थे। पर बलराम का खुले मकान का स्वप्न पूरा हुआ था। वह डॉ. कपिला के मकान या उनके मुहल्ले से इसकी तुलना नहीं कर सकता था, पर कुंडेवालान के अपने मकान से यह मकान बहुत साफ़-सुथरा और हवादार था।

माँ किराया सुनकर हैरान रह गई—''डेढ़ सौ रुपये। अरे बलराम! हम तो ज़िन्दगी-भर सात रुपये ही देते रहे। डेढ़ सौ में तो पूरा परिवार पल जाता है रे। तू गुज़ारा कैसे करेगा?''

''हो जाएगा माँ।'' बलराम आश्वस्त था, ''सब हो जाएगा। तुम्हारा बेटा अब कमाने लगा है।''

माँ ने अपने-आपको समझा लिया, उनका समय और था। तब दिल्ली में इतनी भीड़ नहीं थी। मकान सस्ते थे। अब तो लाखों मकान बन गए हैं, फिर भी कम पड़ते हैं। किराये बहुत बढ़ गए हैं। किराये ही क्या, सब कुछ महँगा हो गया है। समय बदला है। अब उनका बेटा कमाता है और पुस्तकें लिख-लिखकर

कमाता है। पहले माँ ने कब जाना था कि पुस्तकें लिखकर भी कोई पैसे कमा सकता है और शरीफ़ों की ज़िन्दगी जी सकता है। किस्से-कहानियाँ तो उनके समय में शोहदेपन की निशानी थी। वैसे ही लोग लिखते थे और वैसे ही लोग पढ़ते थे। ...अब बेटा कमा रहा है, घर वह भी चला लेगा। वे चिन्ता क्यों करें।

गृहस्थी जम गई तो माँ के मन में बहू की भूख जगी। अब बलराम का विवाह हो जाना चाहिए। खाते-कमाते लड़के के लिये बहू की क्या कमी थी। राधा के पिताजी वर खोजते हुए आकर उसकी माँ से मिले। बातचीत हुई। दोनों पक्षों को रिश्ता जँच गया और बलराम की बारी आई।

बलराम ने राधा के पिताजी से घर पर कोई बात नहीं की। वह उन्हें लेकर एक रेस्तराँ में जा बैठा और कुछ साफ़-साफ़ बातें उसने कीं, ''आपको माँ ने हमारे पिताजी के साथ हमारे सम्बन्ध के विषय में कुछ बताया है?''

''नहीं। उन्होंने कुछ नहीं बताया।''

''तो मैं आपको कुछ बताना चाहता हूँ।'' बलराम ने कहा, ''हमारे पिताजी जीवित हैं, पर हमारी उनसे बनती नहीं है, इसलिये हम उनसे अलग रहते हैं। हमारी उनसे बोलचाल नहीं है। हमें उनका तौर-तरीका और चाल-चलन पसन्द नहीं है। वे मेरी शादी में भी सम्मिलित नहीं होंगे। कहिए आपको स्वीकार है?''

राधा के पिताजी कुछ चिन्तित हुए, पर वे चिन्ता को निगल गए, ''आपने बहुत अच्छा किया, जो मुझे ये बातें बता दीं। बाद में ये बातें मैं किसी और के मुँह से सुनता तो मुझे बहुत बुरा लगता। पर ठीक है—दोष कहाँ नहीं होते। जहाँ कहीं भी रिश्ता करूँगा, कुछ-न-कुछ तो वहाँ भी होगा ही। इस स्पष्टवादिता से मेरे मन में आपका सम्मान और भी बढ़ गया है।''

''एक बात और।'' बलराम बोला, ''मेरा वेतन कुल साढ़े तीन सौ रुपये है और मुझे अपने छोटे भाई-बहन और माँ का भी पालन-पोषण करना है। हालाँकि मेरा छोटा भाई भी इस समय कमा रहा है, पर एक तो वह बहुत कम कमाता है—फिर मैं चाहता हूँ कि वह काम छोड़कर पढ़ना शुरू कर दे। तब उसकी यह आय भी नहीं रहेगी और ख़र्च कुछ बढ़ेगा। क्या आपकी बेटी इतने में गुज़ारा कर लेगी?''

''जी। अवश्य कर लेगी।'' राधा के पिताजी सर्व-स्वीकृति की मुद्रा में थे।

''तब आप मुझे उनसे मिलने का अवसर दें।''

''आपकी कोई माँग?''

''जी। मेरी कोई माँग नहीं है। मैं दहेज का पक्षपाती नहीं हूँ। मुझे अपने परिश्रम और अपनी क्षमता पर भरोसा है। मुझे आपकी ओर से कुछ नहीं चाहिए।''

छह

दर्शना जाने के लिये तैयार थी और दयावन्ती उसे एकटक देखती जा रही थी। वस्तुतः दयावन्ती उसे देख नहीं रही थी, वह उसके विषय में सोच रही थी।

दर्शना उसकी सबसे पुरानी सहेली थी। शायद सबसे अधिक निकट भी। दर्शना की ऐसी कोई बात नहीं थी जो वह नहीं जानती थी, पर अब दर्शना उसे क्या बता रही है। दयावन्ती विश्वास नहीं कर पाती।

दयावन्ती को वे दिन अभी कल जैसे ही लगते हैं, जब वे दोनों कार्पोरेशन के शेड और टाट वाले स्कूल में साथ-साथ पढ़ने जाती थीं। घर दोनों के साथ-साथ नहीं थे—अगली-पिछली गली में थे। पर कभी दर्शना उसके घर चली आती थी, कभी वह दर्शना के घर चली जाती थी।

सन् 1947 में जब देश का विभाजन हुआ, तब वे दोनों ही बहुत छोटी थीं। तब क्या हुआ था, यह उन दोनों में से किसी को भी याद नहीं है। साल, डेढ़ साल के बच्चों को क्या याद रहेगा। कुछ बड़ी होने पर दर्शना को मालूम हुआ था—और शायद तभी दयावन्ती को भी पता चला था कि दर्शना के पिता को विभाजन के दिनों में, लाहौर में किसी ने छुरा घोंप दिया था। उसकी माँ उसे लेकर अपने भाई-भाभी के साथ आ रही थी कि नारोवाल के पास रेल की पटरी पर एक पेड़ गिराकर उनकी गाड़ी रोक ली गई थी। लूटपाट और हत्याएँ आरम्भ हुईं। उस भगदड़ में किसी को पता नहीं चला कि कौन किधर गया। उसी हमले में आक्रमणकारी दर्शना की माँ को घसीटकर ले गए थे। ज़मीन पर पड़ी रोती दर्शना को उसकी बूढ़ी मामी ने उठा लिया था। वह अपने मामा-मामी के साथ दिल्ली आ गई थी।

उसे बाद में पता चला कि उसके मामा ने अपनी बहन की बहुत खोज की थी। वह एक-एक कैंप में जाकर भटका था। अधिकारियों के सामने सिर पटकता फिरा था। जब कभी पाकिस्तान से लाई गईं स्त्रियों के विषय में कोई सूचना पाता, भागता हुआ जाता और एक-एक स्त्री के चेहरे को अपनी दृष्टि से टटोलता। पर उसे अपनी बहन का चेहरा कभी कहीं नज़र नहीं आया।

उसने रेडियो पर घोषणाएँ करवाईं, रिश्तेदारों को पत्र लिखे, पर कहीं से कोई सूचना नहीं मिली। पता नहीं दर्शना की माँ भी कहीं मार डाली गई थी या उसने आत्महत्या कर ली, किसी ने उसे अपने घर में डाल लिया या किसी कोठे पर बैठा दी गई। कुछ भी हो सकता है, पर उसके भाई को कोई सूचना नहीं मिली।

दर्शना के मामा वलैतीराम ने बहन को खो, भाँजी को गले लगाकर सब्र कर लिया। मामा-मामी ने दर्शना को बड़े लाड़ से पाला था। दयावन्ती को आज भी याद है कि उसे अपने घर पर काम करना पड़ता था, पर दर्शना की मामी ने उससे कभी काम में हाथ भी नहीं लगवाया।

दर्शना बड़ी हुई तो उसे बताया गया था कि आरम्भ में वे लोग दिल्ली जंक्शन पर उतरकर वहीं प्लेटफार्म पर पड़े रहे थे। फिर अधिकारियों द्वारा विभिन्न कैंपों में भेज दिए गए। कुछ लोग दिल्ली के मुस्लिम मुहल्लों के खाली मकानों में जा घुसे थे। पर वलैतीराम कैंप में ही पड़ा रहा। फिर जब कैंप बन्द किए गए, तो अन्य लोगों के ही समान उसे भी लाजपत नगर में एक कमरे का एक छोटा-सा क्वार्टर मिल गया था। वलैतीराम ने अपने क्वार्टर में ही टीन की छत डालकर गोलियों, बिस्कुटों, बोतलों और छोटे-मोटे खिलौनों की एक दुकान खोल ली थी।

देश की स्वतन्त्रता के साथ-साथ अनेक समस्याएँ उठ खड़ी हुई थीं। कुछ भी निश्चित नहीं था, नियमित नहीं था। अकस्मात् ही दिल्ली की आबादी बहुत बढ़ गई थी। कुछ लोगों का जीवन बहुत कठिन हो गया था और कुछ लोगों को बहुत लाभ नज़र आ रहा था।

बाज़ार से सहसा ही कपड़ा ग़ायब हो गया था। वलैतीराम ने गोलियों, बिस्कुटों, बोतलों और छोटे-मोटे खिलौनों की दुकान छोड़ दी थी और कपड़ों की फेरी आरम्भ कर दी थी। पहले वह पीठ पर कपड़ों का गट्ठर लाद, गली-गली हाथ का गज़ बजाता फिरा, फिर उसने एक साइकिल ख़रीद ली और उस पर कपड़े लादकर फेरी लगाने लगा।

यह धन्धा भी अधिक समय तक नहीं चला। कपड़ा फिर से बाज़ार में लौट आया था और पहले से सस्ता भी हो गया था। सस्ती चीज़ बेचने में अधिक लाभ नहीं होता। वलैतीराम ने कपड़े की फेरी बन्द कर दी। पर तब तक वह काफ़ी पैसे बना चुका था। उसने अपने क्वार्टर का अगला-पिछला आँगन पक्का करवा लिया था। एक कमरा और बनवा लिया था। पानी का नल घर में लगवा लिया था। टट्टी और गुसलखाना भी घर में ही बनवा लिया था। दो-चार कुर्सियाँ और एक रेडियो भी ख़रीद लाया था।

कपड़े का काम छोड़कर वलैतीराम ने चार भैंसें ख़रीद ली थीं। भैंसों का काम ख़ूब था। किस घर में दूध की आवश्यकता नहीं थी। सुबह-सुबह ही ख़ूब भीड़ हो जाती, वलैतीराम के घर। उस भगदड़ में किसी को पता नहीं चलता कि किसको कितना पानी मिला, किसको कितना झाग डाला गया, किसको नापने में कम कर दिया गया। वलैतीराम के पास एक-एक कर भैंसें बढ़ती गईं और आख़िर में पन्द्रह भैंसें हो गईं।

अब वह भैंसोंवाला या दूधलाला वलैतीराम नहीं था, वह डेरीवाला वलैतीराम था। उसके पास तीन नौकर थे, जो भैंसों को चराने ले जाते, उनको नहलाते, चारा देते, गोबर उठाते और दूध दुहते। वलैतीराम अपने लकड़ी के तख़्त पर बैठे-बैठे दूध नापता और पैसे वसूल करता।

पर तभी एक दिन वलैतीराम को पुलिस पकड़कर ले गई। उसके पास एक भैंस चोरी की निकली थी। वलैतीराम का कहना था कि उसने भैंस ख़रीदी है। अब उसे क्या पता कि भैंस चोरी की है या कुछ और है? भैंस के माथे पर उसके असली मालिक का नाम तो लिखा नहीं होता। उसकी बात किसी ने मानी नहीं। काफ़ी दिनों तक झगड़ा चलता रहा। वलैतीराम कुछ दिनों के लिये जेल भी गया। पीछे से दर्शना की मामी अपने नौकरों की सहायता से काम चलाती रही।

वलैतीराम छूटकर आया तो उसने, जैसे एक-एक भैंसें ख़रीदी थीं, वैसे ही एक-एक कर बेचनी शुरू कर दीं। उसका कहना था, ''यह बड़ा कुत्ता काम है। अब उसे क्या पता कौन-सी भैंस चोरी की है, कौन-सी सही है। ऐसे वह एक-एक भैंस के पीछे जेल भुगतता रहा तो हो चुका। वह अब यह काम एकदम नहीं करेगा।'' और उसने वह काम नहीं किया। महीने-भर में चौदह भैंसें बेचकर फ़ारिग हो गया।

दूध का काम बन्द हो गया, पर उसका लकड़ी का तख़्त वैसे ही पड़ा रहा और भैंसों के खूँटे भी गड़े रहे। रोज़ कोई व्यक्ति अपने डंगर के लिये ग्राहक की खोज में वलैतीराम के पास आ जाता। डंगर खूँटे से बाँध दिया जाता। दाने-पानी का प्रबन्ध हो जाता। मालिक वलैतीराम के तख़्त पर बैठा हुक्का पीता रहता और वलैतीराम कहीं से ग्राहक खोज निकालता। डंगर बिक जाता—वह दोनों ओर से अपना कमीशन ले लेता और मूँछ पर हाथ फेरता हुआ अपने-आपको सफल डंगर-दलाल मानता। अब उसकी बला से कि डंगर चोरी का था या डकैती का था। पुलिस जिसे चाहे पकड़ ले उसके ठेंगे से।

उन्हीं दिनों मामा-मामी को दर्शना के विवाह की चिन्ता हुई थी। अट्ठारह वर्ष की जवान-जहान लड़की घर में बैठी थी। वलैतीराम को नींद कैसे आती—भाड़ में जाए काम-धाम। पहले लड़की का विवाह, फिर कोई और काम। वलैतीराम ने

खोज शुरू की। रोज़ वह डंगरों के लिये ग्राहक खोजता फिरता था, अब बेटी के लिये योग्य वर खोज रहा था।

उसे अधिक परेशानी नहीं हुई। मक्खनलाल उसे पसन्द आ गया। मक्खनलाल गोरा-चिट्टा, ऊँचा-लम्बा जवान था, तेईस-चौबीस वर्ष का। चौड़े कन्धे, भरी हुई छाती। ऐंठी हुईं मूँछों का इतना रौब था कि कोई भी डर जाता। ऐसा ख़ूबसूरत जवान जिसे मिले, उसे और क्या चाहिए। दर्शना निहाल हो जाएगी।

अधिक पढ़ा-लिखा नहीं था मक्खनलाल। आठवीं- नौवीं तक पढ़ा था। किसी बात से नाराज़ होकर उसने अपने मास्टर की नाक पर एक ही मुक्का मारा था और मास्टर अस्पताल में पलँग से लग गया था। हेडमास्टर ने उसे स्कूल से निकाल दिया था। उसने स्वयं भी उस स्कूल से निकलने और किसी अन्य स्कूल में न जाने की घोषणा कर दी थी। तब से उसने किसी स्कूल या मास्टर का चेहरा नहीं देखा था। कुछ दिन मोटर ड्राइवरी सीखता रहा, फिर एक मिस्त्री की शागिर्दी करता रहा। अब भी घर का ही काम करता था। नौकरी न उसे पसन्द थी, न कहीं मिल ही सकती थी।

वलैतीराम को भी नौकरी वाला लड़का पसन्द नहीं था। बाबू टाइप लड़के में क्या रखा है? खोखली जेब बाद में शरीर भी खोखला कर देती है। और वैसे भी नौकरियों में रखा ही क्या था—भर पेट खाना भी नहीं खा सकता कोई। वलैतीराम ने दुनिया देखी है; नौकरी जैसा लानती काम दूसरा नहीं है।

रिश्ता पक्का हो गया। दर्शना का विवाह हुआ। वलैतीराम ने अपनी हैसियत से बढ़कर दिया। जो कुछ नहीं दिया, वह भी दर्शना का ही था—सब जानते ही थे।

दर्शना को ब्याह कर उसकी मामी छः महीने भी नहीं रही। उसे सूना-सूना घर खाने को आता था। दर्शना के बिना खाली घर उसके दिमाग पर सवार हो गया और वह चल बसी। वलैतीराम भी जैसे उसी के सहारे टिका हुआ था, अपनी पत्नी के बाद चार महीने भी नहीं जी सका।

उसका पैसा, गहना-गट्टा, क्वार्टर सब कुछ मक्खनलाल ने सँभाल लिया। ग्राहक खोजकर उसका क्वार्टर तीस हज़ार में बेच दिया। अब वलैतीराम का कहीं कोई निशान नहीं था।

इसी बीच दयावन्ती का विवाह भी हो गया। उसका पति दर्ज़ी है। दिन-भर बैठा मशीन चलाता है और कपड़े सीता रहता है। जितना हो सकता है, दयावन्ती भी पति की सहायता करती रहती है।

दर्शना विवाह के बाद भी उससे मिलती रही थी। कहती थी, "तू मेरी बहन है। तेरा घर मेरा मायका है। बता मैं और कहाँ जाऊँ?" दयावन्ती कभी उसे छाती

से लगाकर भींच लेती, कभी चूम लेती, ''जम-जम आ। सिर-आँखों पर आ। तू मुझे अपनी बहन माने, मेरे धन्य भाग। ग़रीबनी बहन के घर आना अच्छा लगे तो रोज़ आ।''

दर्शना ख़ुश थी। मक्खनलाल सुन्दर-सजीला जवान था। वह उससे प्यार भी बहुत करता था। खूब सैर कराता, खिलाता-पिलाता, सिनेमा दिखाता, गहने-कपड़े ला देता। घर में अच्छा-खासा पैसा था। चार भाई थे, दो मक्खनलाल से बड़े, एक छोटा। सिर पर बाप था। अपने तीन ट्रक और दो टैंपो थे। चार-पाँच भैंसें थीं। फिर वलैतीराम ने बहुत दिया था...

कल शाम दर्शना उसके पास आई थी। रात यहीं रही थी और उसने रो-रोकर दयावन्ती को बहुत कुछ ऐसा नया बताया था, जो पहले कभी नहीं बताया था। मक्खनलाल अब भी वैसा ही था, उससे प्यार भी करता था। किसी बात की कमी उसे नहीं थी। पर मक्खनलाल अब पूरी तरह से उसके हाथ में नहीं था। कैलाशो उसे खींच रही थी। रोज़ ही उससे मिलती थी, कभी कहीं, कभी कहीं। दर्शना मक्खनलाल को बाँधकर घर में नहीं रख सकती थी। मर्द बच्चा था—दिन-भर कहीं-न-कहीं काम-काज होता था। घर के बाहर रहता था और यह कैलाशो कहीं बीच में आ मरती थी।

पिछले महीने से, हर दूसरे दिन इस बात को लेकर घर में झगड़ा होता था। मक्खनलाल ने दो-एक बार दर्शना को पीटा भी था और धमकी दी थी कि यदि कैलाशो को लेकर उसने झगड़ा करना बन्द नहीं किया तो वह उसे मारकर कहीं डाल देगा। उसके कोई आगे-पीछे है भी नहीं, जो उसकी ख़बर लेगा।

और अब दर्शना जा रही थी।

दयावन्ती का मन भर-भर आया था। वह समझती थी—उसकी सखी, उसकी बहन दर्शना कितनी सुखी है। पर क्या हो गया उसके भाग्य को। यह कैलाशो मरी कौन है, जो बीच में आ गई। मक्खनलाल कैसे पीट पाता होगा इसे—दर्शना को, जो इतनी सुन्दर है, जिससे वह प्यार करता है।

''अच्छा बहन!''

''दर्शना, तेरे जीजाजी छोड़ आएँ तुझे?''

''नहीं, मैं चली जाऊँगी। बस स्टैंड तक ही तो जाना है : वे मुझे लेने आएँगे।''

''फिर कब आओगी?''

''देखो। जब समय मिला, आ जाऊँगी।''

''अच्छा।''

''नमस्ते।''

''नमस्ते।''

सात

डॉ. कपिला घण्टी, क्लास, रजिस्टर, लेक्चर इत्यादि में खो रहे और उन्हें कुछ सोचने का एकदम अवकाश नहीं मिला। अपना काम ख़त्म कर, रजिस्टर अपने लॉकर में डाल, वे कॉलेज के गेट से निकल बाहर सड़क पर आए और सामने से आते हुए एक स्कूटर को देखकर बुरी तरह चौंके। उनकी दृष्टि स्कूटर की नंबर-प्लेट पर जम गई। स्कूटर पास आया तो उन्हें यह देखकर बहुत सन्तोष हुआ कि यह सुबह वाला स्कूटर नहीं था।

और तब जैसे उन्हें आत्मसाक्षात्कार हुआ। वे एक तटस्थ व्यक्ति के समान स्वयं को देख रहे थे और मनःस्थिति का विश्लेषण कर रहे थे। वे स्वयं पहचान रहे थे कि वे सुबह की घटना से काफ़ी डरे हुए हैं। स्कूटरवाले के चले जाने से ही बात समाप्त नहीं हुई थी। सुबह उन्होंने पुलिस के सिपाही की सहायता से स्कूटरवाले से पिंड छुड़ाया था। वह जानता है कि वे कहाँ रहते हैं और कहाँ काम करते हैं। वह यह भी जानता है कि वे किस मार्ग से घर से कॉलेज जाते हैं। वह अवश्य ही उनकी घात में कहीं-न-कहीं बैठा होगा और जैसे ही अवसर पाएगा, उन्हें अपमानित करने या चोट पहुँचाने का प्रयत्न करेगा।

वे अनजाने ही अपने भय का सामान्यीकरण करने लग गए थे : आख़िर वे इतना डरते क्यों हैं? ये बातें तो इस देश के जीवन की बड़ी सामान्य-सी बातें हो गई हैं। देश में अपराध-वृत्ति दिनोदिन बढ़ रही है। आख़िर वे उसका सामना क्यों नहीं करते, डरते क्यों हैं?

क्या वे मार खाने से डरते हैं?

क्या उन्हें अपने प्राणों का भय लगता है?

उनका मन इन प्रश्नों का उत्तर 'हाँ' में नहीं देता। यदि वे स्वतन्त्रता से पहले इतने बड़े होते कि देश के स्वतन्त्रता-संग्राम में भाग ले सकते, तो क्या वे पुलिस की लाठियों और गोलियों से डरकर स्वतन्त्रता-संग्राम से अपना सम्बन्ध विच्छिन्न

कर लेते? या, आज देश पर विदेशी आक्रमण होता है, उनकी आवश्यकता देश को होती है, तो क्या वे सीने पर गोली या संगीन का घाव खाने से इनकार कर देंगे? वे क्लास में पढ़ाते हुए पचासों बार सरकार की आलोचना करते हैं, निन्दा करते हैं। वे ऐसी कोई बात सार्वजनिक रूप से कह दें या लिख दें, यदि पुलिस उनको पकड़कर पीड़ित करे, दण्ड दे; तो क्या वे सत्य के कहने से आँखें चुरा लेंगे?

इन सारे प्रश्नों का उत्तर उनके मन में एक ही है—"नहीं।"

वे अपने आदर्शों के लिये यातना भुगतने को तैयार हैं।

वे कायर नहीं कहे जा सकते। न वे अपनी मृत्यु से डरते हैं, न शारीरिक पीड़ा से। पर वे स्कूटरवाले से भयभीत क्यों हैं? और उन्हें अपने सम्मुख यह स्वीकार करने में तनिक भी संकोच नहीं है कि ऐसे प्रत्येक अवसर पर वे कायर बन जाते हैं।

आख़िर क्यों?

उनका मन सोचता जाता है। धागे उलझते भी जाते हैं, पर कहीं कुछ सुलझ भी जाता है। दोनों बातें ठीक हैं : एक धरातल पर वे अत्यन्त वीर हैं और दूसरे धरातल पर निहायत डरपोक। दोनों में से एक भी बात गलत नहीं है। दोनों बातों के पीछे तार्किक संगति है। नहीं। वे अपने-आपको भुलावा नहीं दे रहे। वे सब कुछ साफ़-साफ़ देख रहे हैं। वे पीड़ा से नहीं डरते, मार से नहीं डरते, मृत्यु से नहीं डरते; वे अपमानित होने से डरते हैं। देश की रक्षा और सत्य के सम्मान की रक्षा के लिये पीड़ित होना; जेल जाना; लाठी, गोली और संगीन सहना व्यक्ति को गौरवान्वित करता है। पर एक स्कूटरवाले से गालियाँ सुन, मार खा, या किसी भी प्रकार से पीड़ित हो, वे स्वयं को बहुत अपमानित महसूस करेंगे और वे अपमानित नहीं होना चाहते। यही उनकी कमज़ोरी है...

पर इस अपमान से बचने का मार्ग कोई नहीं है क्या? आख़िर कोई उनका अपमान करने का साहस कैसे कर सकता है? ऐसा क्यों है कि समाज में आसुरी शक्तियाँ साहसी हो गई हैं और डॉ. कपिला और उन्हीं जैसे अन्य लोग मुँह छिपाते फिरते हैं? उनमें साहस क्यों नहीं है, वे असामाजिक तत्वों से संघर्ष क्यों नहीं कर सकते? हर व्यक्ति...प्रायः हर शिक्षित व्यक्ति संघर्ष से कतराता क्यों है...आख़िर हम इतने आत्मकेंद्रित क्यों हो गए हैं कि हमारा सामाजिक दायित्व हमें कोंचता नहीं है। या फिर सामाजिक दायित्व निभाने का साहस ही समाप्त हो गया है।

उनके मन में एक के बाद एक शिकायत जुड़ती जाती है। एक के बाद एक घटना आँखों के सामने फिरती जाती है...

सड़क के किनारे किसी का बच्चा बैठा मल-मूत्र त्याग रहा है। सड़क गन्दी हो रही है। दुर्गन्ध फैल रही है। पर या तो किसी के पास समय नहीं है, या साहस नहीं है कि उस बच्चे को टोक, समाज की एक गन्दगी को कम करने की चेष्टा में उसके असामाजिक माँ-बाप से झगड़ा मोल ले।...

किसी ड्राइवर ने बीच सड़क में अपनी कार, ट्रक या कोई दूसरी सवारी खड़ी कर दी है। सारी यातायात-व्यवस्था गड़बड़ हो गई है। ट्रैफिक रुक गया है। कोई आ-जा नहीं सकता। पर उस उजड्ड से लड़ाई करने का जोखिम कौन उठाए।...

...मार-पीट होती है, खुली सड़कों पर सैकड़ों पुरुष-नारियों, लड़के-लड़कियों और बच्चों के सम्मुख नंगी अश्लील गालियाँ दी जाती हैं। सामाजिक शिष्टता के साथ बलात्कार किया जाता है। पर उन्हें कौन रोके।

उस दिन उन्होंने सुना था। कनाट प्लेस में सड़क के किनारे एक कार खड़ी थी। उसमें चौदह-पन्द्रह वर्ष की एक लड़की बैठी थी। उसके माँ-बाप उसे कार में बैठी छोड़ शायद किसी दुकान से कोई वस्तु लेने गए थे। और दो शराबी उस कार पर पेशाब कर रहे थे। जनता खड़ी देख रही थी। टोकने का साहस किसी में भी नहीं था। जिस किसी ने टोकना चाहा, वह पवित्र धारा अपनी ओर मुड़ती देख पीछे हट गया।...

अख़बार में एक समाचार पढ़ा था। दिल्ली परिवहन की बस में दो व्यक्ति बीड़ी पी रहे थे। कंडक्टर ने उन्हें टोका, तो कहासुनी हो गई। बस में वे दोनों चुपचाप बैठे रहे। मल्कागंज के स्टॉप पर वे दोनों व्यक्ति बस से उतरे और साथ ही साथ गेट पर खड़े कंडक्टर को भी नीचे घसीट लिया। एक ने उसे पकड़ा, दूसरे ने छुरा घोंप दिया। दो दर्जन सवारियाँ खड़ी देखती रहीं।

आख़िर क्या बात है कि साहसी वे हैं जो जन-हित की बात नहीं सोचते। जन-हित की बात सोचने वाले आत्मकेंद्रित, दुर्बल और कायर हैं। क्या हमारी शिक्षा में ही कहीं दोष है—कोई कमी, कोई अभाव! हम शिक्षा के बाद लोगों को या तो धूर्त और स्वार्थी बना देते हैं, या कायर...

वे अपने विषय में ही सोचते हैं। वे यह सब कुछ देख रहे हैं। क्षुब्ध हो रहे हैं। मानसिक विरोध करने का साहस भी करते हैं, पर उसके आगे...कुछ नहीं ...यह तो विश्वामित्र का विरोध है। वे भी ताड़का की सेना के बीच बैठे हैं, उनके शत्रु हैं, पर ताड़का को मारने के लिये उन्हें भी राम और लक्ष्मण को लाकर खड़ा करना होगा, तब ही वे अपना यज्ञ पूरा कर पाएँगे...

आठ

दर्शना रिंग रोड वाले बस-स्टैंड की ओर जा रही थी।

अभी कुल ग्यारह बजे थे और धूप कैसी चढ़ आई थी। जुलाई का महीना भी बस कुछ विचित्र ही है। कभी मूसलाधार वर्षा और कभी चिलचिलाती धूप। बरसात की धूप भी कैसी तीखी होती है।

उसका ध्यान मक्खनलाल की ओर चला गया। हो सकता है, वह पहले से ही स्टैंड पर आया खड़ा हो। वह हमेशा ऐसा ही करता है। दर्शना के साथ वह दयावन्ती के घर कभी नहीं जाता। कभी तो दर्शना अकेली चली आती है बस पर, कभी वह मक्खनलाल को छोड़ आने के लिये कहती है। वह उसे हमेशा रिंग रोड के स्टैंड पर ही छोड़कर चला जाता है—उसे उसकी किसी भी सहेली के घर जाना अच्छा नहीं लगता। कोई रिश्तेदारी हो तो वह जाए भी, उठकर उसकी सहेलियों के घर कैसे चल दे। फिर जाकर करे भी क्या? वे दोनों औरतें बातें करती रहती हैं—मर्द का बीच में क्या काम? और दयावन्ती का पति तो उसे बिलकुल ही पसन्द नहीं है। उसकी कोई बात आ जाए तो कहता है—"वह दर्ज़ी भी कोई आदमी है।"

जब वह कहती कि आकर मुझे ले जाना, तो उसे समय दे देता कि उस समय वह बस स्टैंड पर आ जाए। वह उसे वहीं से ले जाता था। कभी उधर से गुज़रते हुए अपने ट्रक या टैंपो में, कभी बस या स्कूटर में।

आज भी उसने साढ़े दस, ग्यारह का समय दिया था। समय कोई बहुत पक्का नहीं होता था। कभी-कभी दर्शना को घण्टा-घण्टा-भर प्रतीक्षा करनी पड़ती थी। कभी उससे समय के अन्दाज़ में गलती हो जाती तो मक्खनलाल खड़ा-खड़ा उकता जाता। आज उसका विशेष मन नहीं था, पर मक्खनलाल ने कहा था कि बारह बजे वाले शो में बड़ी अच्छी पिक्चर लगी हुई थी। दो-तीन दिनों के लिये आई थी। वह ज़रूर देखना चाहता था। दर्शना ने इनकार नहीं किया था। पहला समय होता तो वह मना कर देती। पर अब शक्ति-भर वह मक्खनलाल को किसी बात से मना नहीं

करती थी। पहले वह उसे किसी बात से मना करती तो या तो स्वयं मान जाता था या उसे मनाता था, प्यार-भरी ज़िद करता था। अब वह मना कर देती तो नाराज़ हो जाता और उसे धमकाता। या फिर उसे छोड़कर चला जाता। वह जानती थी, जब भी वह उससे रूठकर जाता था, सीधा कैलाशो के पास जाता था। कैलाशो उसे कैसे मिल जाती है, कहाँ मिल जाती है, वह उसे कैसे बुलाता है—दर्शना को कुछ नहीं मालूम। पर मर्द जात को क्या मुश्किल है? दिन-भर बाहर ही तो रहता है। कहीं भी मिल सकता है। और कैलाशो? उसका क्या है, बिगड़ी लड़की है। चलित्तर करने पर आए तो औरत क्या नहीं कर सकती...

स्टैंड पर तीन-चार लोग ही खड़े थे। लगता था अभी इधर से कोई खाली बस गुज़री है। नहीं तो स्टैंड पर मेला ही लगा रहता है। उसे लगता है—कोई जगह हो, कोई समय हो, दिल्ली शहर का कोई बस-स्टैंड सूना नहीं होता। पता नहीं क्या हो गया है? खलकत बढ़ती ही जा रही है। जैसे दुनिया में कोई जहाँ कहीं भी पैदा होता है, उठकर दिल्ली की ओर चल देता है। शहर में तो लोग जैसे हाथ धोकर बसों के पीछे पड़े हुए हैं। घर में कोई बैठता ही नहीं।

उसने एक बार अच्छी तरह सारा बस स्टैंड देख लिया।

मक्खनलाल वहाँ नहीं था। हो सकता है कि अभी आया ही न हो, और यह भी हो सकता है कि एक बार इधर से गुज़रा हो, वह न मिली हो, तो वह कहीं और चल दिया हो। ख़ैर, फिर आ जाएगा।

दर्शना शेड के एक कोने में होकर बैठ गई।

उसे ज़्यादा प्रतीक्षा नहीं करनी पड़ी। थोड़ी ही देर में एक स्कूटर आकर उसके सामने खड़ा हो गया। उसमें पिछली सीट पर मक्खनलाल बैठा हुआ था। वह उतरा नहीं। उसने बैठे-बैठे ही आने का संकेत किया। दर्शना जाकर उसके साथ स्कूटर में बैठ गई।

स्कूटर चल पड़ा।

''कब से खड़ी हो?''

''दस-बारह मिनट हुए होंगे।''

''मैं आधा घण्टा पहले यहाँ आया था।'' मक्खनलाल ने कहा, ''तू यहाँ थी नहीं। मुझे लाजपत नगर में एक काम भी था। उधर ही चला गया था।''

''पहले घर चलेंगे न?'' दर्शना ने पूछा।

''नहीं, घर जाने का टाइम नहीं है। पिक्चर स्टार्ट हो जाएगी।'' मक्खनलाल ने उत्तर दिया, ''घर जाकर करना भी क्या है?''

‘‘यह मेरे पास थैला है, इसे कहाँ-कहाँ लिये फिरूँगी। इसीलिये कहा था।’’

‘‘कोई बात नहीं। थैला मैं पकड़ लूँगा।’’

मक्खनलाल का मन इस समय कुछ हल्का था। नहीं तो थैला पकड़ने की बात वह नहीं करता। जी हल्का न होता तो खीझकर खाने को पड़ता—‘‘तुम्हें कहा किसने था, थैला लटकाए फिरने को। जब कल ही कह दिया था, तो फिर थैला क्यों लाई हो साथ...’’

पर नहीं। आज उसका जी हल्का था। वह हाथ की अँगुलियों से स्कूटर को कहीं-कहीं से थपथपाकर तबला बजा रहा था। कभी सीटी बजा रहा था। कभी धीमे-धीमे कुछ गुनगुना लेता या अपनी जाँघ खुजलाने लगता...उसकी ये सारी आदतें उसके प्रसन्न मन की आदतें थीं...

स्कूटर आश्रम से रिंग रोड पर बाईं ओर मुड़ गया था। शायद वे लोग बाहर ही बाहर से मॉडल टाउन की ओर जा रहे थे। धूप सहसा छिप गई थी। सूर्य को बादलों ने पूरी तरह ढँक लिया था।

‘‘शायद बारिश हो।’’ दर्शना बोली।

‘‘होने दे। हो न हो, हमें क्या? हमारी कौन-सी खेतों में कणक खड़ी है।’’

वह चुप हो गई।

‘‘अच्छा सुन दर्शना।’’ सहसा मक्खनलाल उसकी ओर मुड़ा, ‘‘जब हमारी शादी हुई थी तो तू मुझसे बहुत प्यार करती थी न...’’

दर्शना की आँखें फट गईं। उसने दाँतों से जीभ काटी, कुछ आँखें चढ़ाईं और मौन डाँट पिलाते हुए, स्कूटरवाले की ओर संकेत किया।

‘‘अरे यह अपना खैरू है। इसकी चिन्ता मत कर।’’ मक्खनलाल ने अपनी जाँघ खुजलाई, ‘‘क्यों खैरू?’’

खैरू मुड़ा। ज़रा मुस्कुराया, ‘‘भरजाई जी नमस्ते।’’

‘‘नमस्ते।’’ दर्शना हल्के से बोली।

मक्खनलाल ने फिर शुरू किया, ‘‘तू मुझसे प्यार करती थी न?’’

दर्शना समझ गई कि वह नहीं मानेगा। बोली, ‘‘हाँ।’’

‘‘अब भी करती है?’’

‘‘हाँ।’’

‘‘पर मैं कहता हूँ, अब नहीं करती।’’ मक्खनलाल बोला, ‘‘तू पूछेगी, क्यों? पूछेगी न?’’

“हाँ।”

“तब तू मेरी हर बात मानती थी। मेरी ख़ुशी के लिये हर काम करती थी।”

“अब भी करती हूँ।” दर्शना कहना चाह रही थी। आज भी वह केवल उसी की ख़ुशी के लिये आई थी, नहीं तो उसका मन सिनेमा जाने का एकदम नहीं था। वह दयावन्ती के पास अभी कुछ और समय के लिये रुकना चाहती थी।

पर उसने यह सब कहा नहीं। वह मुँह फेरकर बाहर देखने लगी। उसका मन सहसा उदास हो आया था। वर्षा आरम्भ हो गई थी। आकाश बादलों के मारे काला पड़ गया था। लगता था, वर्षा ज़ोरों से होगी और काफ़ी देर तक होगी।

सड़क सुनसान पड़ी थी। पता नहीं खैरू इधर से क्यों लाया था। मक्खनलाल भी कुछ झगड़ा करने को तैयार लगता था। उसने एक सशंक दृष्टि उस पर डाली—आख़िर वह चाहता क्या है...?

उसके चेहरे पर क्रूरता नहीं थी। वह कुछ उत्तेजित अवश्य था।

“मैं कह रहा था, तू अब मेरी ख़ुशी के लिये छोटा-सा काम करना नहीं चाहती।”

“कौन-सा काम?”

“कैलाशो से मेल।”

दर्शना एकदम क्षुब्ध हो उठी : “उस हरामज़ादी का नाम मत लो मेरे सामने।”

मक्खनलाल नाराज़ होकर चीखा नहीं, बड़े धैर्य और विश्वास से हँसा, “तो सुन! आज वह हरामज़ादी हमारे साथ सिनेमा देखेगी। वह भी वहाँ आएगी।”

दर्शना की आवाज़ ऊँची हो गई, “मैं उस कुतिया का मुँह नहीं देखूँगी। उसकी इतनी हिम्मत! वह मेरे साथ सिनेमा देखेगी!”

“चीख मत।” मक्खनलाल ने डाँटा, “वह आएगी। हमारे साथ सिनेमा देखेगी। वहाँ तू मेरे और उसके बीच बैठने की ज़िद करेगी तो ठीक नहीं होगा।”

दर्शना के जी में आया, या तो वह भागते हुए स्कूटर से कूद पड़े, या मक्खनलाल को ही धक्का दे दे। उसने जलती हुई आँखों से उसे देखा—वह आज उसके साथ ज़बर्दस्ती करने पर उतारू था। वह उसे सिनेमा दिखाने के लिये लाया था। साथ होगी कैलाशो। कैलाशो मक्खनलाल के साथ बैठेगी। मक्खनलाल और कैलाशो एक-दूसरे का हाथ पकड़ेंगे। कैलाशो उसके कन्धे पर अपना सिर टेक देगी। मक्खनलाल उसकी गर्दन में, उसकी कमर में हाथ डाल देगा। शायद उसके हाथ अँधेरे में कैलाशो के शरीर को टटोलें...

उसकी बोटी-बोटी में सुइयाँ चुभने लगीं। उसकी आँखें अंगारे हो उठीं, ''मैं उस हरामज़ादी का गला घोंट दूँगी।''

मक्खनलाल ने अपने चेहरे से हँसी और धैर्य का नक़ाब उतार लिया। वह सहसा ही बहुत क्रुद्ध दिखाई पड़ने लगा।

''नहीं मानेगी?''

''नहीं।''

उसने खींचकर एक घूँसा दर्शना के पेट में मारा, ''नहीं मानेगी?''

दर्शना डरी नहीं। उसी प्रकार जलती हुई आँखों से देखती हुई बोली, ''नहीं! सौ बार नहीं!''

पहला घूँसा मक्खनलाल ने बिना सोचे-समझे क्रोध में चलाया था। अब उसने सड़क पर आगे-पीछे देखा। दूर-दूर तक कोई नहीं था। सड़क बिलकुल सुनसान पड़ी थी।

वह दर्शना से कुछ दूर खिसका और सहसा उस पर टूट पड़ा, ''ले हरामज़ादी, कुतिया, ले। तू उसे क्या मारेगी, मैं तुझे मारता हूँ।''

उसने अनगिनत मुक्के उसके पेट, छाती, मुँह, नाक—जहाँ-तहाँ मारे और बेतहाशा मारता चला गया।

दर्शना जैसे इतने बड़े आक्रमण के लिये एकदम तैयार नहीं थी। वह केवल फटी-फटी आँखों से उसे देखती रही, देखती रही...उसे स्वयं पता नहीं चल रहा था कि वह ज़िद में मार खा रही थी, या वह जड़ हो गई थी। पर उसने प्रतिरोध एकदम नहीं किया। शुरू के कुछ मुक्के उसे बहुत ज़ोर-ज़ोर से लगे थे—उसकी चीखें निकल-निकल गई थीं। पर फिर जैसे सब कुछ सुन्न हो गया था। वह देख रही थी कि मक्खनलाल उसे मार रहा है, पर चोट जाने किसे लग रही थी। वह तो बस फटी आँखों से उसे देख रही थी और एक ओर झुकती जा रही थी, झुकती जा रही थी...

मक्खनलाल रुका।

दर्शना बाहर की ओर झुक रही थी। शायद वह चलते स्कूटर से सड़क पर कूद जाना चाहती थी।

मक्खनलाल ने झपटकर उसे गर्दन से पकड़ लिया, ''जा कहाँ रही है? मैं आज तुझे कहीं जाने लायक ही नहीं छोड़ूँगा...।''

वह उसका गला घोंट रहा था, घोंट रहा था, घोंटता जा रहा था...सहसा उसने महसूस किया, दर्शना एकदम निष्क्रिय थी। हिल-डुल तक नहीं रही थी।

उसने अपनी पकड़ ढीली कर दी।

दर्शना बेजान-सी सीट के साथ टिक गई।

मक्खनलाल ने उसकी छाती पर हाथ रखा। दिल की धड़कन बन्द थी। साँस का चलना बन्द हो चुका था। नब्ज़ भी नहीं थी...

"खैरू! ज़रा देख तो, है कि गई"

"अच्छा उस्ताद।"

इस सारे समय में खैरू एकदम चुप रहा था, जैसे वह वहाँ था ही नहीं। उसने पीछे मुड़कर देखा तक नहीं था। उसकी नज़र या तो आगे सड़क पर थी, या शीशे पर जिससे वह पीछे से आने वाली सवारियों को देख सकता था।

उसने स्कूटर सड़क के किनारे लगाकर रोक दिया।

अपनी ओर से पूरा परीक्षण कर खैरू ने सिर उठाया, "चली गई।"

"साली ने जान दे दी, सौतन के लिये तैयार नहीं हुई।" मक्खनलाल ने रूमाल से माथे का पसीना पोंछा।

"अब?" खैरू ने पूछा।

"इसे इसके थैले के साथ कहीं ठिकाने लगाते हैं।"

मक्खनलाल फिर स्कूटर में दर्शना के शरीर के साथ बैठ गया।

खैरू अपनी सीट पर बैठा। स्कूटर स्टार्ट किया और सड़क से उतारकर उजाड़ खेतों में चला गया।

नौ

डॉ. कपिला घर पहुँचे तो शारदा ने एक नया बाबा सूट लाकर उनके सामने रख दिया।

"मैं आज कॉटेज इम्पोरियम गई थी। यह बाबा सूट मुझे बहुत पसन्द आया। कुछ महँगा ज़रूर है, पर यह स्टाइलिश कैसा है?"

"अच्छा है। पर आया किस ख़ुशी में है?" डॉ. कपिला बोले, "मेरा विचार है निकुंज के पास कपड़ों की कमी नहीं है। वह बढ़ता जा रहा है और कपड़े छोटे होते जा रहे हैं। इससे अच्छा क्या यह नहीं है कि उसके पास कम कपड़े हों, वह उन्हें अच्छी तरह पहने, बार-बार पहने ताकि वे फटें, छोटे हो जाने के कारण फेंकने न पड़ें।"

"ठीक है। पर मैं यह निकुंज के मुँडन के दिन के लिये लाई हूँ। आज तक तो हमने उसकी कोई ख़ुशी की नहीं है।" शारदा बोली, "अब मुँडन तो करना ही है न! कि वह भी नहीं करना?"

डॉ. कपिला याद करते हैं—शारदा सच कह रही है। उन्होंने निकुंज के जन्म की आज तक कोई ख़ुशी नहीं की थी। कर नहीं पाए थे। निकुंज के स्वास्थ्य की चिन्ता ने उन्हें कभी इतना अवकाश ही नहीं दिया था कि वे इस विषय में भी कुछ सोच पाते।

निकुंज का जन्म 'होली फैमिली' अस्पताल में हुआ था। एक तो प्राइवेट अस्पताल, फिर मिशनरी वातावरण : सरकारी अस्पतालों से एकदम भिन्न था। वहाँ के तौर-तरीके, रख-रखाव, सफ़ाई, नर्सों तथा डॉक्टरों के व्यवहार से शारदा इतनी प्रसन्न थी कि डॉ. कपिला सुबह-शाम थोड़ी देर के लिये जब उससे मिलने के लिये आते, तो वह अपनी बातें कम करती, अस्पताल की ही प्रशंसा करती रहती। निकुंज को अस्पताल की नर्सरी में रखा जाता था। डॉक्टर नहीं चाहते थे कि प्रसव के बाद, दुर्बल माँ बच्चे की देखभाल के कारण आराम न कर सके। बच्चा केवल

दूध पिलाने के लिये माँ के पास लाया जाता था। शेष सारा समय उसकी देखभाल नर्सें और डॉक्टर मिलकर कर लेते थे।

पर चौथे ही दिन निकुंज को जांडिस हो गया और पाँचवें दिन पूर्णतः ठीक होने के कारण शारदा को अस्पताल से डिस्चार्ज कर दिया गया। वह निकुंज को अपने साथ घर नहीं ला सकती थी, पर बच्चे को अस्पताल की नर्सरी में छोड़कर अकेले घर जाने का उसका एकदम मन नहीं था। डॉ. कपिला उसकी बात समझते थे। कोई माँ प्रसव के बाद बच्चे को अस्पताल में छोड़ खाली गोद ही घर लौट जाएगी तो उसे कैसा लगेगा।

उन्होंने पेडियेट्रिक्स के प्रधान डॉक्टर से बात की और अपनी समस्या बताई।

''देखिए, मिसिज़ कपिला अब स्वस्थ हैं।'' डॉक्टर ने कहा, ''हम उन्हें अनावश्यक रूप से अस्पताल में नहीं रख सकते। नये आने वाले पेशेंट्स को भी बेड की ज़रूरत होती है। पर जांडिस के इतने छोटे-से पेशेंट को आप घर ले जाकर भी क्या करेंगे? फिर भाग-भागकर उसे हमारे ही पास लाइएगा। यदि मिसिज़ कपिला बच्चे के साथ अस्पताल में ही रहना चाहती हैं तो बच्चे को नर्सरी से निकाल केबिन में रख सकती हैं। केबिन में माँ बच्चे के साथ रह सकती है। पर केबिन का ख़र्च शायद आपको महँगा लगे, हमारे केबिन का ख़र्च लगभग सौ रुपये डेली है।''

''नहीं। वह तो बहुत मुश्किल है।'' डॉ. कपिला बोले।

''तो फिर हमारे ही पास रहने दीजिए। हम यदि एक दिन के बच्चे की देखभाल कर सकते हैं तो पाँच दिन के बच्चे की नहीं कर सकते क्या? आप निश्चिंत होकर घर जाइये; आपका बच्चा किसी प्रकार भी उपेक्षित नहीं होगा।''

निकुंज को अस्पताल में छोड़ तो दिया, किन्तु उसके बिना शारदा घर में आराम नहीं कर सकी। उसका ध्यान चौबीसों घण्टे बच्चे में था और बच्चा अस्पताल में था। फिर वह घर पर कैसे रहती। उसने किसी के समझाने की चिन्ता नहीं की, न किसी की सलाह मानी। वह सुबह-सुबह तैयार होकर, थर्मस में कॉफ़ी भर, कन्धे पर लटका घर से निकल पड़ती थी; और दिन-भर अस्पताल में इधर-उधर मँडराती फिरती थी। कभी किसी नर्स से बात करती, कभी किसी डॉक्टर को पूछती, कभी निकुंज को देखती; और जब कुछ न कर सकती तो अस्पताल के लॉन पर घास में बैठी-बैठी आकाश को घूरती रहती। वह प्रसव के बाद बहुत दुर्बल हो गई थी, उसे आराम मिलना चाहिए, उसे पौष्टिक भोजन खाना चाहिए, उसे इस प्रकार घूम-फिरकर स्वयं को थकाना नहीं चाहिए, उसे अपने-आपको सर्दी-गर्मी से बचाना

चाहिए—वह सब कुछ जानती थी। किन्तु अपने बच्चे को अस्पताल में दूसरे लोगों के हाथों में छोड़कर, वह न तो घर पर आराम कर सकती थी, न पौष्टिक भोजन ही कर सकती थी।

डॉ. कपिला भी सवेरे तैयार होकर शारदा के साथ अस्पताल चले जाते थे। शारदा की मैटर्निटी लीव चल रही थी, पर उनके पास कोई छुट्टी नहीं थी। मन न होने पर भी उन्हें अस्पताल से कॉलेज जाना पड़ता। कॉलेज से लौटकर घर पर खाना खाते। दोपहर को कभी *रामचरितमानस* लेकर बैठ जाते, कभी प्रसाद चढ़ाने मन्दिर चले जाते, कभी किसी ज्योतिषी के पास भागते और फिर सीधे अस्पताल, जहाँ शारदा बहुत अधीरता से उनकी प्रतीक्षा कर रही होती थी।

सातवें दिन निकुंज की हालत बहुत ख़राब हो गई थी। उसका रंग सरसों के फूल जैसा पीला हो गया था। दुर्बल तो वह जन्म से ही था, अब लगता था जैसे हड्डियों पर चमड़ी लपेट दी गई हो। मांस कहीं था ही नहीं। देखने में वह ज़रा भी प्यारा या सुन्दर नहीं लग रहा था। नर्स जब उसे दिखाने के लिये उनके सामने लाई तो डॉ. कपिला स्तब्ध से उसे देखते रहे, फिर बोले, ''सिस्टर! डोंट यू थिंक, ही इज़ हॉरिबल टू लुक ऐट।''

नर्स बहुत धीरे-से मुस्कुराई, ''यू कैन से सो, बिकाज़ यू आर हिज़ फ़ादर, आई कान्ट।''

डॉक्टरों ने उन्हें बताया कि वे दिन-भर निकुंज का निरीक्षण करेंगे; और शाम तक यदि उसकी अवस्था में कोई सुधार नहीं हुआ तो उन्हें उसके शरीर का गन्दा रक्त निकालकर दूसरा स्वस्थ रक्त डालना पड़ेगा। वैसे तो इस प्रक्रिया में कोई जोखिम नहीं है, पर सौ में एक-आध केस में गड़बड़ हो जाती है।

शारदा अभी पूरी तरह स्वस्थ नहीं हुई थी, न उसमें इतना रक्त ही था कि निकुंज को दिए जाने के लिये उसका रक्त लिया जाता। डॉ. कपिला के रक्त का परीक्षण इत्यादि कर लिया गया।

दिन-भर दोनों के प्राण सूली पर टँगे रहे। डॉ. कपिला कॉलेज भी नहीं जा सके। अस्पताल में ही शारदा के साथ इधर से उधर भटकते रहे। चार-चार घण्टों के बाद निकुंज के रक्त का परीक्षण होना था कि उसमें कोई सुधार हुआ है कि नहीं। डॉ. कपिला और शारदा हर परीक्षण के समय निकुंज के पास होते और उसके बाद अस्पताल की प्रयोगशाला के चक्कर लगाने लगते, जहाँ रक्त का परीक्षण हो रहा होता था। पर किसी भी परीक्षण ने सुधार का कोई संकेत नहीं दिया।

रात के नौ बजे अन्तिम परीक्षण के लिये निकुंज का रक्त लिया गया। शरीर में रक्त की इतनी कमी थी कि उसके पैर के अँगूठे में सुई चुभाने पर भी जब रक्त नहीं आया तो उसकी टाँग को टूथपेस्थ की खाली ट्यूब के समान एक सिरे से दूसरे सिरे तक दबाकर बहुत थोड़ा-सा रक्त निकाला गया। और इस सारी प्रक्रिया में सहायक थे स्वयं डॉ. कपिला! उनका मन कैसा तो हो गया था—निकुंज के प्राणों की इतनी चिन्ता थी कि ये छोटे-मोटे कष्ट कुछ भी नहीं लगते थे।

अस्पताल की लेबॉरेटरी उस समय सामान्यतः खुली नहीं होती थी, उसे विशेष रूप से खुलवाया गया और रक्त परीक्षण किया गया। परीक्षण की रिपोर्ट उन तक पहुँचते-पहुँचते ग्यारह बज गए। ग्यारह बजे डॉ. कपिला को बताया गया कि निकुंज की हालत में कुछ सुधार हुआ है और आशा है कि अब सुधार होता ही जाएगा; इसलिये उसके रक्त के परिवर्तन की आवश्यकता नहीं रही।

तब कहीं जाकर डॉ. कपिला और शारदा घर लौटे।

निकुंज का जांडिस ठीक हुआ तो उसके परिणामस्वरूप उसे डायरिया हो गया। डायरिया ठीक होते-होते उसे महीना-भर लग गया। पूरे चालीस दिनों का होकर निकुंज पहली बार अस्पताल से घर आया। उसके बाद भी उसे कभी डायरिया रहता था, कभी बुखार, कभी कब्ज़, कभी ज़ुकाम, कभी उसके पेट में कॉलिक पेंस होतीं, कभी कोई फोड़ा निकल आता। ठीक होकर भी वह ठीक न होने जैसा बच्चा था। ठीक समय पर पूरी तरह दूध नहीं पी सकता था, कभी पेट की किसी तकलीफ़ के कारण दूध नहीं पी सकता था और भूख से तड़पता था, कभी दूध पीकर उल्टी कर देता और रोता। रात को ढंग से गहरी नींद नहीं सो पाता था, बार-बार नींद टूटती, जाग जाता और रोता। रात को ठीक से न सो सकने के कारण दिन को भी परेशान रहता। वह दुर्बल, सदा रोनेवाला, चिड़चिड़ा, अपने-आप न खेलनेवाला, सदा माँ-बाप से चिपके रहने वाला बच्चा था। शारदा अधिक-से-अधिक समय तक उसे गोद में लिये बैठी रहती और डॉ. कपिला कभी किसी एलोपैथ के पास, कभी किसी होमियोपैथ या वैद्य के पास, कभी कैमिस्ट के पास, कभी दूधवाले के पास, कभी ज्योतिषी या पंडित के पास भागते रहते थे। उन्होंने उसके लिये पूजा की, हवन किए, दान किए, चिड़ियों को दाना डाला। काले कुत्ते को दूध पिलाया; तरह-तरह की चीज़ें चाँदी में मढ़वाकर निकुंज को पहनाईं।

अब कहीं जाकर कुछ महीनों से, शारदा और डॉ. कपिला को होश आया था। अब निकुंज की हालत पहले से कुछ बेहतर थी। बीमार तो अब भी होता था, पर पहले जैसा, सदा ही बीमार नहीं रहता था। बीच-बीच में महीना-दो महीने,

बिना बीमार हुए, ठीक-ठीक भी काट लेता था। अब तक भी भाग दौड़ और उसके प्राणों सम्बन्धी दुश्चिन्ताओं के कारण ही उसके जन्म की कोई ख़ुशी नहीं की गई थी।

अब उसका मुँडन हो जाना चाहिए था। पंडितों से भी शारदा ने पूछ लिया था। वैसे भी निकुंज के बाल बहुत बढ़ गए थे। उसे बार-बार सिर में पसीना आ जाता था, उससे परेशान होकर वह रोता था और माँ-बाप को भी परेशान करता था। बालों में तेल लगवाने या कंघी करवाने का वह हद दर्जा विरोधी था। कंघी करने के लिये उसके साथ विधिवत् कुश्ती लड़नी पड़ती थी और वह रो-रोकर जान देता रहता था।

डॉ. कपिला भी बहुत दिनों से सोच रहे थे कि अगली गर्मियों से पहले-पहले ही उसका मुँडन करवा दिया जाए। पिछली गर्मियाँ उसने बड़े कष्ट में काटी थीं। पर अभी वे यह तय नहीं कर पाए थे कि मुँडन कब हो और कैसे हो। मुँडन की ख़ुशी उन्हें थी, किन्तु इस अवसर पर बहुत बड़ा समारोह या उत्सव करना उनके सिद्धान्तों के अनुकूल नहीं था। वैसे भी यह कोई सुविधाजनक कार्य नहीं था। अपनी प्रसन्नता प्रकट करने का यही एक ढंग तो नहीं था कि स्वयं भी परेशान हुआ जाए और दूसरों को भी परेशान किया जाए। जितने लोग उनके घर में समा सकें, उनसे अधिक लोगों को बुलाने का अर्थ था—शामियाने, बैरे, क्रॉकरी, हलवाई और दुनिया-भर के अन्य झंझट। अनावश्यक आडम्बर, व्यर्थ का शोर-शराबा और एक अतिरिक्त ख़र्च।

पर शारदा ने मुँडन की कल्पना इस रूप में नहीं की थी। निकुंज उसका पहला बेटा था, बड़े कष्ट सहकर प्राप्त किया हुआ। इतना तो बेचारा बीमार रहा है। आज तक उसकी एक भी ख़ुशी नहीं की, किसी का मुँह तक मीठा नहीं कराया। अब मुँडन तो ऐसा होना चाहिए, जिसमें किसी को भी शिकायत न रह जाए। चलिये बहुत आडम्बर न सही पर घर के लोग तो बुलाए ही जाएँगे। दादा-दादी, चाचा-चाची, नाना-नानी, मौसी-मौसा, मामा-मामी, बुआ-फूफा इत्यादि लोग तो आएँ ही। डॉ. कपिला के प्रायः सारे सम्बन्धी दिल्ली से बाहर थे। वे आएँ तो सप्ताह-भर तो रहेंगे ही। नगरवाले भी दिन-दो दिन तो रहेंगे। दो दिन तो गाना-बजाना होगा ही—बाहर से किसी को नहीं बुलाएँगे, घरवाले ही मिलकर गा लेंगे। फिर मुँडन के दिन निमन्त्रित किए जाने के लिये शहर में दूर और नज़दीक के इतने रिश्तेदार थे, पड़ोसी थे, सहकर्मिणियाँ थीं, डॉ. कपिला के सहयोगी थे, मित्र थे—आख़िर किसे छोड़ा जाए? जिसे छोड़ा जाएगा, वही नाराज़ हो जाएगा।

काफ़ी दिनों के वाद-विवाद और संघर्ष के बाद भी डॉ. कपिला शारदा को इस बात के लिये तैयार नहीं कर पाए कि मुँडन घर में सादगी से चुपचाप कर लिया जाए। "क्यों चुपचाप कर लिया जाए?" शारदा पूछती, "चोरी का काम है या निकुंज हमारा बेटा नहीं है? हम इतने कंगाल हो गए हैं या मुँडन हमें हर महीने करने हैं? अब मुँडन करना है, फिर उसके विवाह तक कोई उत्सव नहीं होगा। क्यों न करें धूमधाम से?"

डॉ. कपिला का तर्क इस धरातल पर था ही नहीं, वे सामाजिक व्यवहार की दृष्टि से सोच रहे थे। शारदा यह समझ पाती थी कि वह अपने बेटे के मुँडन जैसे वैयक्तिक कर्म को सामाजिक व्यवहार की दृष्टि से क्यों देखे। उसका अपना बेटा है, उसके अपने पैसे हैं। वह जैसे चाहेगी मुँडन करेगी, जहाँ चाहेगी पैसे फूँकेगी। अब यदि डॉ. कपिला अपनी बात मनवाना चाहते थे तो वह केवल नाराज़गी और दबाव से ही हो सकता था; जिसे वे इस सन्दर्भ में उचित नहीं समझते थे।

पर डॉ. कपिला सदा सादगी के पक्ष में रहे थे और सदा ही इस प्रकार के व्यर्थ सामाजिक आडम्बरों का विरोध करते रहे थे। फिर वे शारदा के साथ सहमत कैसे हो जाते? पर निकुंज शारदा का भी उतना ही बेटा था, जितना उनका अपना। फिर वे उसे कैसे बाध्य कर सकते थे कि वह अपने बेटे का मुँडन अपनी इच्छा के विपरीत ढंग से करे!

अन्त में उन्हें सहमत होना पड़ा। फिर भी उन्होंने अपने माता-पिता और भाई-बहनों को सूचित कर दिया कि वे निकुंज का मुँडन कर रहे हैं। उनकी इच्छा तो थी कि सब लोग उसमें सम्मिलित हों, पर वे यह भी नहीं चाहते थे कि इतनी छोटी-सी बात के लिये सब लोग अपने काम से छुट्टियाँ लें, बच्चों की पढ़ाई ख़राब करें और लम्बी-लम्बी यात्राएँ कर कष्ट उठाएँ तथा अनावश्यक ख़र्च करें। इसलिये वे चाहेंगे कि वे लोग निकुंज के लिये अपनी शुभ-कामनाएँ भेज दें। अपने मित्रों और सहयोगियों में से भी उन्होंने बहुत कम लोगों को बुलाया—सबको बुलाना उन्होंने आवश्यक नहीं समझा।

शारदा को उनका यह रुख़ पसन्द नहीं आया, पर वह उनका विरोध नहीं कर सकती थी। उन्होंने स्वयं अपने ढंग से काम किया था और उसे अपने ढंग से काम करने की स्वतन्त्रता दे दी थी। जब वे उसका विरोध नहीं कर रहे थे, तो वह उनका विरोध कैसे कर सकती थी।

शामियाना कहाँ लगाया जाएगा, यह भी अभी निश्चित नहीं था। सुविधाजनक तो यही था कि घर के सामने सड़क पर ही शामियाना लगा लिया जाए, ताकि आवश्यकता होने पर, प्रत्येक वस्तु सुविधापूर्वक घर से उपलब्ध हो सके। किन्तु,

डॉ. कपिला अपनी सुविधा के साथ-साथ दूसरों की सुविधा की बात भी सोचते थे। सड़क पर शामियाना लगाने का अर्थ था कि उस सड़क से आने-जाने वाले यातायात के लिये परेशानी। आस-पास के दो-चार घरों के तो दरवाज़े ही बन्द हो जाएँगे। शामियाना लगाने वाले रस्सी बाँधने के लिये खूँटे गाड़कर सड़क ख़राब कर देंगे और फिर सड़क को ठीक करने कोई नहीं आएगा। दूसरा विकल्प यह था कि घर से कुछ दूरी पर पार्क में शामियाने लगाए जाएँ। वहाँ स्थान काफ़ी खुला था, यातायात के लिये भी परेशानी नहीं थी, सड़क का भी उससे कुछ नहीं बिगड़ता। परेशानी एक ही थी कि वह स्थान घर से दो सौ गज की दूरी पर था। उस स्थिति में या तो बार-बार घर और पार्क के चक्कर लागने पड़ेंगे, या फिर सारा घर ही उठाकर पार्क में ले जाना पड़ता।

वैसे तो डॉ. कपिला और शारदा दोनों ही इस बात पर प्रायः सहमत थे कि ज़्यादा अच्छा यही है कि शामियाना पार्क में ही लगाया जाए। स्थान के खुलेपन की सुविधा और शोभा—दोनों ही बातें काफ़ी आकर्षक थीं। पर एक बात और थी। शामियाना कहीं भी लगाया जाए—सड़क पर या पार्क में—उसके लिये नगर निगम के कार्यालय से अनुमति लेनी आवश्यक थी। अनुमति के प्रतिबन्ध के कारण शारदा घर के सामने सड़क पर शामियाना लगा लेने के पक्ष में होती जा रही थी। ठीक है कि उसके लिये भी अनुमति लेनी चाहिए, पर सब लोग बिना अनुमति के ही काम चला लेते हैं। वे ही क्यों बिना अनुमति के सड़क नहीं रोक सकते? कौन-सी रिंग रोड घेरनी है। घर के सामने की सड़क है, आने-जाने वालों की संख्या कोई ऐसी बड़ी तो है भी नहीं। तो फिर व्यर्थ ही अनुमति-वनुमति के चक्कर में क्यों पड़ा जाए? हाँ, पार्क में बिना अनुमति के शामियाना नहीं लगाया जा सकता। वहाँ माली होता है, चौकीदार होता है—वे लोग रोकेंगे। सड़क की चिन्ता किसको है।

डॉ. कपिला सड़क रोकने के लिये एकदम सहमत नहीं थे। यदि और लोगों में सिविक सेंस नहीं है, तो उसका अर्थ यह तो नहीं है कि वे भी उन्हीं के समान जंगली हो जाएँ। और यहाँ केवल अन्य लोगों की असुविधा की ही बात नहीं थी। कानून कहता है कि बिना अनुमति के सड़क नहीं घेरी जानी चाहिए। वे कानून का आदर करने वाले, उसके अनुसार चलने वाले लॉ-एबाइडिंग नागरिक हैं। वे उपयुक्त अधिकारियों से अनुमति लिये बिना सड़क नहीं रोकेंगे। और जब अनुमति लेनी ही है तो वे पार्क की अनुमति लेंगे और पार्क में ही शामियाने लगाएँगे।

जब डॉ. कपिला स्वयं अनुमति लेने का कष्ट उठाने के लिये तैयार थे तो शारदा को आपत्ति क्यों होती। वे सिद्धान्तवादी थे, सिद्धान्तों पर चलना चाहते थे, चलें। शारदा सहमत हो गई।

दस

बलराम अपने प्रकाशक के यहाँ पहुँचा तो उसका काफ़ी तपाक से स्वागत हुआ।

"आपकी बड़ी प्रतीक्षा थी मुझे।" उसके प्रकाशक जगदीश जी ने दोनों पैर समेटकर कुर्सी पर पालथी मार ली। दाहिने हाथ से सिर पर काफ़ी पीछे रखी हुई गाँधी टोपी को और पीछे की ओर खिसकाया और हथेलियों की मुट्ठियाँ बाँधकर अपनी टाँगों को, परात में पड़े आटे के समान गूँधने लगे।

"कहिए।"

"ऐ भाई।" जगदीश जी ने शून्य में आवाज़ लगाई, "ज़रा वह किताब लाइयो, जो मथुरा से छपकर आज आई है।"

दुकान में काम करने वाला लड़का उन्हें एक पुस्तक दे गया। यह 'ऐ भाई' सम्बोधन उसी लड़के के लिये था, वह जानता था। और दुकान पर आने-जाने वाला हर अन्य व्यक्ति भी जल्दी ही समझ जाता था।

बलराम ने जगदीश जी के हाथ में पकड़ी हुई पुस्तक को देखा—कोई पॉकेट बुक थी। काफ़ी चिकना और रंगदार कवर था।

जगदीश जी कुछ देर तक उस पुस्तक को निहारते रहे और फिर उन्होंने पुस्तक उसकी ओर बढ़ा दी, "यह देखो।"

बलराम ने पुस्तक पकड़ ली।

कवर पर कई रंगों में, एक अत्यन्त आकर्षक नारी का चित्र था, जो स्विमिंग सूट पहने इस ढंग से बैठी थी कि उसका शरीर अधिक-से-अधिक मात्रा में मांसल और नग्न होकर देखने वाले के सामने आए। उसके दोनों हाथों में रिवाल्वर थे, जो शून्य में तने हुए थे। पुस्तक का नाम था *क़ातिल हसीना* और लेखक...बलराम एकदम सन्न रह गया...लेखक के स्थान पर नाम था—'मधुमती'

'मधुमती' के नाम से स्वयं बलराम जासूसी उपन्यास लिखा करता था। पर यह उपन्यास उसने नहीं लिखा था। फिर यह उपन्यास कहाँ से आया? वह समझ नहीं पाया कि उसे यह पुस्तक देखकर प्रसन्न होना चाहिए, दुखी होना चाहिए, नाराज़ होना चाहिए या क्रुद्ध होना चाहिए।

“जब हमने पॉकेट बुक में जासूसी पुस्तकों की यह योजना आरम्भ की थी,” जगदीश जी अपनी टाँगों को उसी प्रकार गूँधते रहे, “तो आपसे यह तय पाया था कि आप और किसी प्रकाशक के लिये ‘मधुमती’ के नाम से कोई पुस्तक नहीं लिखेंगे। फिर भी यह पुस्तक आपने लिखी।”

बलराम की बारी अब हैरान होने की थी, “पर यह पुस्तक मेरी लिखी हुई नहीं है।”

“यह आपने नहीं लिखी?”

“बिलकुल नहीं।”

“तो?” जगदीश जी ने अपनी टाँगें गूँधनी छोड़ दीं, “तो मेरा शक ठीक है। ‘मधुमती’ नाम अब पाठकों में कुछ प्रिय हो गया है तो दूसरे प्रकाशकों ने भी उसी नाम से जाली पुस्तकें छापनी शुरू कर दी हैं।”

“यही बात हो सकती है।”

“तो साहब! ऐसे तो हम मार खा जाएँगे।” जगदीश जी बोले, “या तो लोग हमारे धोखे में दूसरों की छापी हुईं पुस्तकें ख़रीद लेंगे, या दूसरे लोग घटिया पुस्तकें छापकर इस नाम को बदनाम कर देंगे और हमारी पुस्तकें भी बिकनी बन्द हो जाएँगी।”

“तो?”

“कानूनी कार्रवाई करनी पड़ेगी।” जगदीश जी बोले, “हम मेहनत करें। अच्छी पुस्तकें छापें। एक नाम को बाज़ार में प्रतिष्ठित करें और दूसरे लोग उसका लाभ उठाएँ। यह तो ठीक बात नहीं है।”

“आपने किसी वकील से बात की है?” बलराम ने पूछा।

“बात तो मैंने की है।” जगदीश जी बोले, “पर उसमें कई परेशानियाँ हैं। पहली बात तो यह है कि यह नाम किसी का पेटेंट करवाया हुआ नहीं है। फिर आपका यह असली नाम भी नहीं है। कॉपीराइट एक्ट के अन्दर यह बात आ नहीं सकती।”

“तो इसका अर्थ यह है कि यह चोरी चलती जाएगी और हम कुछ भी नहीं कर सकते।”

“मैं नहीं कर सकता।” जगदीश जी बोले, “पर आप कर सकते हैं।”

बलराम चौंका।

जगदीश जी इस सारी बात-चीत में धकेलकर उसे एक नुक्कड़ में घेर लाए थे। ठीक है कि वे जासूसी उपन्यास उसने लिखे हैं, पर वह वे उपन्यास लिखना नहीं चाहता था। वह तो जगदीश जी ने उससे मज़दूरी करवाई थी। उसने उपन्यास लिखकर उनका मूल्य ले लिया था। अब वे उपन्यास जगदीश जी की सम्पत्ति थे।

वे उसे मधुमती के नाम से छापते हैं या पद्मावती के नाम से, इससे उसका कोई सम्बन्ध नहीं था। वे उस उपन्यास की एक हज़ार प्रतियाँ छापते हैं या एक लाख, इससे भी उसका कोई सम्बन्ध नहीं था। वे उससे कितना भी लाभ कमाएँ, वह सारा जगदीश जी का था, उसमें बलराम का कोई भी हिस्सा नहीं था। अब जब घाटे की बात आई है, तब वे चाहते हैं कि मुकदमा वह लड़े। वे उससे चालाकी चल रहे हैं।

"मैं कैसे कर सकता हूँ?" उसने पूछा।

"आप कोर्ट में कहिए कि मधुमती मेरा पेन-नेम है। मैं इस नाम से लिखता हूँ।"

बलराम ज़ोर से हँसा, "आप चाहते हैं कि मैं कोर्ट में ऐसी घोषणाएँ करके अपना सारा साहित्यिक कैरियर बिगाड़ लूँ? आप चाहते हैं कि मैं लोगों को बताऊँ कि मैं घटिया क़िस्म का जासूसी लेखक हूँ।" वह कुछ रुककर बोला, "दूसरी बात यह है कि 'मधुमती' नाम यदि आपने पेटेंट नहीं करवाया, तो मैंने भी नहीं करवाया है। और तीसरी बात यह है कि यह नाम मेरा नहीं, आपका है। आप किसी और लेखक से उपन्यास लिखवाकर भी इसी नाम से प्रकाशित कर सकते हैं। 'बाटा' के जूते कोई भी मोची बनाए, जब स्टैंप बाटा की लग गई तो वे 'बाटा' के ही हैं। वैसे ही 'मधुमती' आपकी स्टैंप है, मेरी नहीं।"

जगदीश जी नाराज़ हो गए।

"अपने देश में यही तो मुश्किल है। समय आने पर लेखक हर बार पीछे हट जाता है और प्रकाशक फँस जाता है। मैंने यह स्कीम आप लोगों के भले के लिये बनाई थी। सोचा था, आपको मार्किट में एस्टैब्लिश कर दूँगा। उससे आपको भी लाभ होगा और हम भी एस्टैब्लिश्ड लेखक के प्रकाशक के नाते लाभ में रहेंगे।"

"आप बलराम को एस्टैब्लिश कर रहे थे या मधुमती को?" बलराम कुछ तीखा पड़ा, "मधुमती को एस्टैब्लिश कर आप मुझे दूध की मक्खी के समान निकालकर बाहर फेंक सकते हैं। मैं दूसरे प्रकाशक के पास जाकर इस नाम का कोई लाभ नहीं उठा सकता। जबकि आप किसी भी लेखक से चीज़ लिखवाकर इस नाम से छापकर उसका लाभ उठा सकते हैं।"

"आप सोच लीजिए।" जगदीश जी अपनी नाराज़गी छोड़कर सहज हो गए थे, "इसमें आपका भी लाभ है और हमारा भी। आपका कोर्ट में ख़र्च भी अधिक

नहीं आएगा। हमारी जान-पहचान का एक अच्छा वकील है। आपसे काफ़ी कम पैसे लेगा।''

''अच्छा सोचूँगा।''

बलराम चला आया।

सोचने की कोई विशेष बात थी नहीं। वह सोच चुका था। जगदीश जी क्या चाहते हैं, वह समझता था। पैसे के लिये उसने पिछले दिनों काफ़ी कूड़ा लिखा था, पर फिर भी साहित्यिक क्षेत्र में यश प्राप्त करने की लालसा उसके मन में थी। वह अपने हाथों अपने भविष्य की सारी सम्भावनाओं पर पेट्रोल छिड़ककर आग नहीं लगा सकता था।

पर यदि वह मुकदमा नहीं लड़ेगा, तो जगदीश जी से उसके सम्बन्ध सामान्य नहीं रह पाएँगे। वह उन्हें जानता है। वे किसी और से उपन्यास लिखवाकर 'मधुमती' के नाम से छाप लेंगे। अब तक वह महीने-भर में एक उपन्यास लिखकर पाँच सौ रुपये कमा लिया करता था। अब उसकी वह आय बन्द हो जाएगी। ...यदि वह किसी प्रकार मुकदमा लड़ने को तैयार हो भी जाए, वह कोर्ट में शपथपूर्वक यह घोषणा कर भी दे कि वह ही 'मधुमती' के नाम से जासूसी उपन्यास लिखता रहा है—अपने साहित्यिक अस्तित्व की हत्या कर भी डाले, तो वह मुकदमा जीत ही जाएगा, यह कौन कह सकता है। जीतना निश्चित होता तो जगदीश जी स्वयं मुकदमा लड़ लेते। उसे सामने लाने का सीधा अर्थ यही है कि इस बाज़ी में जीत निश्चित नहीं है।

...और यदि वह मुकदमा जीत भी जाए, तो भी मुकदमे के बाद किसी समय जगदीश जी उसे दूध की मक्खी के समान निकाल नहीं फेंकेंगे, इसकी क्या गारन्टी है?

तो क्या उसकी आय का मुख्य साधन समाप्त हो गया?

शायद!

पता नहीं, उसे कोई दूसरा प्रकाशक मिलेगा भी या नहीं।

इसी निराशा में उसे अपने प्रधान सम्पादक की याद भी कुछ अधिक तीव्रता से आ रही थी।

प्रधान सम्पादक उसे कितनी ही बार हल्के-हल्के संकेत दे चुका था कि वह जो कहानियाँ लिखता है, उन पर पहला अधिकार उस पत्रिका का है, जिसमें वह काम करता है। उसे पहले वे कहानियाँ अपनी पत्रिका को ही देनी चाहिए और वहाँ से अस्वीकृत होने की स्थिति में, दूसरी पत्रिकाओं को भेजनी चाहिए।

बलराम का मन आक्रोश से जल उठा।

एक ओर 'अपनी पत्रिका', 'अपनी पत्रिका' की रट लगाए जाएँगे, और दूसरी ओर सालों ने नियम बना रखा है कि स्टाफ़ के लोगों को किसी भी रचना के लिये पारिश्रमिक नहीं मिलेगा। इसका अर्थ यह हुआ कि वह जो सौ-पचास रुपये महीने के कमा लेता है—वे भी छिन जाएँगे।

अभी तक वह टालता आ रहा था। प्रधान सम्पादक ने भी अधिक आग्रह नहीं किया था। पर किसी दिन वह इस प्रकार का कोई नियम बनवाकर मैनेजमेंट की ओर से सूचना निकलवा देगा। स्वयं तो एक शब्द नहीं लिखता; जो लोग लिखते हैं, उनसे जलता है। चाहता है, वे भी न लिखें।

जब अपनी लिखी हुईं कहानियाँ झख मारकर बिना पारिश्रमिक के अपनी ही पत्रिका में छपवानी पड़ेंगी, तो कोई क्यों लिखेगा? किसी दिन उसे भी लिखना बन्द करना पड़ेगा।

पर आय?

तब आय का एकमात्र साधन उसका वेतन ही रह जाएगा।

पर उसने अपनी बढ़ी हुई आय के सहारे ही अपनी अलग गृहस्थी बसाने का साहस किया था। वह माँ को बरसों से जमी हुई अपनी गृहस्थी से उखाड़ लाया था। वह गिरिधर और कमला को पिताजी से छीन लाया था। वे सब उसके आश्रित थे।

...और उसने विवाह के लिये भी 'हाँ' की है।

वह भीतर ही भीतर कहीं सिहर उठा।

ग्यारह

डॉ. कपिला खोजते-खोजते दो घण्टों में नगर निगम के कार्यालय में पहुँचे। कार्यालय में चार-पाँच जगहों पर उन्होंने पूछताछ की और अधिकांश लोगों ने सरकारी कार्यालयों की नियमावली के अनुसार गलत सूचनाएँ देने का अपना कर्तव्य निभाया। आख़िर भटक-भटकाकर वे ठीक जगह पर भी जा पहुँचे।

उस कमरे में एक मेज़ और दो-तीन कुर्सियाँ पड़ी थीं। मेज़ पर एक टाइपराइटर और कई फ़ाइलें पड़ी थीं। एक मूर्ति उस टाइपराइटर को रह-रहकर खटखटाती जा रही थी। डॉ. कपिला जाकर उस मूर्ति के सम्मुख इस प्रतीक्षा में खड़े हो गए कि उनसे पूछा जाएगा कि उन्हें क्या काम है। पर मूर्ति के पास करने के लिये इससे अधिक महत्त्वपूर्ण काम थे।

अन्त में डॉ. कपिला ने स्वयं पूछा, "मैं ग्रेटर कैलाश में एस ब्लॉक के पार्क में एक उत्सव के लिये शामियाने लगवाना चाहता हूँ, अनुमति प्राप्त करने के लिये मुझे क्या करना होगा?"

टाइपराइटर खटखटाती हुई उस मूर्ति ने उनकी ओर देखे बिना ही कहा, "उद्यान विभाग के उपनिदेशक के नाम प्रार्थना-पत्र लिखो।"

"अनुमति के लिये कोई शुल्क भी है?"

"एक शामियाने के पन्द्रह रुपये। दस रुपये सफ़ाई के और साठ रुपये सिक्योरिटी, जो बाद में सब कुछ ठीक-ठाक होने पर वापस कर दिए जाएँगे।"

"एक कागज़ देंगे आप?"

उनकी ओर एक कागज़ बढ़ आया।

"मैं कुर्सी पर बैठ जाऊँ?" डॉ. कपिला ने पूछा।

"आपकी मर्ज़ी।"

डॉ. कपिला ने वहीं बैठकर अनुमति के लिये प्रार्थना-पत्र लिखा और उस मूर्ति की ओर बढ़ा दिया।

मूर्ति ने प्रार्थना-पत्र लेकर रख लिया और उसी प्रकार टाइपराइटर खटखटाते हुए उपेक्षा से बोली, "ठीक है। कल आइएगा। जो आदमी इसको डील करता है, वह आज कहीं बाहर गया हुआ है।"

"वे कब तक लौटेंगे?" डॉ. कपिला ने पूछा।

"पता नहीं।"

डॉ. कपिला ने आवाज़ में कुछ अतिरिक्त नम्रता घोली, "देखिए, आज मैंने छुट्टी ली है और इस काम के लिये आया हूँ। यह काम आज हो जाए तो अच्छा है, नहीं तो कल फिर छुट्टी लेनी पड़ेगी। वे सज्जन यदि घण्टे-दो घण्टे में आने वाले हों तो मैं प्रतीक्षा कर लूँ।"

"आपको कह दिया न कल आना।" उस मूर्ति ने पहली बार सिर उठाया, "यह दफ़्तर है, आपका घर नहीं कि हर काम खड़े-खड़े हो जाए।"

डॉ. कपिला लौट पड़े।

उनका मूड ख़राब हो गया था और उसी ख़राब मूड में वे सोच रहे थे कि चार शामियानों के साठ रुपये, दस रुपये सफ़ाई के। सत्तर रुपये उन्हें देने पड़ेंगे, साठ रुपये सिक्योरिटी के अलग। यह बिलकुल अनावश्यक ख़र्च था। उनके मन में कहीं एक धुँधला-सा भाव जाग रहा था कि वे सड़क पर ही शामियाने लगवा लें।

घर आकर डॉ. कपिला ने शारदा को सारी बात बताई।

"मेरा तो विचार है कि हम सड़क पर ही शामियाना लगा लें। इस समय इतना ख़र्च हो रहा है। एक सौ तीस रुपयों का अतिरिक्त बोझ उठाने की क्या आवश्यकता है।" शारदा बोली, "साठ रुपये वापस तो मिल जाएँगे, पर पहले देने तो पड़ेंगे ही। फिर पता नहीं वापस कब मिलते हैं। लेते समय तो ये लोग नक़द ले लेते हैं। वापस करते हुए पचहत्तर चक्कर लगवाएँगे और एक सौ छत्तीस नखरे करेंगे।"

शारदा की बात ठीक थी। अभी तो अनुमति लेने के लिये ही पता नहीं कितने चक्कर लगाने पड़ेंगे। फिर सिक्योरिटी वाले रुपये लेने के लिये तो बहुत ही परेशानी होगी। उन्हें सरकारी कार्यालयों के व्यवहार का कुछ-कुछ अनुभव था।

...पर अब तक वे इस प्रकार के निजी उत्सवों के लिये सड़क का उपयोग कर अन्य लोगों को परेशान करने के दुष्कृत्य का विरोध करते आए थे। उनके सिद्धान्तों का क्या होगा? लोगों में सिविक सेंस के अभाव का रोना वे रोज़ रोते हैं। और अब स्वयं वही कुछ करने की बात सोच रहे हैं। पहली ही परेशानी में सारे सिद्धान्त-विद्धान्त धरे रह गए।

''नहीं! इतनी जल्दी निर्णय मत लो। मुझे कोशिश करने दो।'' उन्होंने शारदा से कहकर स्वयं को समझाया।

पर वे स्वयं अपने-आपसे नाराज़ हो गए थे। आख़िर उनके सारे उत्साह को सहसा ही क्या हो जाता है। एक बार नगर निगम के कार्यालय में लोग उपेक्षा से मिले, या आवश्यक व्यक्ति नहीं मिला या कुछ रुपये देने पड़ गए, तो उनकी यह अवस्था हो गई है। वे किस बलबूते पर दूसरों पर नाराज़ होते रहते हैं। दूसरे लोगों के सामने भी तो ये ही परेशानियाँ आती होंगी। हो सकता है कि अन्य लोग भी इसी प्रकार हतोत्साहित होकर अपना सिविक सेंस भूल जाते हों और सड़कों का दुरुपयोग करने लगते हों।

और सहसा उनका सारा आक्रोश अपने ऊपर से हटकर व्यवस्था की ओर उमड़ पड़ा। आख़िर यह सरकार चाहती क्या है? जो व्यक्ति नियमों के अनुसार, कानून का सम्मान करते हुए, उचित ढंग से जीना चाहता है—उसे ढंग से जीने क्यों नहीं दिया जाता? उसे तरह-तरह से परेशान क्यों किया जाता है? होना तो यह चाहिए कि जो व्यक्ति नियम-कानून के अनुसार जीना चाहे, उसे अधिक सुविधाएँ मिलें, ताकि अन्य लोग भी कानून का सम्मान करने के लिये प्रोत्साहित हों। पर होता ठीक उसका उल्टा है। ऐसे तो लॉ-एबाइडिंग नागरिक कानून के सम्मान के लिये परेशानियाँ उठाकर स्वयं को महामूर्ख समझने लगेगा।

दूसरे दिन डॉ. कपिला नगर निगम के कार्यालय में पहुँचे। उन्हें ठीक उसी स्थान पर, कल वाला व्यक्ति, ठीक उसी मुद्रा में उपस्थित मिला।

''क्यों साहब!'' डॉ. कपिला बोले, ''वे दूसरे साहब आज भी आए हैं या नहीं?''

उस व्यक्ति ने कल की अपेक्षा कुछ नम्र स्वर में कहा, ''वे फिर बाहर गए हुए हैं जी। पता नहीं कब तक लौटें?'' फिर उसके स्वर में कुछ स्नेह उमड़ आया, ''करने को तो मैं भी आपका काम कर दूँ, पर कोई गलती हो गई तो बाद में मुझे बहुत परेशानी होगी। वैसे भी जब लोग अपना ही काम नहीं करते, मैं दूसरे आदमी का काम क्यों करूँ? आख़िर मुझे उसका कोई ईनाम तो देगा नहीं।''

डॉ. कपिला ने घिघियाना या उसका एहसान उठाना अनावश्यक समझा और खीझते हुए फिर लौट पड़े।

वे सीधे घर नहीं आए, रास्ते में 'पंजाबी टेंट हाउस' वाले लच्छूराम से बातचीत करने के विचार से बाज़ार चले गए।

लच्छूराम ने उन्हें बड़े सम्मान से बैठाया और कोका-कोला की बोतल खोलकर सामने धर दी। उन्होंने बहुत मना किया, पर लच्छूराम ने कोका-कोला पिलाए बिना ऑर्डर लेने से ही इनकार कर दिया।

डॉ. कपिला ने चीज़ें देखीं, उनकी अच्छाई-बुराई परखी, उनका किराया पूछा और अपनी आवश्यकता के अनुसार ऑर्डर दे दिया। अन्त में वे अपनी बात पर आए।

"पर आप शामियाना लगाएँगे कहाँ?"

"अगर आपकी कोठी के पास कोई खाली प्लाट है, तो वहाँ लगा देंगे, या फिर सड़क पर लगा देंगे।" लच्छूराम बोला।

"पार्क में क्यों न करें?" डॉ. कपिला ने कहा।

"हाँ! पार्क में भी कर सकते हैं। हमें जहाँ कहिए, वहीं कर दें।" लच्छूराम बोला, "पर पार्क में शामियाना लगाने के लिये परमिशन लेनी पड़ेगी।"

"परमिशन आप लेंगे या मुझे लेनी पड़ेगी?"

"आप चाहें, आप ले लीजिए; हमें कहिए, हम ले लेंगे।" लच्छूराम बोला, "चार शामियानों के साठ रुपये। दस रुपये सफ़ाई के। दस रुपये डीलिंग क्लर्क के; और साठ रुपये सिक्योरिटी। कुल एक सौ चालीस का ख़र्च है।"

डॉ. कपिला को अपनी भूल अब समझ में आई। उन्होंने अपने हिसाब में क्लर्क के दस रुपये कभी नहीं जोड़े थे। इसीलिये दो दिनों से वह क्लर्क उन्हें नहीं मिल रहा था। वे दो चक्कर लगाकर अपने कई घण्टे और यातायात पर आठ-दस रुपये ख़र्च कर चुके थे। अभी पता नहीं और कितने चक्कर उन्हें लगाने पड़ें तो क्या वे उस क्लर्क को रिश्वत देंगे? उनका मन एकदम विद्रोह कर उठा! लोग अनुचित और नियम-विरुद्ध कार्य करते हैं और उसके दण्ड से बचने के लिये या अनुचित लाभ उठाने के लिये रिश्वत देते हैं। वे तो एक साधारण कार्य के लिये विधिवत् औपचारिक अनुमति लेना चाहते हैं। उसके लिये रिश्वत? एक तो वे रिश्वत देने के सरासर विरुद्ध हैं, फिर एक अच्छे काम के लिये रिश्वत? इससे तो अच्छा है कि वे भी अन्य लोगों के समान सड़क घेरकर उधर से गुज़रने वाले लोगों का रास्ता रोक उन्हें परेशान करें। इन परेशानियों से भी बचें तथा अपने पैसे भी बचाएँ।

"सड़क पर शामियाना लगाने के लिये भी तो अनुमति लेनी पड़ेगी?" डॉ. कपिला ने पूछा।

"वह आप मुझ पर छोड़ दीजिए।" लच्छूराम बोला, "उसकी फ़ीस कुल पाँच रुपये है। वह मैं कर लूँगा।"

डॉ. कपिला बिना कोई निश्चित आदेश दिए ही उठ आए। वे समझ नहीं पा रहे थे कि वे अनेक परेशानियाँ उठा, और एक सौ चालीस रुपये ख़र्च कर अपने सिद्धान्तों का पालन करें या चुपचाप सड़क पर शामियाने लगवाकर व्यावहारिक ढंग से अपना काम निकाल लें...

“अनुमति मिल गई?” शारदा ने पूछा।

“नहीं। वह क्लर्क आज फिर नहीं मिला।”

“तो आप कब तक चक्कर लगाते रहिएगा?” शारदा कुछ क्षुब्ध होकर बोली, “रोज़-रोज़ आप नगर निगम के दफ़्तर ही जाते रहेंगे तो बाकी काम कौन करेगा? और भी तो छत्तीस काम हैं।”

“नहीं। अब नहीं जाऊँगा।” डॉ. कपिला ने अपना द्वन्द्व त्याग, तत्काल निर्णय लेकर शारदा को सुना दिया।

“तो बिना अनुमति के ही शामियाने लगेंगे?”

डॉ. कपिला भी यही सोच रहे थे। उन्होंने नज़र उठाकर शारदा को देखा, वह सचमुच पूछ रही थी या उन पर व्यंग्य कर रही थी। नहीं! वह शायद पूछ ही रही थी। व्यंग्य की बात उनके अपने मन की थी।

“बिना अनुमति के क्यों लगेंगे!” वे अपने-आपको आश्वस्त करते हुए बोले, “मैं ‘पंजाबी टेंट हाउस’ वाले लच्छूराम को कह आया हूँ। वह स्वयं अनुमति ले लेगा।”

“उसने अनुमति न ली और बाद में कोई परेशानी उठ खड़ी हुई तो कौन भुगतेगा?”

आज शारदा उनके स्वर में क्यों बोल रही थी?

“परेशानी कैसे उठ खड़ी होगी?” वे बोले, “मैं पहले देख लूँगा कि उसने अनुमति ली है या नहीं। बाद में शामियाने लगवाऊँगा।”

शारदा कुछ नहीं बोली।

डॉ. कपिला भी आश्वस्त हो गए। पर उनके मन में मुँडन के दिन वाला एक धुँधला-सा चित्र उभर रहा था। उस दिन सवेरे टेंट हाउस वाले आएँगे और चुपचाप सड़क पर शामियाने लगा देंगे। डॉ. कपिला उन लोगों से अनुमति की बात नहीं पूछेंगे और न ही लच्छूराम कुछ कहेगा। सारा काम हो जाएगा। सड़क बन्द देख उधर से गुज़रने वाले लोग गालियाँ दे-दिलाकर इधर-उधर हो जाएँगे। अन्त में, लच्छूराम अनुमति के नाम पर उनसे पाँच रुपये ले लेगा। वे बिना कोई आपत्ति के उसे पाँच रुपये दे देंगे।

उनके भीतर कहीं एक तीखी चुभन उन्हें छेद रही थी। इससे तो कहीं अच्छा था कि वे आरम्भ में ही ज़िद न करते। शामियाने सड़क पर लगवाने की बात पहले ही मान लेते। आख़िर अपने-आपसे इतना व्यर्थ संघर्ष कर अपने-आपको तोड़ने का क्या लाभ?

बारह

अब तक जो कुछ हुआ था, वह मक्खनलाल के अनुमान के अनुरूप ही हुआ था।

किसी आते-जाते व्यक्ति ने दर्शना के शव को रिंग रोड से परे खेतों और जंगल के बीच, एक कुएँ में पड़ा देखा था। उसकी सूचना पर पुलिस आई थी और शव को ले गई थी। मक्खनलाल ने थाने में रिपोर्ट लिखा दी थी कि उसकी पत्नी पिछली शाम से ही ग़ायब थी। शव मिलने के पश्चात् उसके बताए हुए हुलिये के अनुकूल पाकर उसे पहचान के लिये बुलाया था। उसने शव को पहचान लिया था और पहचानकर काफ़ी दुखी भी हो गया था कि उसकी पत्नी अब इस दुनिया में नहीं रही।

कल शाम को शव पहचाना गया था और आज सवेरे से वह पुलिस चौकी में बैठा हुआ था। उसका बयान पुलिस ने ले लिया था और पूछताछ हो रही थी। सब-इंस्पेक्टर लेखराज चौकी का इंचार्ज था और केस भी उसी के हाथ में लग रहा था। लेखराज और मक्खनलाल आमने-सामने बैठे हुए एक-दूसरे को तौल रहे थे।

लेखराज ने पता लगा लिया था, दर्शना के मायके में कोई नहीं था। उधर से न उसको कोई डर था और न मक्खनलाल को। इसलिये वह जो चाहे, फ़ैसला करके अपनी रिपोर्ट में दिखा सकता था। उसकी रिपोर्ट के विरुद्ध प्रतिवाद करने वाला, अफ़सरों तक फ़रियाद लेकर पहुँचने वाला कोई नहीं था। उसे पीड़ित पक्ष से न समझौता करने की आवश्यकता थी, न उनके प्रति न्याय करना आवश्यक था। उनसे उसे कुछ मिल भी नहीं सकता था।

उसका लाभ इसी में था कि वह मक्खनलाल से समझौता कर ले। और मक्खनलाल जो चाहता है, अपनी रिपोर्ट में वही लिखकर, उसे यदि लेखराज कानून की पकड़ से मुक्त कर दे, तो मक्खनलाल से समझौता ही समझौता है।

केस, उसकी नज़र में बड़ा साफ़ था। अभी पोस्टमार्टम नहीं हुआ था, पर पोस्टमार्टम की रिपोर्ट में जो कुछ होगा—वह अपने अनुभव के आधार पर पहले ही बता सकता था। दर्शना को मार-पीट, उसका गला घोंट, उसे समाप्त कर कुएँ

में डाल दिया गया था। निश्चित रूप से उसे या तो मक्खनलाल ने मारा था, या किसी को कुछ रुपये देकर मरवा डाला गया था। कारण? कारण कुछ भी हो सकता है—कोई घरेलू झगड़ा, दर्शना के मायके से मिला धन हड़पना, दर्शना का किसी अन्य पुरुष या मक्खनलाल का किसी अन्य स्त्री से सम्बन्ध। इतनी बातें तो पुलिस का दो-चार वर्षों का अनुभव ही सिखा देता है। लेखराज को तो उससे कहीं अधिक अनुभव हो चुका है।

बहुत सारी बातों की खोजबीन अभी करनी थी। दर्शना की हत्या कहाँ हुई? यदि कुएँ के पास हुई तो उसे वहाँ कौन ले गया और कैसे ले गया? यदि हत्या कुएँ से दूर हुई है तो उसके शरीर को कुएँ तक कैसे ले जाया गया। मक्खनलाल के अन्य सहायक कौन-कौन थे?

पर इन प्रश्नों की छानबीन तब आवश्यक थी, जब इसे हत्याकांड सिद्ध करना हो, या फिर उसके सहायक इस हैसियत के हों, जिनसे कुछ वसूल हो सके। नहीं तो बेकार सिर मारने का कोई लाभ नहीं था। हत्याकांड सिद्ध करके मक्खनलाल से कुछ भी वसूल नहीं किया जा सकता था। मक्खनलाल से समझौता तब ही हो सकता था, जब इसे आत्महत्या का केस सिद्ध कर दिया जाए। पर, पुलिस-तकनीक के अनुसार अधिक-से-अधिक लाभ-प्राप्ति के लिये, समझौते से पूर्व मक्खनलाल को अधिक-से-अधिक धमकाया जाना चाहिए था।

और दूसरी बात। समझौता होना है, तो पोस्टमार्टम से पहले-पहले ही हो जाना चाहिए। वही सबसे अधिक सुविधाजनक और सुरक्षित समझौता होता है। पोस्टमार्टम से पूर्व ही जब इंवेस्टिगेटिंग अफ़सर डॉक्टर को बता देता है कि पोस्टमार्टम की रिपोर्ट में क्या होना चाहिए और उस रिपोर्ट का पारिश्रमिक कितना है तो बाद में परेशानी नहीं होती। एक बार पोस्टमार्टम की रिपोर्ट आ जाए, लाश जला दी जाए—फिर कोई क्या सिद्ध कर लेगा।

एक बहुत हल्की-सी सम्भावना इस बात की भी थी कि किसी अन्य व्यक्ति या किसी दल ने दर्शना को किसी लालच में मार डाला हो। किन्तु, जिस रूप में दर्शना की लाश मिली थी, उससे यह सम्भावना एकदम पुष्ट नहीं होती थी। न तो दर्शना की लाश पर बलात्कार का कोई चिह्न था और न ही उसके गहने उतारे थे, इसलिये इस विषय में सोचना ही बेकार था। फिर यदि ऐसा कुछ सिद्ध कर भी दिया जाए तो उसे अज्ञात हत्यारे या हत्यारों को पकड़ने के लिये बहुत दौड़-धूप करनी पड़ेगी तथा मक्खनलाल से एक पैसा भी वसूल नहीं होगा। उसके लिये सबसे अधिक लाभदायक यही था कि मक्खनलाल को हत्यारा प्रमाणित कर, उससे उचित धन लेकर रिपोर्ट में इसे आत्महत्या का केस प्रमाणित कर दे।

मक्खनलाल के मन में भी बात काफ़ी साफ़ थी। दर्शना के मायके की ओर से उसे भी ख़तरा नहीं था। दयावन्ती और उसका दर्ज़ी पति ज़रूर उसके विरुद्ध कुछ कर सकते थे। यदि वे पुलिस को बता दें कि वह मृत्यु से एक दिन पहले शाम को उनके घर आई थी, रात को वहीं रही थी; और दूसरे दिन उन्हें यह बताकर गई थी कि वह मक्खनलाल के साथ जा रही है, तो पुलिस उसे फाँस सकती थी। पर यदि उन दोनों की शामत नहीं आई, तो वे ऐसा कोई काम नहीं करेंगे। उसने अपने बयान में यह कहीं नहीं कहा है कि मृत्यु से पहले वाली शाम और रात को वह उनके घर पर रही थी। यदि वे स्वयं ऐसा कुछ बताने की मूर्खता करेंगे तो पुलिस उन्हें भी फाँस लेगी और बुरी तरह तंग करेगी। वह स्वयं तो किसी भी दिन उस दर्ज़ी की गर्दन मरोड़ सकता है। पर वह दर्ज़ी इतना समझदार तो होगा ही कि अपना कफ़न स्वयं अपनी मशीन पर न सिए। दयावन्ती भी ऐसा बयान देकर मक्खनलाल और पुलिस के दो पाटों के बीच पिसने की मूर्खता नहीं करेगी।

यदि लेखराज को गाँठ लिया जाए और वह इसे आत्महत्या मान ले, तो सारी बात समाप्त हो जाती है। पर लेखराज को गाँठने का ढंग क्या हो? क्या वह उससे लेन-देन की बात छेड़े?...नहीं। रिश्वत देने का मतलब होगा कि वह हत्या करने की स्वीकृति दे रहा है। एक बार ऐसी स्वीकृति देकर वह सस्ता नहीं छूटेगा। पुलिस वाले किसी के भी सगे नहीं होते। और पुलिस का पेट जल्दी नहीं भरता। हत्या का मामला है, दस-पाँच रुपये लेकर तो कोई उसे छोड़ नहीं देगा।

फिर?

एक ही ढंग है।

वह शर्माजी की सहायता ले। हाँ, शर्माजी। ऊपर से डंडा पड़ेगा तो लेखराज सीधा हो जाएगा। बिना एक भी कौड़ी खर्चे, सारा काम बन जाएगा। उसे कुछ देने की बात चलाने की मूर्खता कभी नहीं करनी चाहिए।

और उसे डरने की ज़रूरत भी नहीं है। वह एक भी बात स्वीकार नहीं करेगा।

"मुझे तो यह हत्या का मामला लगता है।" लेखराज ने घूरकर मक्खनलाल को देखा।

"हो सकता है।" मक्खनलाल उदासीन था। उस पर इस वाक्य का कोई प्रभाव नहीं हुआ था।

" 'हो सकता है' का मतलब जानते हो मक्खनलाल।" लेखराज ने मेज़ पर मुक्का मारकर ऊँची आवाज़ में धमकाया "सारा घर बँध जाएगा तुम्हारा।"

"इतना अँधेर नहीं है अभी देश में थानेदार साहब!" मक्खनलाल बड़े आश्वस्त स्वर में बोला, "एक तो किसी ने हमारे घर की औरत को मार दिया, फिर हमारा ही घर बँध जाएगा। अंग्रेज़ों का राज है क्या?"

“इस भुलावे में न रहना।” लेखराज बोला, “राज चाहे देसी हो, पर अपराधियों को हम वैसे ही बाँधकर पीटते हैं। और हत्यारों पर तो बिलकुल दया नहीं करते। ऐसे ही थोड़े कोई बक देता है! खाल उधेड़ी जाती है, तभी कोई अपना अपराध स्वीकार करता है।”

“हाँ! पुलिस को न्याय तो करना ही होगा!” मक्खनलाल को भय और घबराहट ने छुआ तक नहीं, “पर मेरा घर क्यों बँधेगा थानेदार साहब? क्या हत्या हमने की है?”

“और किसने की है?”

“यह पता करना पुलिस का काम है।” मक्खनलाल बोला, “मुझे पता होता तो मैं उसको अब तक ज़िन्दा न रहने देता।”

“तो तुम हत्या कर सकते हो?”

“मर्द हूँ। बदला ले सकता हूँ।”

“तुम्हारा क्या विचार है, यह काम किसका हो सकता है?” लेखराज नर्म होकर बोला, “मेरा मतलब है, तुम्हारा शक किस पर है?”

“मेरा शक किसी पर नहीं है। हो सकता है, वह अपने-आप जा मरी हो।”

“क्या खूब!” लेखराज ज़ोर से हँसा, “मरने के लिये उतनी दूर जाने की क्या ज़रूरत थी? और फिर मरने का कारण?”

“मैं क्या जानूँ?” मक्खनलाल बोला, “मुझे बताकर तो गई नहीं। वैसे पिछले कुछ दिनों से उदास ज़रूर थी। अभी तक हमारा कोई बच्चा नहीं हुआ न। बच्चा नहीं हो तो औरत दुखी हो ही जाती है।”

लेखराज उसे देखता रह गया...जितना उसने समझा था, यह आदमी उससे ज़्यादा होशियार था। आत्महत्या का पूरा केस बना रहा है। कारण तक ढूँढ निकाला है...

“ख़ैर, यह तो पोस्टमार्टम की रिपोर्ट ही बताएगी।” लेखराज बोला, “अब तुम जाओ। और देखो...,” उसने पूरे पुलिसिया रौब से उसे देखा, “कहीं भागने-वागने की कोशिश मत करना नहीं तो तेरे भाइयों और बूढ़े बाप की खाल उधेड़कर भुस भर दूँगा। धमकी मत समझना। सच कह रहा हूँ। मिर्चें चढ़ा दूँगा... समझे? लेखराज का नाम सारा इलाका जानता है। लेखराज इंचार्ज होकर आता है तो नम्बरी बदमाश भी इलाका छोड़ जाते हैं।”

मक्खनलाल ने बड़ी आश्वस्त मुद्रा में उसे देखा और मुड़कर चला आया।

तेरह

उसकी बात को बलराम के ससुरालवालों ने यथातथ्य रूप में स्वीकार कर लिया। उसने कहा था, "उसे दहेज नहीं चाहिए।" उन्होंने उसे दहेज नहीं दिया। सुबह राधा डोली से उतरी थी और शाम को बलराम उसे बाज़ार ले गया था। राधा के पास घर में पहनने के लिये चप्पल नहीं थी। घर में पहनने के लिये धोतियाँ नहीं थीं। बदलने के लिये भीतरी कपड़े नहीं थे...

माँ को बहुत बुरा लगा था। डोली से उतरी नहीं और बाज़ार चल दी। कितने भी गए-बीते माँ-बाप हों, इतना तो देते ही हैं कि साल, दो साल चल जाए। फिर अच्छा-खासा, कमाता-धमाता, पढ़ा-लिखा, सुन्दर-सलोना लड़का था। उसने कह दिया, उसे दहेज नहीं चाहिए—यह उसकी शराफ़त थी। मतलब इतना-सा था कि बेटीवालों को तंग न किया जाए। पर इसका यह अर्थ कैसे हो गया कि बेटी को तीन कपड़ों में चलता कर दिया जाए। अधिक वे कुछ नहीं चाहतीं, पर बहू अपनी ज़रूरत की चीज़ें तो अपने साथ लाए। उन्होंने तो ऐसे किया, जैसे कोई गया-बीता, बूढ़ा-दुहाजू लड़का हो और बेटी देकर उस पर एहसान किया हो। दुनिया बेटों के सिर पर इतना माँगती है—उन्होंने बेटा ऐसे ब्याह दिया, जैसे उसे जन्म न दिया हो, पाला-पोसा न हो; कहीं पड़ा मिल गया हो। लड़के का कोई मोल ही नहीं पड़ा...

बहू ने घर में आकर माँ को सास बनाया था। माँ सास के सम्मान और पद के प्रति बड़ी सचेत हो गई थी। वे जब पीढ़े पर बैठी होती हैं तो बहू पलँग पर क्यों चढ़ बैठती है। पलँग पीढ़े से ऊँचा है। क्या उसके माँ-बाप ने उसे इतना भी नहीं सिखाया कि उसे सास से नीची होकर बैठना है?...बहू रसोई की पूछ-पड़ताल क्यों करती है?...अब बलराम भी पूछता रहता है कि चीज़ ख़त्म क्यों हो गई। अभी तो नहीं होनी चाहिए थी...

...शाम होती है तो दोनों मियाँ-बीवी उठकर सैर-सपाटे को चल देते हैं। पीछे की कोई चिन्ता नहीं। रात को लौटते हैं, तो खाना उन्हें तैयार चाहिए। माँ क्या घर में चूल्हा झोंकने के लिये है? अब तक पकाया, खिलाया, लड़के का ध्यान रखा; अब बहू आई है तो वह क्यों नहीं सँभालती काम-काज? आते ही लड़का तो उसने

सँभाल लिया। बलराम अब अपना वेतन भी लाकर बहू के हाथ पर रख देता है। बहू क्या केवल लड़का सँभालने और वेतन सँभालने के लिये है? चूल्हा झोंकने और झंझट करने के लिये माँ है...न बाबा! उन्हें ऐसा बँटवारा नहीं चाहिए...

गिरिधर से बलराम ने बहुत दिनों से पढ़ाई की चर्चा नहीं की थी। पहले वह हर दूसरे-तीसरे दिन कह दिया करता था, "भले आदमी! पेंट-शेंट का धन्धा छोड़ और स्कूल जाना शुरू कर।" अब कई दिनों से गिरिधर सोच रहा था कि भैया कहें तो वह स्कूल जाना आरम्भ करे। पर भैया जैसे भूल ही गए थे कि गिरिधर को स्कूल भी जाना है।...अब यह चर्चा तो हो जाती थी कि उसका काम कैसा चल रहा है, अधिक काम मिलने की सम्भावना है या नहीं, उसकी आय बढ़ सकती है या नहीं...क्या वह उस दिन कुछ जल्दी घर आ सकेगा?...क्या वह राशन ले आएगा?...क्या वह गेहूँ पिसवा लाएगा?...क्या वह शाम को भाभी को लेकर कनाट प्लेस छोड़ने के लिये जा सकेगा, बलराम उन्हें वहीं मिल जाएगा पर भैया उससे अब कभी नहीं पूछते कि वह स्कूल क्यों नहीं जाना चाहता, या वह स्कूल कब से जाएगा?—वे अब कभी उसे डाँटकर यह नहीं कहते कि यदि वह काम छोड़कर पढ़ना-लिखना शुरू नहीं करेगा तो वे उसे पीटेंगे...

फिर एक दिन गिरिधर ही पूछ बैठा, "भैया! इस जुलाई से मैं स्कूल जाना शुरू कर दूँ?"

बलराम ने कोई उत्साह नहीं दिखाया, "स्कूल? हाँ, तुम्हें स्कूल जाना चाहिए। पढ़े-लिखे बिना बात नहीं बनेगी। मैं ख़ुद सोच रहा था कि तुम्हें कहूँ कि जुलाई का इंतज़ार क्या करना। तुम किसी प्राइवेट कॉलेज में पूछताछ कर अपना नाम लिखा लो। शाम को चले जाया करना। दिन-भर काम कर सकोगे—काम का हर्ज भी नहीं होगा।"

गिरिधर बुझ गया। अब भैया उसकी पढ़ाई के विषय में उत्साही नहीं रहे थे। वे नहीं चाहते थे कि वह अपना पेंट करने का काम छोड़े और उसकी आय बन्द हो जाए। अब वे पहले के समान छाती ठोककर सारा ख़र्च अपने ऊपर लेने के लिये तैयार नहीं थे। अब शायद वे गिरिधर को पढ़ाना अपनी ज़िम्मेदारी नहीं मानते थे।...उसकी आय घर में आती रहनी चाहिए। भैया चाहते हैं कि वह रात को पढ़े।...पर गिरिधर पढ़ाई का इतना इच्छुक तो कभी भी नहीं रहा कि वह दिन को काम कर मरे-खपे और रात को स्कूल-कॉलेजों में सिर मारे। वह तो भैया का अपना स्वप्न था। भैया ने भी कह-कहकर उसे पढ़ाई के विषय में सोचने को मजबूर कर दिया था। नहीं तो, वह तो पहले भी मस्त था, अब भी मस्त है। क्या लेना-देना पढ़ाई से...मदन भैया ही कौन-सा पढ़े हैं।

कमला को भी भैया से शिकायत थी। अब भैया को उसके विकास में रुचि नहीं रह गई थी। अब भैया कभी नहीं कहते कि वह सिलाई सीख ले, वे कपड़ा और धागे ला देंगे, सिलाई स्कूल की फीस दे देंगे। पिछले दिनों तो भैया ने उसे पेंटिंग या संगीत तक सीखने के लिये उकसाना शुरू कर दिया था। तब वह हँसा करती थी, "भैया! गिरिधर से पेंटिंग सीख लूँ? वह भी तो पेंटर है।" ...अब भैया कुछ नहीं कहते। वह भी कुछ नहीं कहती। कहीं यह न हो कि वह कुछ कहे और भैया कह दें कि ये सारे शौक रईसों के चोंचले हैं।

और बलराम की आँखों में अलग तरह के सपने थे।...आख़िर और लोगों के समान उसका भी अपना अलग, स्वतन्त्र और सुविधाजनक घर क्यों नहीं हो सकता, जिसमें वह और राधा चैन से रह सकें? उसके और राधा के पास अपना एक अलग बेडरूम क्यों नहीं हो सकता? राधा ने उसे बताया था कि नहा-धोकर जब वह आती है, कपड़े इत्यादि पहनने और कंघी-वंघी करने के लिये कोई जगह नहीं होती। उसे बहुत परेशानी होती है। बेडरूम में कोई-न-कोई तो घुसा ही रहता है।

रात को राधा और बलराम एक कमरे में सोते थे। माँ, कमला और गिरिधर दूसरे में। पर सवेरा होते ही बलराम चाहता था कि दूसरा कमरा यथासम्भव ड्राइंग-रूम में बदल दिया जाए। तब बाकी लोग भी उनके बेडरूम का उपयोग करते थे।

घर उसे छोटा लगने लगा था।

उसने राधा को एक हाउसकोट ला दिया था। वह नहाकर, हाउसकोट पहनकर बाथरूम से अपने बेडरूम में जा सकती थी और उसे खाली करवाकर कपड़े पहन सकती थी।

शादी के बाद राधा को अपने मित्रों और उनकी पत्नियों से मिलवाने के लिये वह उसे अपने प्रायः सभी मित्रों के घर ले गया था। वह नहीं चाहता था कि मित्र या उनकी पत्नियाँ, राधा को किसी भी प्रकार हीन समझें। इसके लिये उसे राधा को काफ़ी तैयार करना पड़ता था। जो चार-पाँच साड़ियाँ अपने मायके से लाई थी, वे अत्यन्त पारदर्शी और भड़कीली थीं। ये साड़ियाँ मथुरा में चाहे फैशन का प्रतीक हों, दिल्ली में पहनी भी नहीं जा सकती थीं—विशेषकर उन मित्रों के घर, जिनकी पत्नियाँ टसर की तीन-तीन, चार-चार सौ की ऐसी साड़ियाँ पहनती थीं, जिन्हें अनजान आदमी उसकी सादगी के कारण बीस-पच्चीस रुपये की समझ बैठे।...उसे अपने बजट से बाहर होकर ख़र्च करना पड़ा...राधा को उसने दो-तीन बाहर पहने जाने लायक साड़ियाँ लेकर दीं। एक घड़ी ले दी। शृंगार की कुछ चीज़ें लेकर दीं। वह पूरी तरह इस प्रयत्न में था कि बाहर जाकर राधा कहीं फूहड़ न लगे। वह स्वयं

फैशन-एक्सपर्ट नहीं था, पर जब राधा सस्ते मेकअप की मोटी पर्त चेहरे पर जमाकर तैयार होती, तो उसे टोकना पड़ता और अपनी बुद्धि और जानकारी के अनुसार, अपने निर्देश में तैयार करवाना पड़ता...

वह चाहता था कि वह डॉ. कपिला और शारदा को अपने नये घर में बुलाए, पर राधा उसके लिये एकदम तैयार नहीं थी। उनके अनुसार, जब तक घर में सोफ़ा न हो, तब तक किसी को बुलाना बेकार था, डॉ. कपिला की तो बात ही क्या। बलराम ने उसे बहुत समझाया कि पढ़ाई के दिनों में राजेश कपिला कई बार उसके कुंडेवालान वाले घर में भी आ चुका है, और यह घर तो उससे बेहतर है; पर राधा किसी भी प्रकार उससे सहमत नहीं हुई।

बलराम अब दूसरे ढंग से सोचने लगा था।

उसने माँ, कमला और गिरिधर के साथ गृहस्थी बसाने में जल्दी की थी। उसकी सही गृहस्थी अपनी पत्नी के साथ ही बस सकती थी—माँ और भाई-बहन के साथ नहीं। अकेली पत्नी ही अपने-आप में काफ़ी 'एक्सपेंसिव आइटम' थी; ऐसे में दूसरों का भी बोझ उठाना बड़ा मुश्किल था। सही ढंग से देखा जाए, तो पत्नी उसकी अपनी ज़िम्मेदारी थी—शेष लोगों की ज़िम्मेदारी उस पर नहीं थी। वह ज़िम्मेदारी उसने स्वयं जान-बूझकर ओढ़ी थी।

...फिर, घर में इससे कोई बहुत स्वस्थ वातावरण नहीं बन रहा था। एक-दूसरे के प्रति मन में शिकायतें पैदा हो चुकी थीं, जो दिन-प्रतिदिन बढ़ रही थीं। किसी दिन ये शिकायतें इस सारी गृहस्थी को निगल जाएँगी।

...वह अपने बेडरूम के लिये पर्दे लाएगा तो राधा के सिवाय सबको लगेगा, "देखा! अपने कमरे के लिये पर्दे आ रहे हैं।" वह माँ के लिये धोती लाए, तो राधा सोचेगी, 'मेरे पास नयी साड़ी के साथ का ब्लाउज़ तक नहीं है, और ये माँ का शृंगार कर रहे हैं।' गिरिधर से पढ़ाई की बात करेगा तो राधा को बोझ लगेगा। राधा की कोई चीज़ लाएगा, कमला को बुरा लगेगा।

सब उसी से चाहते हैं। वह क्या सोने की खान है? प्रत्येक आदमी जैसे उसके मस्तिष्क की नसें खींचने पर ही लगा हुआ है। जिसके लिये कुछ आ जाए, वह ख़ुश, बाकी सब नाराज़। सबकी इच्छाएँ वह कहाँ से पूरी कर सकता!

उसके सामने अपनी गृहस्थी के दो चित्र बड़े साफ़-साफ़ थे। पहले चित्र में दो कमरों का एक छोटा-सा फ्लैट था। ड्राइंगरूम में सोफ़ा था, दीवान था, रेडियो था, जो समय आने पर टेलीविज़न में बदल जाएगा। डाइनिंग टेबल, उसके साथ एक छोटा-सा फ्रिज। बेडरूम में दो पलँग, एक काट, एक ड्रेसिंग टेबल, एक आलमारी...। रसोई में गैस। और सवारी के लिये उसका अपना स्कूटर! पर उस घर में तब केवल वह और राधा थे। बाद में एक-दो छोटे-छोटे बच्चे भी जुड़ जाएँगे।

दूसरे चित्र में वे हीदो कमरे थे—जिनमें वेरह रहे थे। दोनों में ठसाठस चारपाइयाँ बिछी थीं। उस घर में माँ भी थीं, गिरिधर भी था, शायद गिरिधर की पत्नी भी थी, कमला भी थी। इस घर में भी बलराम के दो छोटे-छोटे बच्चे थे, पर वे बाबा सूट पहने, जूते-मोजे डटाए, साफ़-सुथरे सजे-बने बच्चे नहीं थे। यदि लड़के थे तो एक-एक बनियान पहने, एक लड़की थी तो एक फटा-सा फ्रॉक पहने—नंगे घूम रहे थे। गन्दे और गलीज़, उनके लिये दूध पूरा नहीं आता था। उनके पास खिलौने नहीं थे। उन्हें किसी अच्छे स्कूल में पढ़ाने की बात नहीं सोची जा सकती थी। शायद वे बीस-पच्चीस पैसों के किसी घटिया-से खिलौने के लिये ज़िद कर रहे थे और राधा उन्हें पीट रही थी। स्वयं राधा फटी हुई धोती पहने, उलझे हुए बाल बिखराए, झाड़ू कर रही थी। इस चित्र में देवरानी-जेठानी, सास-बहू और ननद-भाभी के झगड़ों के बड़े चटख रंग थे, जो दूसरे चित्र में एकदम नहीं थे...

तो क्या वह सारी आयु इन्हीं पचड़ों में काट दे?

नहीं! उसे इतना बोझ अपने सिर पर लेने की ज़रूरत ही क्या थी? उसे भी तो किसी ने नहीं पढ़ाया। उसे पढ़ना था—स्वयं अपनी मेहनत से पढ़ गया। गिरिधर को पढ़ना होगा—वह भी पढ़ जाएगा। कमला का विवाह, पिताजी जैसे-तैसे कर ही देंगे। और माँ भी अपने पति के साथ ही रहती अच्छी लगती हैं...

उसे क्या उन लोगों से कोई सहानुभूति नहीं है?

है, है क्यों नहीं। पर उस सहानुभूति के लिये वह उतना मूल्य चुकाने को तैयार नहीं है, जितना उसे चुकाना पड़ रहा है, या भविष्य में चुकाना पड़ेगा।

''माँ! हमें यह मकान खाली करना पड़ेगा।''

माँ एकदम संत्रस्त हो गईं। उन्हें कई दिनों से लग रहा था कि अब बलराम को उनकी ज़रूरत नहीं रह गई है। बहू के आ जाने से उनकी सार्थकता कम ही नहीं हो गई थी, सहसा एकदम समाप्त हो गई थी। बलराम किसी दिन भी उनसे कह सकता था, ''माँ! यहाँ से चली जाओ।''

पर बलराम शायद यह कह रहा था कि मकान खाली करना पड़ेगा। क्या सिर्फ़ उन्हें या सबको? उन्होंने ध्यान से सुना—वह कह रहा था कि मकान खाली करना पड़ेगा।

फिर भी वे पूछ ही बैठीं, ''क्या सबको बेटा?''

बलराम हँसा, ''और क्या, केवल तुम्हें ही।''

पर वह इस बात को हँसी में नहीं टाल सका। माँ के मन की आशंका को वह साफ़ देख रहा था। तो माँ भी घर की हालत से असावधान नहीं थीं। माँ भी समझ रही थीं कि इस घर का जीवन किस दिशा में बह रहा है।

''माँ। मकान-मालिक ने मकान खाली करने के लिये कहा है।''

"फिर बेटा?"

बलराम आकर माँ के पास बैठ गया, "माँ! नये मकानों के किराये बहुत हैं। हमारा ख़र्च भी पहले से बहुत बढ़ गया है और मेरी आय भी अब वैसी नहीं रही। इसी मकान में हम बड़ी परेशानी में थे। नया मकान किराये पर लेने की हालत में हम एकदम नहीं हैं। मुझे लगता है कि हमने कुंडेवालान वाले मकान से निकल कर बड़ी भारी गलती की है। हमें फिर से उसी मकान में घुसने की कोशिश करनी चाहिए।"

"तेरे पिताजी उस घर में घुसने देंगे अब?" माँ उसे भयभीत लगीं, "डंडा लेकर खदेड़ देंगे।"

"ऐसा करेंगे माँ।" बलराम ने कहा, "दोपहर के समय जब पिताजी घर में नहीं होंगे, हम अपना सामान लेकर वहाँ घुस जाएँगे तुम, गिरिधर और कमला वहाँ रह जाना। देखेंगे, पिताजी आकर क्या करते हैं। यदि सब कुछ ठीक रहा तो मैं भी राधा को लेकर वहाँ आ जाऊँगा।"

माँ बलराम को देखती रह गईं। यह, उनके अपने पेट का जाया, किस धोखे से उन्हें घर से निकाल रहा है। सीधी तरह से नहीं कहता कि तुम लोग जाओ, अब मेरी जोरू आ गई है। पर माँ शिकायत क्या करे। पति कैसा भी है, उन्हें अपने पति के पास ही रहना चाहिए था। अब इसे माँ की ज़रूरत तब पड़ेगी, जब घर में कोई छोटा बच्चा होगा।...शायद तब भी न पड़े।...उन्हें वह इसलिये कुंडेवालान से निकालकर नहीं लाया था कि वह उन्हें पिता के अत्याचार से बचाना चाहता था; वह तो इसलिये ले आया था, क्योंकि वह स्वयं वहाँ नहीं रह सकता था और यहाँ रोटियाँ पकाने के लिये उसे कोई चाहिए था।

माँ ने कोई शिकायत नहीं की। कोई विरोध नहीं किया। सामान बाँधते हुए उन्होंने ध्यान रखा, यहाँ से कोई ऐसी चीज़ साथ न जाए, जो वह कुंडेवालान से नहीं लाई थीं। बलराम की दी हुईं धोतियाँ भी उन्होंने वहीं छोड़ दीं।

बलराम भी समझ रहा था कि माँ से अब कोई पर्दा नहीं है।

टैक्सी में बैठते हुए, उसने दस रुपये का नोट दिया, "माँ! यह टैक्सी का किराया।"

"रहने दो बेटा।" माँ ने कहा, "अभी गिरिधर की बहू नहीं आई। वह मेरी टैक्सी का किराया दे लेगा।"

तो जाते-जाते माँ उसे बता गई थीं कि वे उसकी असलियत जानती हैं।

पर वह क्या कर सकता था—उसने स्वयं को समझाया, "मैं भी तो जीना चाहता हूँ। अमरबेल पालने का साहस मुझमें नहीं है।"

भीतर आकर वह राधा से बोला, "अब तुम भी अपनी चीज़ें समेटनी शुरू कर दो। कल हमें भी अपने नये मकान में चले जाना है।"

चौदह

शर्माजी का नौकर मक्खनलाल को अच्छी तरह पहचानता था। वह उसे भीतर ले गया और एक कमरे में बैठाकर बोला, "अभी ख़बर करता हूँ।"

मक्खनलाल बैठ गया।

वह जानता था, यहाँ की यही रीति है। ऐसा आज तक कभी नहीं हुआ कि उसे सीधे शर्माजी के पास पहुँचा दिया जाए। वह यह भी जानता था कि अभी थोड़ी देर में नौकर आएगा और उसे कह जाएगा कि शर्माजी कुछ लोगों के साथ बात-चीत कर रहे हैं। उन्हें आपके आने की सूचना दे दी गई है और उन्होंने कहलवाया है कि आप बैठें, वे आ रहे हैं।

वह यह भी जानता था कि शर्माजी से बहुत सारे लोग मिलते थे—तरह-तरह के लोग, जिनका एक-दूसरे से किसी प्रकार का कोई सम्बन्ध नहीं था। पर शर्माजी का सबके साथ सम्बन्ध था। वे सुबह से शाम तक लोगों से मिलते ही रहते थे। वे शायद लोगों से मिलने का ही काम करते थे। यही उनका व्यवसाय था। पर वे यह नहीं चाहते थे कि वे किसी तीसरे व्यक्ति की उपस्थिति में किसी-से मिलें और वह तीसरा व्यक्ति इस बात का साक्षी हो कि वे किससे मिले हैं और उनमें क्या बातें हुई हैं। हज़ारों लोगों को उनसे काम होता है और हज़ारों लोगों से उनको काम होता है—फिर वे कैसे किसी की बात किसी और के सामने करें। कामकाजी आदमी हैं, यह सब तो चलता ही रहता है।

और जो बात वह उनसे करने के लिये आया है—वह बात तो किसी के सामने की भी नहीं जा सकती। इसीलिये तो वह यह मानता है कि शर्माजी बड़ी समझदारी से काम करते हैं।

नौकर को मालूम हुआ है कि वह शर्माजी का विशेष आदमी है। इसलिये तो वह उसे सम्मानपूर्वक यहाँ बैठा गया है।

थोड़ी देर में नौकर ने आकर एक छोटी तिपाई घसीटकर उसके सामने की और उस पर कोका-कोला की बोतल रखकर बोला, "हजूर, पानी लें। गर्मी से आए हैं। मालिक को सूचित कर दिया गया है और वे थोड़ी ही देर में आपसे मिलेंगे।"

शर्माजी ने आने में अधिक देर नहीं की।

‘‘कहो भाई मक्खनलाल! क्या हाल है?’’ वे कमरे में घुसते हुए बोले, ‘‘इस बार तो बहुत दिनों में दर्शन दिए। कहाँ ग़ायब हो गए थे?’’

मक्खनलाल उठकर खड़ा हो गया। उसने सम्मानपूर्वक हाथ जोड़कर नमस्ते की।

‘‘जी, आपकी दया है। यहीं था। बस अपने कामों में उलझा हुआ था।’’

शर्माजी ने अपनी धोती अच्छी तरह सँभाली और एक कुर्सी पर बैठ गए,

‘‘हाँ भाई! काम तो सबको उलझाए रहते हैं। बहुत सारे लोग घेरे हुए थे, पर सुना कि तुम आए हो तो सोचा ज़रूर कोई बहुत आवश्यक काम आन पड़ा होगा। थोड़ा किए तो तुम मेरे पास आने वाले ही नहीं हो। सो, सबको छोड़कर भाग आया। कहो क्या काम है? अरे बैठो न। खड़े क्यों हो? तुम तो परायों के-से काम करने लगे।’’

‘‘जी,’’ मक्खनलाल बैठ गया, ‘‘जी, बात यह है कि मेरी घरवाली ने जंगल के एक कुएँ में कूदकर आत्महत्या कर ली है...’’

‘‘च...च...च...चच्च-चच्च।’’ शर्माजी बोले, ‘‘बड़ी बुरी ख़बर लेकर आए हो। शायद मैंने अख़बार में कोई ऐसी ख़बर देखी थी। क्यों क्या बात थी?’’

‘‘जी, बात क्या होनी थी।’’ मक्खनलाल बोला, ‘‘बच्चा नहीं हो रहा था। उसी से दुखी थी। वैसे भी बिगड़े बैल की तरह गुस्सैल थी। बात-बात पर नाराज़ हो जाती थी और खाने को दौड़ती थी। झगड़ा हुआ, बस गुस्से में कुएँ में कूद मरी।’’

‘‘तो?’’

‘‘वे पुलिसवाले तंग कर रहे हैं। हत्या का केस बना रहे हैं। कहते हैं, ‘‘आत्महत्या होती तो उसकी जेब में इस तरह की कोई चिट्ठी होती।’’ वह बोला।

‘‘ओह-हो। नहीं है चिट्ठी, तो पुलिसवाले लिखकर उसकी जेब में डाल नहीं सकते।’’ शर्माजी नाराज़ हो उठे, ‘‘कैसे मूर्ख हैं ये लोग! एक भले आदमी को परेशान करने का क्या मतलब?’’

‘‘जी! उन्होंने मुझे बहुत डराया है और धमकी दी है कि वे मेरे सारे परिवार को बाँध लेंगे और बहुत पीटेंगे।’’

‘‘तुमने कहा नहीं कि मैं शर्माजी का आदमी हूँ?’’ शर्माजी ने उसे घूरा।

‘‘जी! मैंने नहीं कहा।’’ मक्खनलाल संकोच से सिर झुकाकर बोला, ‘‘पता नहीं मेरी बात का विश्वास करें न करें। मैंने सोचा, आप ही कहलवा दें तो ज़्यादा अच्छा हो।’’

‘‘हाँ-हाँ! क्यों नहीं!!’’ शर्माजी बड़े उत्साह से बोले, ‘‘मैं कहलवा दूँगा। पर वह थानेदार तुम्हें नहीं जानता क्या? कौन मूर्ख है?’’

‘‘जी नहीं। वह नया-नया आया है—लेखराज।’’ मक्खनलाल ने बताया, ‘‘अभी नहीं जानता। आप चाहेंगे तो जल्दी ही जान जाएगा।’’

‘‘जान जाएगा।’’ शर्माजी मुस्कुराए, ‘‘मैं जानता हूँ लेखराज को। बड़े जीवट का आदमी है, और बड़े काम का। मुझे पता नहीं था कि वह इधर आ गया है। तुम बिलकुल चिन्ता मत करो।’’ वे कुछ रुके, फिर परेशानी जताते हुए सिर खुजलाकर बोले, ‘‘सौ रोग घेरे रहते हैं जान को। सिर पर चुनाव आ गया है। बड़ी गहमागहमी है। उधर ध्यान लगा रहता है, इसी से पता नहीं चला कि तुम्हारे हलके का थानेदार बदल गया है। नहीं तो अब तक उसे बुलाकर अपने आदमियों के विषय में बता चुका होता।’’

‘‘तो मैं निश्चिन्त हो जाऊँ?’’ मक्खनलाल ने बड़ी नम्रता से पूछा।

‘‘एकदम। एकदम।’’ शर्माजी ज़ोर से हँसे, ‘‘हमारी शरण में आने वाले को आँच नहीं आती। हम तो कहते हैं कि यदि हत्या की भी है तो अपनी घरवाली की की है न। तुम्हारी घरवाली को तो कुछ नहीं कहा। तुम कौन होते हो बीच में बोलने वाले। वह सब-इंस्पेक्टर क्या चीज़ है। आई.जी. तक को सीधा करके रख दूँ। दिल्ली प्रदेश की पार्टी कमेटी के मन्त्री सवेरे यहाँ माथा रगड़कर गए हैं। कोई पता नहीं, शाम तक कितने मन्त्री अपने दर्शन देने इस देहरी पर आएँगे। शर्माजी कोई हँसी-ठट्ठा नहीं है, और यह तो वैसे भी चुनाव का समय है।’’

‘‘जी। उसका पोस्टमार्टम भी होगा।’’ मक्खनलाल धीरे से बोला, ‘‘जी उसकी रिपोर्ट...’’

‘‘रिपोर्ट वही हो जाएगी, जो तुम कहोगे। हाँ, उसकी रिपोर्ट तो ठीक करवानी होगी। नहीं तो लेखराज कैसे ठीक रहेगा।’’ शर्माजी कुछ अतिरिक्त उल्लास से हँसे, ‘‘कौन करेगा पोस्टमार्टम, कुछ पता है?’’

‘‘जी, डॉ. दत्ता हैं कोई।’’

‘‘ठीक है। हो जाएगा। तुम चिन्ता न करो। डॉ. दत्ता भी पुलिस सर्जन मेरे कहने से बनाए गए हैं।’’

‘‘अच्छा जी!’’ मक्खनलाल बड़ी दीनता से झुका और उठ खड़ा हुआ, ‘‘मेरे लायक कोई सेवा हो तो...।’’

“हाँ! काम तो है।” शर्माजी निःस्वार्थ हँसी हँसे, “चुनाव का मौसम है। जगह-जगह सभाएँ हो रही हैं। ज़रा सावधान रहना और अपने साथियों के साथ मिलकर देखना, हमारी पार्टी की सभाओं में गड़बड़ न हो। हम सभा की सूचना भिजवा दिया करेंगे।”

“अच्छा जी।”

“और,” शर्माजी का स्वर कुछ धीमा था, “बरसात है न! बहुत सारे मेंढक टर्रा रहे हैं। माथुर और उसके साथियों को ठीक करना होगा। बहुत बोलने लगा है वह—बरसाती मेंढक।”

“जी! हो जाएगा।”

“तुमसे यही आशा थी।”

“अच्छा जी! नमस्ते।”

शर्माजी सोच में डूब गए। उन्होंने नमस्ते का उत्तर भी नहीं दिया था।

पन्द्रह

वीरू बड़ी देर से गुल्ली-डंडा खेल रहा था, पर हर बार हार जाता था। जसवन्त ने उसे खटा-खटाकर हैरान कर दिया था। वीरू की खीझ बढ़ती जाती थी। वह कितना ही अच्छा खेलता, कितना ही ज़ोर लगाता, कितना ही तेज़ भागता—हर बार हार जाता। जसवन्त इतना अच्छा खिलाड़ी तो कभी भी नहीं था, पर आज वह उस पर भारी पड़ रहा था।

वे गली में खेल रहे थे। आता-जाता हर आदमी उनको टोक भी जाता था—"ओए गली में मत खेलो। किसी को लग जाएगी।" जसवन्त हँसकर टाल देता, पर वीरू और भी खीझ उठता।

तभी वीरू ने उछली हुई गुल्ली को खींचकर डंडे से मारा। गुल्ली को भरपूर हाथ पड़ा था। पर क्रोध में हाथ सधा नहीं रह सका। बहक गया और गुल्ली गली में न गिरकर पड़ोस के घर में जा गिरी।

क्षण-भर के लिये वीरू और जसवन्त दोनों ही सहम गए।

वह वीरू के घर के साथ वाला घर था। दोनों की दीवारें मिलती थीं। इसलिये वीरू जानता था कि इस घर में नये-नये किरायेदार आए हैं अभी उनसे अधिक जान-पहचान नहीं हुई थी। उन लोगों से मासीजी या चाचाजी वाला रिश्ता भी नहीं जुड़ा था। उनका कोई बच्चा भी नहीं था कि उसके साथ वीरू की मित्रता हो गई होती।

क्या करे वीरू?

क्या वह भाग जाए? ताकि जब कोई यह देखने के लिये बाहर निकले कि गुल्ली किसने फेंकी है, तो वहाँ कोई भी नज़र न आए। पर ऐसे भाग जाने से गुल्ली वापस नहीं मिल सकती थी। फिर वह खेलेगा किससे?

यह कोई नयी बात तो थी नहीं। वह रोज़ ही गली में खेलता था और कभी-कभार ऐसे ही गुल्ली किसी के घर में भी जा गिरती थी। अक्सर लोग उसे चेतावनी देकर गुल्ली वापस कर दिया करते थे। उसमें डरने की क्या बात थी।

वीरू को उसके पिता खैरू ने डरना बहुत कम सिखाया था। एक तो लोग उसे खैरू के डर से वैसे ही कुछ नहीं कहते थे। यदि कोई कुछ कहता तो खैरू उससे निबट लेता था।

वीरू ने जसवन्त को देखा, "क्यों?"

"तू जाकर माँग। तूने फेंकी है।" जसवन्त बोला।

"तू साथ तो चलेगा न?"

"हाँ! हाँ!! मैं कोई डरता हूँ?"

"तो मैं कौन-सा डरता हूँ?"

दोनों ने आकर दरवाजा खटखटा दिया और एक-दूसरे की ओर देखकर मुस्कुराए।

बलराम दफ़्तर गया हुआ था। घर में राधा अकेली थी। जिस समय गुल्ली आकर आँगन में गिरी, वह खुरे के पास बैठी कपड़े धो रही थी। गुल्ली उससे दो-तीन फुट की दूरी पर गिरी थी और तब से उसे यह सोच-सोचकर क्रोध आ रहा था कि गुल्ली कुछ और आगे गिरती तो उसका सिर फट जाता।

उसके जी में तभी से आ रहा था कि वह बाहर निकलकर देखे कि गुल्ली किसने फेंकी है और उसे ज़्यादा नहीं तो दो चाँटे लगा आए। पर वह सोचकर ही रह गई। उठी नहीं। वह पेटीकोट पहने हुए कपड़े धो रही थी। अब इस गीले पेटीकोट में उठकर, वह कहाँ गली में झाँके। अच्छा नहीं लगता। या फिर उठकर अब धोती पहने। बाहर देखने जाए। फिर कोई मिले या न मिले। बच्चे ठहरे कहाँ होंगे, भाग गए होंगे। कोई नहीं मिलेगा तो खीझ और बढ़ेगी। फिर वह लौटकर धोती उतारे। फिर कपड़े धोने बैठे...

कामों की इतनी लम्बी सूची ने उसका उठने का उत्साह ठण्डा कर दिया। उसने उठने का विचार त्याग दिया। इस सारी मानसिक भाग-दौड़ के पश्चात् बाहर न जाने का निर्णय कर, उसने जैसे ही बाल्टी में हाथ डाला, वैसे ही बाहर का दरवाज़ा खटका।

वह समझ गई, वे लड़के ही होंगे। गुल्ली लेने आए होंगे। पर कोई और भी तो हो सकता है। बिना देखे वह कैसे निर्णय कर सकती है कि बाहर कौन है।

आख़िर उसे उठना ही पड़ा।

उसने आवाज़ दी, "आई।" बाल्टी में हाथ धोए और उठी। कमरे में जाकर जल्दी-जल्दी धोती लपेटी और दरवाज़ा खोला।

सामने वीरू और जसवन्त खड़े थे।

''हमारी गुल्ली इधर गिर गई है।'' वीरू ने कहा।

''तुम देखकर क्यों नहीं खेलते।'' राधा की सारी खीझ फट पड़ी, ''अभी गुल्ली मेरे सिर पर लग जाती तो सिर फूट जाता।''

''खेलते तो देखकर ही हैं जी। पर हाथ घूम गया।''

राधा उसे घूरती रही। वह किस प्रकार इस लड़के को दण्ड दे? उसे और कोई ढंग नहीं सूझा। बोली, ''जाओ। गुल्ली नहीं मिलेगी।''

वीरू के लिये यह एकदम नयी बात थी। आज तक ऐसा कभी नहीं हुआ था कि सारे मुहल्ले में किसी ने इस प्रकार गुल्ली देने से इनकार कर दिया हो।

वह भी कुछ अकड़ गया, ''गुल्ली तो आपको देनी पड़ेगी।''

''चल! बड़ा आया, देनी पड़ेगी।'' राधा का गुस्सा तेज़ हो गया, ''बहुत बोला तो मारूँगी भी।''

उसने दरवाज़ा बन्द कर लिया। वह समझ गई थी कि लड़का तेज़ है। आगे से कुछ बोल बैठेगा। उसके बोलने पर राधा कहीं सचमुच मार बैठी तो? दोष चाहे उसी का हो, पर दूसरे का लड़का है। बात बढ़ जाएगी।

वीरू और जसवन्त बन्द दरवाज़े के बाहर खड़े रहे, शायद कोई गुल्ली देने आ जाए। पर कोई नहीं आया।

अन्त में निराश होकर जसवन्त बोला, ''अबे वह नहीं देगी।''

''लगता तो यही है।'' वीरू बोला और उसने पास पड़ा एक ढेला उठाकर आँगन में फेंक दिया, ''ले यह भी रख ले।''

और फिर दोनों वहाँ से भाग गए।

राधा गुस्से में भुनभुनाती हुई लौटी थी। धोती खींचकर उसने उतारी थी और बिना तह किए, वैसे ही चारपाई पर छोड़कर, कपड़े धोने बैठ गई थी। उसने अभी साबुन पकड़ा ही था कि ढेला आँगन में आ पड़ा।

वह स्तंभित रह गई। इस बार नाराज़ नहीं हुई, डर गई। कैसे शैतान लड़के हैं। वे तो उसका सिर फोड़कर ही रहेंगे। इस बार बाहर जाना तो जोखिम का काम था ही, आँगन में बैठे रहना भी ठीक नहीं था। कहीं वे लोग और ढेले-पत्थर फेंकें तो।

वह उठी और कमरे में जा बैठी, पर काफ़ी प्रतीक्षा के बाद भी दूसरा पत्थर नहीं आया। उसका भय कम हुआ। शायद लड़के चले गए थे।

पर तब उसके मन में प्रश्न उठा, ''कौन थे ये लड़के?''

उसे लगा, एक तो उनके पड़ोसी का ही लड़का था। राधा वीरू को कुछ-कुछ पहचानती थी। दूर से आते-जाते, दो-एक बार देखा था। शायद वही लड़का था। वह काफ़ी आशंकित थी। यदि इस मुहल्ले के बच्चे इसी तरह व्यवहार करते हैं

तो यहाँ रहना ही मुश्किल हो जाएगा। उसके जी में आया, अभी जाकर अपनी पड़ोसन का दरवाज़ा खटखटाए और पूछे। पर उसे ठीक पता नहीं था कि वह लड़का उन्हीं का था। केवल सन्देह के आधार पर तो ऐसा नहीं किया जा सकता।

उसने स्वयं कहीं जाने का विचार छोड़ दिया। 'वे' आएँगे तो उनसे कहेगी। वे ही पता करेंगे और लड़के के बाप से शिकायत करेंगे। औरतों का क्या है, कहीं लड़ने ही लग पड़ें।

खैरू शाम को घर लौटा।

उसने अभी स्कूटर खड़ा ही किया था कि वीरू ने आकर शिकायत जड़ दी, ''पापाजी! यह साथ के घर वाली औरत हमारी गुल्ली नहीं देती।''

''क्यों?''

''हम लोग गुल्ली-डंडा खेल रहे थे।'' वीरू ने बताया, ''पूछ लो जसवन्त से। है न जसवन्त?''

''हाँ।'' जसवन्त ने सिर हिला दिया।

''खेलते-खेलते गुल्ली उसके घर में गिर गई। हमने गुल्ली माँगी तो उसने हमें डाँटकर भगा दिया।''

खैरू को गुस्सा चढ़ गया, ''अबे तुमसे एक बाबू की घरवाली से अपनी गुल्ली वापस नहीं ली जाती! जाओ, दो-चार साबुत ईंटें फेंक आओ उनके घर में। कुछ कहें साले, तो मुझे बताना।''

उसने अपने स्कूटर पर एक निरीक्षक दृष्टि डाली और घर के भीतर चला गया। आते-जाते उसने देख लिया कि वीरू और जसवन्त उसकी आज्ञा पूरी करने में लगे हुए थे।

बलराम घर लौटा तो भीतर घुसते ही राधा का चेहरा देखकर वह समझ गया कि कोई बात हो गई है। राधा ने रोज़ की तरह दरवाज़ा खोलते ही मुस्कुराकर 'आ गए' नहीं पूछा था। उसका चेहरा कुछ जड़ और भावशून्य-सा लग रहा था।

राधा उसे पिछली ओर खुरे के पास ले गई। उसने देखा, वहाँ पूरी-पूरी ईंटें तो नहीं, पर ईंटों के काफ़ी बड़े-बड़े टुकड़े इधर-इधर बिखरे हुए थे।

राधा ने धीरे-धीरे उसे दिन-भर की घटनाएँ सुनाईं और फिर फफककर रो पड़ी, ''तुमने किन लोगों के मुहल्ले में मकान ले लिया है। तुम दफ़्तर में होते हो। मैं यहाँ अकेली क्या करूँ। ये लोग किसी दिन मेरा सिर फोड़ देंगे।''

बलराम के मन में पहले तो राधा के लिये ही खीझ जागी—''तुम दफ़्तर में होते हो। मैं यहाँ अकेली क्या करूँ''—जैसे यह भी उसी का दोष है। उसे दफ़्तर

साथ ले जाया करे या स्वयं घर बैठा रहे? पर वह तो पहले ही उसकी गोद में सिर रखे रो रही थी, उस पर खीझकर या उससे झगड़कर क्या होगा।

वह बाहर निकल आया।

खैरू, उसे बाहर ही, अपने दरवाज़े पर खड़ा मिल गया।

''देखिए साब। आपके लड़के ने हमारे घर में ईंट-पत्थर फेंके हैं...।''

''फेंके होंगे।'' खैरू ने बड़ी लापरवाही से जवाब दिया।

बलराम जैसे भौचक-सा रह गया। इतनी बड़ी शिकायत को कोई इस प्रकार भी टाल सकता है?

''उससे अगर किसी का सिर फट जाता तो?'' बलराम कुछ तीखा पड़ा।

''तो क्या? उसे अस्पताल ले जाते।'' खैरू उसी प्रकार उदासीन बना रहा।

बलराम अपना धैर्य खो बैठा। चीखकर बोला, ''मैं पूछता हूँ, तुम्हारे बेटे ने हमारे घर में पत्थर क्यों फेंके?''

खैरू की त्यौरियाँ चढ़ गईं, ''देख बाऊ, चिल्लाने का काम नहीं है।'' वह बोला, ''तेरी घरवाली ने बच्चे की गुल्ली नहीं दी। बच्चे ने ईंट फेंक दी। अब तू मुझसे लड़ने आया है?''

बलराम क्षण-भर के लिये हतप्रभ हो गया। कितना सीधा-सा तर्क था उसका। जैसे कोई बात ही न हो। गुल्ली नहीं दी तो ईंटें फेंक दीं।

''पर गुल्ली हमारे घर में गिरी क्यों?'' वह फिर बोला।

''जब तेरा बच्चा गुल्ली-डंडा खेलेगा तो उससे पूछना कि गुल्ली किसी के घर में क्यों गिरती है। जा, अपनी घरवाली को बता दे—बच्चे सबके होते हैं और अपनी उम्र में सब ही गुल्ली-डंडा खेलते हैं। ऐसे मुहल्ले-भर से लड़ाई लेने का कोई फ़ायदा नहीं है।'' खैरू ने उसे दुत्कार दिया।

''लड़ तुम रहे हो या मैं?'' बलराम कुछ हल्की आवाज़ में बोला।

''तू! ओए तू!''

''ईंटें तुमने फेंकी हैं या मैंने?''

''ईंटें हमने फेंकी हैं और मन आया तो और फेंकेंगे। तुझे जो कुछ करना हो, कर ले।''

''ऐसे तो मुहल्ले में रहना मुश्किल है।'' बलराम जाते-जाते कह गया, ''मैं पुलिस में रिपोर्ट करूँगा।''

''जा-जा कर ले रिपोर्ट। कहे, तो हम ही भेज दें पुलिस तेरे घर।'' खैरू ने पीछे से आवाज़ कसी।

बलराम घर लौटा तो बहुत ही बौखलाया हुआ था। उसने यह कभी नहीं सोचा था कि जिस बात को वह इतनी गम्भीर बात समझता था, उसकी शिकायत करने पर उसका पड़ोसी उससे इस प्रकार पेश आएगा। पर, यह उसे पहले सोचना चाहिए था कि जिसे वह पड़ोसी समझकर गया था, वह स्कूटरवाला था और स्कूटरवाले का व्यवहार क्या होगा, यह उसे मालूम था।

सहसा, उसकी खीझ राधा की ओर मुड़ गई। उसे ही क्या पड़ी थी, झगड़ा मोल लेने की। ठीक तो कहता है वह, बच्चे हैं तो गुल्ली-डंडा खेलेंगे ही और तब गुल्ली किसी के आँगन में भी गिर सकती है। इसके पीछे इतनी हाय-तौबा मचाने की क्या आवश्यकता थी। न वह गुल्ली देने से इनकार करती। न यह सब कुछ होता। शायद राधा ने सोचा था कि ये लोग उसके पति की साहबियत से डर जाएँगे, या उसे मेम साहब समझकर उसके सामने झुक जाएँगे। वह यह क्यों नहीं समझती कि साहबियत अब भय की नहीं, घृणा की वस्तु रह गई है-खण्डहर है खण्डहर। अब किसी के मन में उसके लिये कोई सम्मान नहीं है। फिर, वे लोग पड़ोसी हैं। पड़ोसियों के बराबर होकर ही जीना पड़ेगा, उनसे स्वयं को श्रेष्ठ मानकर काम नहीं चलेगा।

जब झगड़े पर ही बात आ जाए तो वह खैरू का क्या बिगाड़ सकता है। यह खैरू की शराफ़त ही थी कि उसने बलराम को गालियाँ-वालियाँ नहीं दी थीं। वह क्या कर सकता था। वह खैरू को गालियाँ नहीं दे सकता—बहुत प्रयत्न करने पर भी, शायद ही उसके मुँह से कोई गाली निकले। और यदि उसने गाली दी भी तो खैरू उसे मार बैठेगा। मार-पीट में वह खैरू के सामने क्षण-भर भी नहीं टिक पाएगा। पड़ोसियों में से भी शायद ही कोई खैरू के विरुद्ध उसकी सहायता करे। फिर पुलिस आएगी—उससे कौन निबटेगा...

पर उसे लगा कि पुलिस से डरकर काम नहीं चलेगा। खैरू ने आज उसके आँगन में ईंटें फेंकी हैं, कल भी फेंक सकता है। वह उसका सिर भी फोड़ सकता है। बलराम अपने बल पर उससे नहीं लड़ सकता। उसे पुलिस की सहायता लेनी ही चाहिए...

"क्या हुआ?" राधा ने पूछा।

"तुम्हें उसकी गुल्ली दे देनी चाहिए थी। बेमतलब झगड़ा मोल लेने का क्या लाभ?"

वह भीतर जाकर चारपाई पर लेट गया।

राधा समझ गई कि बात कुछ बनी नहीं। लगता है, ये भी डाँट ही सुनकर आए हैं।

वह रसोई में जाकर चाय बनाने लगी। बर्तनों के ज़ोर-ज़ोर से आपस में टकराने की आवाज़ें उसकी खीझ बलराम तक पहुँचा रही थीं।

और बलराम पुलिस के विषय में सोच रहा था...

'क्या वह इस घटना की रिपोर्ट पुलिस में करे? क्या कहे जाकर—कि पड़ोस के एक बच्चे ने हमारे घर में ईंटें फेंकी हैं। ईंट किसी को लगी नहीं है और उसको फेंकने वाला एक बच्चा है, गुल्ली-डंडा खेलने वाला। उसकी शिकायत इतनी ही है न कि उसके कहने पर उस लड़के के बाप ने लड़के को मारा-पीटा नहीं, डाँटा-फटकारा नहीं, उल्टे उसे ही डाँट दिया। वह भविष्य में होने वाली मार-पीट से आशंकित है...भविष्य में कभी फेंकी जाने वाली ईंट से वह अपना सिर बचाना चाहता है...

जब वह एम.ए. में पढ़ता था तो एक बार पिताजी और माँ का झगड़ा काफ़ी बढ़ गया था। पिताजी इतने नाराज़ हुए थे कि कहते थे कि माँ का गला घोंटकर उसे मार ही डालेंगे। तब भी बलराम बहुत चिन्तित हुआ था। घर में पीछे माँ अकेली हों और पिताजी उनका गला घोंटकर मार ही डालें तो क्या बड़ी बात है? माँ में जान ही कितनी थी। पतली-दुबली, शरीर से कोमल, मन दुर्बल, परेशानियों में घुटती हुई बूढ़ी औरत का गला दबा देने में समय ही कितना लगता है...

उसको तब भी पुलिस की सहायता की सूझी थी। सरल-सा काम लगा था। आदित्य उसका सहपाठी था और उसके पिताजी डी.एस.पी. थे। उसने दूसरे दिन विश्वविद्यालय में उसे जा पकड़ा और सारी बात सुनाकर पुलिस की सहायता की बात कही।

"अच्छा। मैं पिताजी से बात करूँगा।" आदित्य ने कहा था।

उसने पिताजी से बात कर दूसरे दिन उसे बताया था कि उन्होंने पूछा था, "मार देने की धमकी दी है न? मार तो नहीं डाला?" "नहीं।" "तो जब मार डालेंगे, तब बताना।" फिर उसने विस्तार से उसे समझाया था—"हमारे लिये ज़रा-सी मार-पीट, कोई धमकी या कोई आशंका बहुत बड़ी बात हो जाती है। पर पुलिसवालों के पास तो रोज़ ही ऐसे सैकड़ों छिट-पुट केस आते हैं। उनके लिये यह कोई महत्त्वपूर्ण बात नहीं है। जहाँ हत्याएँ हो जाने पर भी पुलिस अपराधी को खोजने में कम, पैसा खाकर मामला रफ़ा-दफ़ा करने में ज़्यादा रुचि रखती है वहाँ पति-पत्नी के ज़रा-से झगड़े को कोई क्या महत्त्व देगा..."

तो फिर इस झगड़े को पुलिस क्या महत्त्व देगी? यह तो पति-पत्नी का झगड़ा भी नहीं है और इसमें मरने-मारने की बात भी नहीं है। एक बच्चे ने ढेला-पत्थर मार दिया तो क्या हो गया...

पर यह तो पुलिस कहेगी। वह स्वयं क्या सोचता है? ऐसे तो वह इस मकान में रह ही नहीं सकेगा।

राधा से फिर इस विषय में बात नहीं हुई। उसे लग रहा था कि राधा उससे इसलिये नाराज़ है कि वह इस झगड़े को लेकर कुछ करके नहीं आया। शायद वह स्वयं राधा से इसलिये नाराज़ था कि राधा ने यह झगड़ा आरम्भ ही क्यों किया।

राधा इसी नाराज़गी के मारे उसके पास नहीं आई। वह भी उसे बुलाने नहीं गया। राधा रसोई में घुसी खटर-पटर करती रही और परिणाम यह हुआ कि उस शाम खाना जल्दी तैयार हो गया। तैयार हो गया तो खाया भी जल्दी गया। खाना खाकर दोनों ही पलँगों पर जा लेटे।

पर बलराम को नींद नहीं आई। उसके मस्तिष्क में उधेड़-बुन चलती रही। इस झगड़े का निबटारा कैसे हो। और लगता है कि यहाँ तो झगड़े चलते ही रहेंगे। महीने में ऐसा एक-आध झगड़ा भी हो गया तो उसका जीना हराम हो जाएगा। ...वह इस प्रकार की तनावपूर्ण स्थिति में नहीं जी सकता। ऐसे तनाव और घुटन में से निकलने के लिये ही तो वह इतने वर्षों तक संघर्ष करता रहा है। इसी तनाव के कारण वह कुंडेवालान छोड़कर भागा था, इसी तनाव के कारण उसने पांडवपुर वाला मकान छोड़ा और माँ को वापस कुंडेवालान भेजा...यदि वह फिर, वैसे ही तनावपूर्ण वातावरण में आ पड़ा है तो उस संघर्ष का क्या लाभ?

दस बजे तक वह उसी प्रकार करवटें बदलता रहा। लगता था कि राधा सो गई थी। वह आँखें बन्द करके लेट जाए तो पता नहीं चलता कि वह सोयी हुई है, या जाग रही है। उसका यह जानना महत्त्वपूर्ण भी नहीं था। उसे नींद नहीं आ रही थी और वह समझ गया था कि ऐसी परेशानी में उसे नींद आएगी भी नहीं। फिर करवटें बदलते रहने का क्या लाभ?

वह उठकर बैठ गया। इससे तो अच्छा है कि कोई पुस्तक ही पढ़ ले। पत्रिका में समीक्षा के लिये बहुत सारी पुस्तकें उसके पास आई पड़ी थीं। उसने एक उपन्यास उठा लिया और पढ़ने लगा। उपन्यास में ध्यान लगने से उसके मस्तिष्क का तनाव कुछ ढीला पड़ गया और उसकी आँखें बोझिल होने लगीं। उसने बत्ती बुझा दी और सो गया।

बलराम की नींद सहसा उचट गई। नींद स्वाभाविक रूप से नहीं टूटी थी। उसे लगा, बाहर का दरवाज़ा कोई बहुत ज़ोर-ज़ोर से पीट रहा था।

उसने उठकर बत्ती जलाई। घड़ी देखी, सवा ग्यारह बज रहे थे। वह मुश्किल से आधा घण्टा सोया होगा।

राधा भी उठ बैठी, "कौन है?"

"पता नहीं इतनी रात को कौन है। देखता हूँ।"

वह उठकर बाहर आया। दरवाज़ा पीटना बन्द कर दिया गया। शायद बत्ती जलते देख दरवाज़ा पीटने वाला समझ गया था कि वह जाग गया है।

"कौन है?" उसने दरवाज़े के साथ लगकर पूछा।

"पुलिस! दरवाज़ा खोलो।"

"पुलिस!" वह घबरा-सा गया। इतनी रात गए उसके घर पुलिस का क्या काम?

उसने दरवाज़ा खोला।

पुलिस की वर्दी में एक सब-इंस्पेक्टर उसके सामने खड़ा था और उसके साथ खड़ा था खैरू!

बलराम चुपचाप खड़ा, भौचक-सा बारी-बारी उन दोनों को देखता रहा।

वे दोनों उसे धकियाते हुए-से भीतर घुस आए। आगे-आगे सब-इंस्पेक्टर और पीछे-पीछे खैरू!

बलराम ठोकर खाए पत्थर के समान, दो-चार कदम लुढ़क कर फिर पत्थर हो गया।

सब-इंस्पेक्टर कुछ देर तेज़ी से इधर-उधर घूमता रहा, चारों ओर नज़रें दौड़ाता रहा, जैसे कुछ खोज रहा हो। फिर वह आकर उसके ऐन सामने खड़ा होकर उसे घूरने लगा। घूरने की प्रक्रिया समाप्त कर उसने अपना बेंत बलराम की छाती पर रख डाँटकर पूछा, "ईंटें कहाँ छिपाकर रखी हैं?"

"कौन-सी ईंटें?" बलराम के कंठ से फूटा।

"पड़ोसियों के घरों में रोज़ ईंटें फेंकते रहते हो और मुझसे पूछते हो कौन-सी ईंटें!" सब-इंस्पेक्टर ने बेंत उसकी छाती में गड़ाया, "यहाँ बड़े-बड़े बदमाश सीधे कर दिए हैं। तुम पड़े किस फेर में हो?"

बलराम ने अपनी सारी हिम्मत बटोरी, "मैंने किसी के घर ईंटें नहीं फेंकी हैं। ये जो आपके साथ खड़े हैं, इनके लड़के ने..."

"बको मत।" सब-इंस्पेक्टर चीखा, "साले, एक तो बदमाशी करते हो, फिर झूठ बोलते हो।"

"इंस्पेक्टर साहब! गालियाँ मत दीजिए।"

"गालियाँ!" सब-इंस्पेक्टर गुर्राया, "थाने में ले जाकर मारे बेंतों के चूतड़ों की खाल उधेड़ दूँगा। आजकल बदमाश भी साले अकड़कर बात करते हैं, माँ के यार।"

बलराम को लगा, उसकी तपती आँखों से किसी भी क्षण आँसू बहने लगेंगे। उसका क्रोध उस सीमा तक जा पहुँचा था, जहाँ आदमी या तो मार बैठता है या रो पड़ता है। वह मार नहीं सकता था, रो ही सकता था।

"आपको इंक्वायरी करनी थी, आप सुबह आए होते।" वह लगभग चीखकर बोला, "यह कौन-सा समय है किसी के घर आने का?"

"फिर चीखा।" सब-इंस्पेक्टर ने बेंत उसकी बाँह पर चला दिया, "कुत्ते की औलाद, हम तेरे मेहमान हैं कि सुबह आते। पुलिस को पूरा अधिकार है कि जब चाहे आए। ज़्यादा बकवास की तो अभी घसीटकर थाने ले जाकर हवालात में बन्द कर दूँगा और सुबह कुत्ते के पेशाब की चाय पिलाऊँगा।"

बलराम सहमकर एकदम चुप हो गया। वह जो कुछ कह रहा था—कर भी सकता था। बलराम उसे कैसे रोक सकता था।

"कौन है जी?" भीतर से राधा का स्वर आया।

"जा! बुला रही है।" सब-इंस्पेक्टर ने उसे बेंत से कोंचा, "कहीं वह देखने के लिये बाहर आ गई तो हमें उसकी भी तलाशी लेनी पड़ेगी।"

वह बहुत भद्दी और अशिष्ट हँसी हँसा।

सब-इंस्पेक्टर घूमा और जाते-जाते बोला, "ख़बरदार जो अब कोई बदमाशी की।"

वह दरवाज़े से बाहर निकल गया और उसके पीछे-पीछे खैरू भी निकल गया।

बलराम ने बड़े मशीनी ढंग से बढ़कर दरवाज़ा बन्द कर लिया, जैसे वह किसी बला से छूटा हो और डरता हो कि कहीं वह लौट न आए।

इतना अपमानित बलराम कभी नहीं हुआ था। वह तो सोच रहा था कि वह स्वयं पुलिस में रिपोर्ट लिखाएगा। और यहाँ उल्टे पुलिस ही रिपोर्ट लिखने उसके घर आ गई। खैरू ने अपनी धमकी पूरी कर दिखाई थी। उसने पुलिस उसके घर भेज दी थी। और सब-इंस्पेक्टर का व्यवहार! तौबा! ऐसी पुलिस के पास कोई शरीफ़ आदमी अपनी शिकायत लेकर कैसे जा सकता है? तो फिर शरीफ़ आदमी कहाँ जाए? खैरू से कैसे अपनी रक्षा करे और ऐसी पुलिस से?

वह तो समझता था कि वह पढ़-लिख गया है। एम.ए. है। लेखक है। एक पत्रिका में उप-सम्पादक है। पर उसकी कौन सुनेगा! क्या वह किसी पत्रिका या किसी समाचारपत्र में इस घटना को छपवाए? क्या बात को आगे बढ़ाए? पर अभी तो बिना लड़े ही यह स्थिति आ गई है—लड़ पड़ेगा, तो पता नहीं उसकी क्या गत बनेगी। यदि कहीं उसने छपवा भी दिया कि एक सब-इंस्पेक्टर ने उसके साथ

दुर्व्यवहार किया है, तो इतनी-सी बात के लिये उस सब-इंस्पेक्टर को न तो कोई जेल भेजेगा, न नौकरी से निकालेगा, उल्टे उसके साथ जो भी बीत जाए, वही कम है।

उसने समाचार पत्र में पढ़ा था, जब शाहे-ईरान दिल्ली आए थे तो उन्हें एक कृषि प्रदर्शनी दिखाने के लिये पूसा इंस्टिट्यूट ले जाया गया था। वहाँ पहरे पर खड़े एक सब-इंस्पेक्टर ने एक डी.एस.पी. की आज्ञा से वहीं काम करने वाले कृषि-वैज्ञानिक को बुरी तरह पीटा था, क्योंकि उस कृषि-वैज्ञानिक ने उनकी बदतमीज़ी पर आपत्ति की थी...

आख़िर यह सब भी तो समाचार पत्रों में छपा था। पूसा इंस्टिट्यूट में तो हड़ताल भी हुई थी। पर क्या हुआ? उस डी.एस.पी. से किसी ने कुछ पूछा, या उस सब-इंस्पेक्टर से किसी ने कुछ कहा? जब तब कुछ नहीं हुआ, तो अब क्या होगा—उसे तो किसी ने पीटा भी नहीं था।

और देखो तो सूअर के बच्चे आए भी कब? शायद खैरू के घर में बैठे प्रतीक्षा करते रहे होंगे कि वह सो जाए तो उसे जगाकर परेशान करें...अब वह कर ही क्या सकता था? क्या इस देश में एक साधारण नागरिक इतना असहाय है?

अब आदित्य के पिताजी का ट्रांसफर भी हिमाचल प्रदेश में कहीं हो गया था। नहीं तो वह उनके पास चला जाता। अब वह किसके पास जाए? उसका ध्यान बार-बार डॉ. कपिला की ओर जा रहा था—कल वह उनके पास जाएगा। शायद वे कोई उपाय सुझा दें। और? और कोई नहीं था, जिसके पास वह जा सके।

कल वह जाएगा। अवश्य।

इस बीच में राधा उससे कई बार पूछ चुकी थी कि बाहर कौन आए थे और क्या कह रहे थे। पर उसने कोई उत्तर नहीं दिया था। राधा ने फिर से नाराज़ होकर करवट बदल ली थी।

बलराम को नींद नहीं आ रही थी। वह इस अपमान को कैसे भूल सकता था और फिर भविष्य की आशंकाएँ।

सोलह

मक्खनलाल बहुत दिनों के बाद कैलाशो से मिला था। पिछली बार वे उसी दिन मिले थे, जिस दिन दर्शना की हत्या हुई थी। मक्खनलाल खैरू की सहायता से दर्शना के शरीर को ठिकाने लगाकर, अपने दिए गए वचन के अनुसार जाकर कैलाशो से मिला था। उन्होंने इकट्ठे पिक्चर भी देखी थी। मक्खनलाल ने उसे बताया भी था कि दर्शना की मृत्यु हो गई है—कैसे हुई, यह उसे नहीं बताया गया था।

उस दिन कैलाशो समझ नहीं पाई थी कि वह उसकी पत्नी की मृत्यु हो जाने के कारण दुख प्रकट करे या मार्ग की बाधा हट जाने के कारण प्रसन्नता जताए। स्वयं मक्खनलाल भी उस दिन अपने-आपमें स्पष्ट नहीं था कि वह उस घटना से दुखी था या सुखी। पर जैसे-जैसे समय बीतता गया, मक्खनलाल के मन में बात साफ़ होती गई—वह दर्शना से प्रेम करता था और अब भी उसके मन में दर्शना के प्रति प्रेम था। उसको खोकर वह प्रसन्न नहीं था। अब तक उसके मन में यह बात पूरी तरह साफ़ हो गई थी कि उसने कैलाशो की ओर उस बच्चे के समान हाथ बढ़ाया था जो अपना खिलौना न देकर भी एक और खिलौने की ओर लपकता है। उसने वस्तुतः दर्शना के अतिरिक्त कैलाशो को चाहा था, दर्शना के बदले उसे कैलाशो स्वीकार्य नहीं थी। यदि कोई उसे यह पहले बता देता कि दर्शना को खोकर उसे कैलाशो मिलेगी, तो वह उसे पाने का शायद कभी प्रयत्न ही नहीं करता।

इस बीच कैलाशो ने उससे मिलने का बहुत प्रयत्न किया था, पर वह टालता रहा था। किन्तु मिलना तो था ही।

यह तय था कि कैलाशो उसे कनाट प्लेस में रीगल के बस स्टैंड पर मिल जाएगी। वहाँ से वे दोनों कहीं चले जाएँगे। मक्खनलाल ठीक समय पर आ गया था और कैलाशो उससे भी पहले से वहाँ खड़ी थी। बस की प्रतीक्षा में वह लाइन में इस प्रकार खड़ी थी, जैसे उसे कहीं जाना था। मक्खनलाल को देखते ही वह लाइन से निकलकर उसके पास आकर खड़ी हो गई।

‘‘आ गई?’’

‘‘हाँ, मैं तो काफ़ी देर से खड़ी हूँ।’’

मक्खनलाल ने उसे बहुत ध्यान से देखा—इतनी भरपूर नज़र से कोई ग्राहक ही किसी चीज़ को देखता है। उसने देखा कि कैलाशो के चेहरे पर पाउडर और क्रीम अन्य दिनों से अधिक था। उसकी आँखों से निकली काजल की काली रेखा कुछ अधिक लम्बी थी। आज उसने लिपिस्टिक भी लगा रखी थी और कपड़े भी काफ़ी शोख पहन रखे थे।

वे चलते-चलते भीड़ से कुछ आगे आ गए।

‘‘बहुत सजकर आई हो।’’

‘‘तुम्हारे लिये।’’ कैलाशो ज़रा इठलाई, ‘‘तुम मुझसे मिलते क्यों नहीं थे?’’

‘‘ऐसे ही। ज़रा मन ठीक नहीं था।’’

‘‘दर्शना की याद आती थी?’’

‘‘हाँ! वह मेरी बीवी थी।’’

कैलाशो इससे इनकार कैसे कर सकती थी कि दर्शना मक्खनलाल की बीवी थी और यह भी कैसे कह सकती थी कि वह उसे याद न किया करे। उसे लगा, उसने बात ही गलत ढंग से शुरू की है।

‘‘मैं तुमसे मिलने को तड़पती रही।’’

‘‘मुझे मालूम है।’’

कैलाशो कुछ देर के लिये चुप हो गई। वे दोनों चलते रहे।

‘‘कहाँ चल रहे हो?’’

‘‘कोई स्कूटर ले लेते हैं।’’ मक्खनलाल बोला, ‘‘गोल मार्किट में मेरे एक दोस्त का क्वार्टर है। उसकी चाबी इस समय मेरे पास है।’’

‘‘वहाँ जाकर क्या करना है।’’ कैलाशो बोली, ‘‘यहीं कहीं बैठ जाते हैं। मुझे तुमसे बहुत सारी बातें करनी हैं।’’

‘‘बातें भी वहीं कर लेंगे।’’ मक्खनलाल बोला, ‘‘मैं बहुत भूखा हूँ। मैंने दर्शना के मरने के दिन से आज तक किसी औरत को हाथ नहीं लगाया है।’’

कैलाशो दुविधा में पड़ गई।

जाए या न जाए?

मक्खनलाल जो चाहता था, वह साफ़ था। कैलाशो को उसके साथ जाने से पहले फ़ैसला करना था। क्या यह अवसर उसे असन्तुष्ट ही रखकर सौदा करने का था या उसे सन्तुष्ट कर अपने प्रभाव में लेकर अपनी बात मनवाने का?

मक्खनलाल आगे बढ़ता जा रहा था और कैलाशो कोई निर्णय नहीं ले पा रही थी। वह यदि जाने से इनकार कर देगी तो मक्खनलाल नाराज़ हो जाएगा। तब उसे अप्रसन्न रखकर सौदा करने की शायद नौबत ही नहीं आएगी।

तो फिर क्या करे वह?

चली जाए चुपचाप?

वहाँ जाकर वह मक्खनलाल को एकदम रोक नहीं पाएगी।

तो क्या हो गया, आज कोई पहली बार है?

वह जैसे परास्त हो गई।

चुपचाप मक्खनलाल के साथ चलती रही। मक्खनलाल वहाँ पहुँचने की जल्दी में था। उसने एक बार भी नहीं देखा था कि कैलाशो के चेहरे पर क्या भाव हैं। वह क्या सोच रही है, या वह इतनी अनमनी क्यों है?

क्वार्टर में पहुँचकर ताला मक्खनलाल ने ही खोला था। लगता था, वह पूरी तरह से सोच-समझकर, पूरी तैयारी करके आया है। ऐसे में उसे मनाना और भी मुश्किल था।

''सुनो मक्खणी!'' कैलाशो बोली, ''मुझे तुमसे एक बात कहनी है।''

''अभी सुनता हूँ। थोड़ी देर ठहर जाओ।'' वह भीतर से दरवाज़ा बन्द करके लौटा।

जब मक्खनलाल शान्त हो, एक ओर होकर आराम से लेट गया तो कैलाशो फिर बोली, ''मक्खणी, मुझे तुमसे एक बात कहनी है।''

''कहो।'' वह दोनों हथेलियों पर सिर रखे छत को देख रहा था।

''मैं तुमसे...'' कैलाशो कुछ संकुचित हुई, ''मैं तुमसे प्यार करती हूँ।''

मक्खनलाल हँसा, ''यही कहने के लिये तब से उतावली हो रही हो? यह तो मैं जानता हूँ।''

''नहीं।'' कैलाशो झेंपी, ''मैं यह कह रही थी कि मैं अब तुम्हारे बिना नहीं रह सकती।''

''तभी तो मैं तुम्हें यहाँ ले आया।''

''नहीं। मेरा मतलब है,'' कैलाशो खुलकर बोली, ''हमें अब शादी कर लेनी चाहिए।''

''शादी? क्यों??''

मक्खनलाल उठकर बैठ गया।

"हम एक-दूसरे से प्यार करते हैं न।" शादी के नाम पर उसकी प्रतिक्रिया देखकर कैलाशो हतप्रभ रह गई थी।

"हाँ।" वह बोला, "पर हमारे प्यार की शर्त शादी कभी भी नहीं रही थी। जब तुमने मुझसे प्यार करना शुरू किया था, मैं तब भी शादीशुदा था।"

"तब की बात और थी।" कैलाशो बोली, "तब दर्शना जीवित थी।"

"तो तुम उसके मरने की प्रतीक्षा में थीं?" वह बोला, "कैलाशो! तुम अब भी यही समझो कि दर्शना जीवित है। बीवी के रूप में दर्शना ज़रा भी बुरी नहीं थी कि उसे खोकर तुम्हें पाने की इच्छा मेरे मन में होती।"

कैलाशो की आँखें डबडबा आईं।

"तो तुम मेरे साथ यह सब क्यों करते रहे?" वह कुछ क्षुब्ध थी।

मक्खनलाल हँसा, "मर्द हूँ। मुफ़्त में औरत मिले तो क्यों न लपकूँ। पर अब किसी का बोझ नहीं उठाऊँगा।" वह रुका, "चल उठ। तैयार हो जा। मुझे आँखें दिखाने का कोई लाभ नहीं होगा।"

कैलाशो स्वयं को रोक नहीं पाई। वह पूरे समारोह से रो रही थी।

सत्रह

बलराम की सारी रात तरह-तरह के दुःस्वप्नों में बीत गई थी और सुबह-सवेरे वह बहुत थोड़ी देर के लिये सो पाया था। पर, आँख खुलते ही, कल की सारी घटनाएँ उसके मस्तिष्क में फिर से ताज़ा हो उठी थीं। वह कुछ-न-कुछ करने को व्याकुल था। कम-से-कम आगे से ऐसी कोई बात न हो, उसकी रोकथाम तो करनी ही होगी। कल खैरू ने उसके घर में ईंटें फिंकवाई थीं, तो आज भी फिंकवा सकता था। वह कल कहीं से एक सब-इंस्पेक्टर पकड़ लाया था तो आज भी ला सकता था...। और सबसे अधिक चिन्ता उसे राधा की थी। वह दफ़्तर चला जाएगा—पीछे से राधा रोज़ अकेली होती है। वे उसे परेशान कर सकते हैं। राधा के साथ कोई दुर्घटना भी घट सकती है...

बलराम जैसे तप उठा। ऐसी स्थिति में वह क्या करेगा?

पर दूसरे ही क्षण वह फिर पहले जैसा निःसहाय बलराम हो गया। आख़िर वह कर ही क्या सकता है। वह राधा की रक्षा के लिये घर पर ही नहीं बैठा रह सकता। उसे काम पर तो जाना ही होगा। और कोई ऐसा व्यक्ति भी नहीं था, जिसे राधा की सुरक्षा के विचार से घर में रखा जाए।...और फिर वह स्वयं घर पर होगा, तो ही क्या कर लेगा? कल उसने क्या कर लिया?

उसे राधा को रामभरोसे ही छोड़ना होगा...

किन्तु दूसरे ही क्षण वह एक नये कोण से सोच रहा था। खैरू ने राधा को एकदम परेशान नहीं किया था। झगड़ा उसी के साथ हुआ था। आख़िर सब लोग स्त्रियों को घर पर ही छोड़कर जाते हैं। पीछे से यदि गड़बड़ होने लगे, फिर तो किसी की भी स्त्री सुरक्षित नहीं रहेगी। डाकुओं और बदमाशों में भी एक 'कोड ऑफ कंडक्ट, होता है। वह व्यर्थ ही चिन्ता कर रहा है। राधा को कोई कुछ नहीं करेगा। खैरू की पत्नी भी तो घर पर ही होती है, वह राधा की रक्षा कर लेगी। वह खैरू को उसके साथ लड़ने से तो नहीं रोकेगी, पर राधा के साथ कुछ अनुचित करने से अवश्य रोकेगी...

उसके मस्तिष्क से राधा की सुरक्षा की बात टल गई। वह जल्दी-जल्दी तैयार होकर डॉ. कपिला से मिलने के विचार से बाहर निकला।...पर फिर घर में लौट आया।

''सुनो!'' उसने राधा से कहा।

''क्या है?'' राधा अभी तक रात की नाराज़गी लिये बैठी थी।

''मैं जा रहा हूँ।'' वह बोला, ''दरवाज़े भीतर से बन्द रखना और किसी भी हालत में मत खोलना। हो सकता है, पड़ोसी फिर कोई शरारत करे...और देखो, उनसे खामख्वाह लड़ना भी मत।''

''तुम अपना काम करो, मैं अपनी चिन्ता कर लूँगी।'' राधा ने अपनी नाराज़गी को निभाते हुए उत्तर दिया।

बलराम से उसकी सारी बात बड़े धैर्यपूर्वक सुनकर उसके बाद भी डॉ. कपिला काफ़ी देर तक मौन बैठे रहे। इस बीच वे सोचते ही रहे थे और अब भी सोचते जा रहे थे। पर उन्हें कुछ सूझ नहीं रहा था। आख़िर इस समस्या का हल क्या हो सकता है? जब कोई शान्तिप्रिय सामाजिक नागरिक असामाजिक और अपराधी मनोवृत्ति वाले व्यक्तियों द्वारा पीड़ित होता है और स्वयं उनका प्रतिकार नहीं कर सकता तो वह पुलिस की शरण में जाता है; किन्तु जब पुलिस उन असामाजिक तत्वों के साथ मिलकर उसे पीड़ित करे, तो वह कहाँ जाए?

उन्होंने अपने हाथ में पकड़ी हुई चाय की खाली प्याली मेज़ पर रख दी और बोले, ''तुमने क्या सोचा है?''

''मेरी तो समझ में ही कुछ नहीं आ रहा।'' बलराम ने कहा, ''मैं तो रात-भर सोच-सोचकर पागल हो गया हूँ। तभी तो दफ़्तर से छुट्टी ली और तुम्हारे पास दौड़ा आया।''

''भई! यह समस्या केवल तुम्हारी ही नहीं है।'' डॉ. कपिला बोले, ''यह ठीक है कि इन दिनों तुम्हें वैयक्तिक धरातल पर इस समस्या से निबटना पड़ रहा है। पर वैसे तो यह बड़ी व्यापक समस्या है। जिनसे न्याय मिलने की आशा होती है, उनसे न्याय न मिले तो आदमी आख़िर क्या करे? मैं तो बार-बार कहता हूँ कि अपने देश की नक्सलवादी समस्या हमारी अपनी पुलिस और न्यायालयों की उत्पन्न की हुई है। और जब तक पुलिस और न्याय-व्यवस्था का सुधार नहीं होगा, तब तक उस समस्या का अन्त भी नहीं होगा।''

''छोड़ो यार!'' बलराम बोला, ''मैं इस समय व्यापक सामाजिक-राजनीतिक समस्याओं पर बहस करने के मूड में नहीं हूँ। मेरे सामने बड़ा सीधा-सा प्रश्न है कि मैं उस उल्लू के पट्ठे खैरू और उस हरामी सब-इंस्पेक्टर से अपनी रक्षा कैसे

करूँ। मैं अभी अपने मुहल्ले की पुलिस चौकी पर गया नहीं हूँ। पर मैं इस बात से भी डरता हूँ कि कहीं वही सब-इंस्पेक्टर चौकी का इंचार्ज भी निकल आया तो मेरा क्या होगा? वह इंचार्ज न भी हुआ, तो भी जो इंचार्ज होगा, वह उसके विरुद्ध मेरा पक्ष क्यों लेगा?''

''फिर?''

''फिर यह कि खैरू ने एक सब-इंस्पेक्टर का सहारा लिया है। मुझे यदि उससे सवाया बनना है तो मुझे भी पुलिस के ही किसी बड़े अफ़सर की शरण में जाना होगा। मैं इसीलिये तुम्हारे पास आया था कि शायद तुम्हारी कोई एप्रोच हो। कोई डी.एस.पी. या एस.पी. तुम्हारी जान-पहचान का हो। या किसी बड़े पुलिस अफ़सर का लड़का-वड़का तुम्हारा विद्यार्थी हो।''

''एप्रोच!'' डॉ. कपिला बोले, ''एप्रोच तो मेरी कोई नहीं है। और ऐसी-वैसी एप्रोच से होगा भी क्या। सब साले पैसे के यार हैं। तुम्हारे पास पैसा हो तो तुम अपनी बात मनवा लो!''

''तुम तो वहाँ की बात कर रहे हो, जहाँ लोग अपेक्षाकृत ग़रीब, कम पढ़े-लिखे और कम जागरूक हैं। यहाँ देखो, मैं ग्रेटर कैलाश में बैठा हूँ। यहाँ लोग पढ़े-लिखे भी हैं, अमीर भी हैं और अपने अधिकारों के प्रति जागरूक भी हैं। सब जानते हैं कि पुलिस का काम क्या है। पर होता क्या है? सारे ग्रेटर कैलाश की बात भी मैं नहीं जानता। अपने आस-पास की बात कहता हूँ। इधर बायें हाथ वाला जो आख़िरी मकान है, वहाँ एक किरायेदार ने मालिक-मकान को छुरा मार दिया। क्या हुआ? कुछ नहीं। क्योंकि उन्होंने पुलिसवालों को पैसा खिला दिया। तब मालिक-मकान ने अपना सोर्स भिड़ाया। एक मजिस्ट्रेट के विष से पुलिस का विष काटा और अपना मकान खाली करवाया। पिछवाड़े में वह दूर जो मकान तुम्हें दिख रहा है, वहाँ दो-दो बार दिन-दहाड़े पत्थरों-ईंटों, लाठियों और लोहे की छड़ों से खुल्लम-खुल्ला लड़ाइयाँ हो चुकी हैं। सिर फूटे हैं, हड्डियाँ टूटी हैं। हाँ, कोई मरा नहीं है। क्या हुआ? कुछ नहीं। दोनों दलों का पौवा भारी था। पुलिस ने दोनों से पैसे लिये और डकार गई। दोनों वहीं बैठे हैं। फिर लड़ाई होगी, एकआध लाश गिरेगी । पुलिस को और अधिक पैसा खाने का मौका मिलेगा।...और हमारी पिछली गली का जो आख़िरी मकान है, उसमें कोई सज्जन हैं, जिन्होंने मकान बनवाकर मज़दूरों को उनकी मज़दूरी नहीं दी है। श्रमिक-जागृति के इस युग में भी वे मज़दूर उनका कुछ नहीं कर पाए। वे लाल झंडे लिये हुए, जुलूस बनाकर आते हैं, नारे लगाते हैं और पुलिस से मार खाकर लौट जाते हैं। लोग कहते हैं कि उस मकान

में जुआ खेला जाता है और पुलिस को वहाँ से हर महीने बँधी रकम मिलती है। ...पहली गली में एक साहब हैं जो घोषणा करके कहते हैं कि पैसा इसलिये होता है कि लोगों को तंग किया जाए। जब चाहते हैं, चौकी पर जाकर कुछ नोट थमा देते हैं और जिसके दरवाज़े पर चाहते हैं, पुलिस खड़ी कर देते हैं।...सब लोग जानते हैं कि स्मगलर यहाँ हैं, जुआरी यहाँ हैं, काले बज़ारिये यहाँ हैं, चकले चलाने वाले यहाँ हैं। सब बड़ी-बड़ी कोठियों में, धन की मोर्चाबन्दी किए, आराम से बैठे हैं। कोई बिगाड़ ले, क्या बिगाड़ सकता है। पुलिस को पैसा देते हैं और ठाठ करते हैं... ।''

बलराम समझ नहीं पा रहा था कि इतने लम्बे भाषण के बाद वह क्या कहे और डॉ. कपिला स्वयं नहीं समझ पा रहे थे कि आख़िर इतना कुछ कहने के पश्चात् वे किस निष्कर्ष पर पहुँचे हैं। आख़िर वे बलराम को क्या सलाह दे रहे हैं? वह क्या करे? अब तक उन्होंने जो कुछ कहा, वह उनके भीतर घुमड़ता हुआ आक्रोश था या वे यह कहना चाहते हैं कि इस देश में एक ऐसी स्थिति आ चुकी है, जिसमें कोई सुधार नहीं हो सकता और कोई शान्तिप्रिय नागरिक आराम से नहीं जी सकता? क्या वे देश की न्याय-व्यवस्था और पुलिस से एकदम निराश हो चुके हैं...

और वही प्रश्न बलराम की जिह्वा पर भी था, ''यार राजेश! मुझे यह बताओ कि मैं क्या करूँ? पैसा मेरे पास नहीं है कि मैं पुलिस को खिला सकूँ।''

''ठीक।''

''एप्रोच मेरे पास नहीं है कि किसी बड़े अधिकारी का प्रभाव मेरी रक्षा कर सके।''

''ठीक।''

''नक्सलवादी मैं नहीं बन सकता कि बन्दूक लेकर पुलिस से भिड़ जाऊँ।''

''ठीक।''

''मैं रात-भर यह भी सोचता रहा हूँ कि मैंने एक गलत जगह मकान ले लिया है। उस मुहल्ले में ताँगे-रिक्शे वाले हैं। सुना है कि कुछ जुआरी और कच्ची शराब खींचने वाले भी हैं। पर मेरी आर्थिक स्थिति ऐसी नहीं है कि मैं किसी तथाकथित ऊँची लोकेलिटी में मकान ले सकूँ। तीन-चार सौ रुपया कहाँ से दूँगा। फिर यदि कहीं मैं दो-ढाई सौ की बरसाती लेकर तिमंज़िले पर टँग भी जाऊँ और वहाँ किसी से खैरू के समान झगड़ा हो गया, तो क्या करूँगा। वहाँ तो और भी बड़े-बड़े लोग हैं।''

''ठीक कहते हो।''

''तो क्या मेरा जीवन केवल अपमानित होने के लिये है? मैं और कुछ नहीं कर सकता?''

‘‘यही प्रश्न तो इस समय देश के लाखों-करोड़ों लोग पूछ रहे हैं।’’ डॉ. कपिला बोले, ‘‘पर किसी को उत्तर मिल रहा है क्या? मुझे तो लगता है कि हमें शासन से सम्मानपूर्वक जीने के जो आश्वासन दिए गए थे, वे सब समाप्त हो चुके हैं। शासन ने अपना कोई भी वचन नहीं निभाया है। हम पर टैक्स लगाकर जो पुलिस रखी गई, वह अपराधियों को इसलिये प्रोत्साहन दे रही है, ताकि अपराध-संख्या के साथ-साथ उनकी अवैध आय बढ़े। जो न्यायालय हमारे लिये बनाए गए थे, उनके द्वार हमारे लिये इसलिये बन्द हैं, क्योंकि हमारे पास पैसे नहीं हैं। तुम ख़ुद सोचो बलराम! कितना बड़ा मज़ाक है कि धन के अभाव में न्याय भी न मिल सके। अब तो यदि हम सुरक्षित हैं तो या तो अपने भाग्य के भरोसे हैं, या अपने पुरुषार्थ के भरोसे।’’

‘‘मुझे लगता है यार राजेश!’’ सारी बातचीत में पहली बार बलराम मुस्कुराया, ‘‘तुम चाहते हो कि मैं खैरू से और उस हरामी सब-इंस्पेक्टर से भी भिड़ जाऊँ। तुम मुझे उनसे लड़ाना चाहते हो।’’

‘‘मैं क्या चाहता हूँ, उसे छोड़ो।’’ डॉ. कपिला भी मुस्कुराए, ‘‘मैं तो केवल यह बता रहा हूँ कि समय किधर जा रहा है। अत्याचार करने वाले मूर्ख यह नहीं समझते कि न्याय के साथ खुला बलात्कार सदा क्रान्ति को जन्म देता है।’’

‘‘तुम मेरी जगह होते तो तुम उन्हें मारते?’’

‘‘मैं।’’ डॉ. कपिला फिर हँसे, ‘‘मुझे लगता है कि मैं भी केवल सिद्धान्तवीर ही हूँ। समय आने पर मेरा अपना व्यवहार क्या होगा, कह नहीं सकता।’’

अट्ठारह

मुहल्ले में सुबह से ही काफ़ी हंगामा था।

जब मुहल्ले के भीतर-बाहर आने-जाने वाली मुख्य सड़क पर तंबू लग जाएँ, दरियाँ बिछ जाएँ, मंच बन जाएँ और आना-जाना किसी भी प्रकार सम्भव न हो, तो मुहल्ले में हंगामा अपने-आप ही हो जाता है।

मक्खनलाल सुबह भी इधर से गुज़रा था—तब वह पैदल था। उसने देखा था कि शर्माजी के विरोधी दल के कार्यकर्ता, अपने दल के बिल्ले बाँहों पर लगाए हुए, सभा की तैयारियाँ कर रहे थे। वे लोग सब मिलाकर सात-आठ व्यक्तियों से ज़्यादा नहीं थे। दोपहर के लगभग फिर मक्खनलाल उधर से आया तो शामियाने लग चुके थे और दरियाँ बिछ चुकी थीं।

सभा पाँच बजे आरम्भ होने वाली थी। मंच और शामियाना पूरी तरह से तैयार थे। कार्यकर्ता लोग सुबह से काम करते-करते बुरी तरह थक गए थे और अब सुस्ताने लगे थे।

तभी उधर से एक टैंपो आया। टैंपो के ड्राइवर ने इस बात की तनिक भी चिन्ता नहीं की कि सड़क पर शामियाना लगा हुआ है, दरियाँ बिछी हुई हैं और आगे मंच भी बना हुआ है। उसने सड़क को सड़क ही समझा और टैंपो चलाता हुआ ले गया।

कार्यकर्ता अपनी जगह पर बैठे फटी आँखों से देखते रहे कि यह टैंपो किधर जा रहा है। होश उन्हें तब आया, जब टैंपो एक बाँस को गिराकर शामियाने को लँगड़ा कर चुका था और मंच से टक्कर मारने के लिये आगे बढ़ रहा था।

"ओए क्या हो रहा है?"

"पकड़ो-पकड़ो!"

"अबे ओ उल्लू के पट्ठे! रुक!"

थके हुए कार्यकर्ता लोग उठकर भागे।

तब तक टैंपो रुक गया था—ठीक मंच से लगकर, जैसे टक्कर होते-होते बच गई हो।

टैंपो में से मक्खनलाल और उसके तीनों भाई उतर आए थे।

‘‘तुम्हें दिखता नहीं है कि शामियाना लगा हुआ है? अन्धे हो क्या?’’ एक कार्यकर्ता चीखकर उनके पास पहुँचा।

‘‘सूअर की औलाद! तुझे नहीं दिखता कि यह सड़क है।’’ मक्खनलाल गरजा।

‘‘गाली क्यों देता है?’’ दूसरा कार्यकर्ता बोला।

‘‘हमने कार्पोरेशन वालों से तंबू लगाने की परमिशन ली है।’’ एक अन्य कार्यकर्ता बोला।

‘‘गाली नहीं देंगे साले, तो तेरी पूजा करेंगे।’’ मक्खनलाल का भाई मिश्रीलाल बोला।

‘‘कार्पोरेशन वालों से परमिशन ली है तो क्या हमें दूसरी सड़क भी बनवाकर दी है?’’ रामलाल बोला।

‘‘तंबू क्यों गिराया?’’

‘‘तुमने सड़क क्यों रोकी?’’

‘‘अन्धे हो?’’

‘‘बकवास मत करो!’’

‘‘मारो सालों को!’’

‘‘मारो!’’

‘‘मारो!’’

‘‘मारो!’’

और इससे पहले कि किसी को पता चलता कि हो क्या रहा है, मक्खनलाल और उसके भाइयों ने टैंपो में से लाठियाँ उठा लीं और वे लाठियाँ धड़ाधड़ चलने लगीं—अँधाधुँध।

कार्यकर्ता इसके लिये तैयार नहीं थे। तीन-चार के सिर पहले ही हल्ले में फूट गए। उन्होंने तंबू के बाँस पकड़ लिये। किसी ने कुर्सी पकड़ ली, किसी ने ईंट।

भीड़ जमा हो गई।

पुलिस भी आ गई।

पर तब तक प्रत्येक कार्यकर्ता अच्छी तरह पिट चुका था। तीन-चार के सिर फूटे थे, दो-एक की हड्डियाँ टूटी थीं। लहू-लुहान सब ही हो चुके थे। थोड़ी देर पहले तक का सजा-सजाया शामियाना तहस-नहस हो चुका था।

पुलिसवालों ने थोड़ी-थोड़ी रस्मी जाँच-पड़ताल की और सारे कार्यकर्ताओं को पुलिस की गाड़ी में बैठा लिया। मक्खनलाल और उसके भाई भी टैंपो में बैठकर थाने जा पहुँचे।

सब-इंस्पेक्टर लेखराज को सवेरे ही शर्माजी का टेलीफ़ोन आ चुका था कि आज विरोधी दल वाले मुहल्ले में सभा के बहाने दंगा करने की तैयारी कर रहे हैं। उसने अपनी पूरी तैयारी कर रखी थी। उसकी तैयारी न होती तो लड़ाई शायद अभी कुछ देर और चलती। वह कार्यकर्ताओं से मिलने के लिये तैयार बैठा था।

''तुम लोग सभा के नाम पर दंगा करते हो। हैं?'' लेखराज कार्यकर्ताओं के आते ही बरस पड़ा, ''क्या समझ रखा है तुम लोगों ने अपने-आपको? सरकार के दामाद? हैं?''

''इंस्पेक्टर साहब! हम तो सभा की तैयारी कर रहे थे। इन लोगों ने लाकर टैंपो भिड़ा दिया।'' एक कार्यकर्ता बोला।

''बको मत!'' लेखराज ने डाँटा, ''तुम्हारी सभा और सभा की तैयारी को मैं अच्छी तरह जानता हूँ। लड़ाई किसने शुरू की?''

''गालियाँ इन्होंने दीं।'' मक्खनलाल बोला।

''हाथ भी इन्होंने ही उठाया।'' मिश्रीलाल ने कहा।

''साहब, इन्होंने हमें लाठियों से पीटा।'' एक अन्य कार्यकर्ता बोला।

''और क्या करेंगे? तुम्हें जयमाला पहनाएँगे?'' लेखराज बिगड़ा, ''तुम गालियाँ दो। मारो-पीटो। ये लाठियाँ नहीं चलाएँगे तो क्या तुम्हें चूमेंगे। हर आदमी अपनी रक्षा करना जानता है। मैं निकालता हूँ तुम्हारी नेतागिरी! ज़िलेसिंह...''

''जी हुज़ूर!'' हेड कांस्टेबल ज़िलेसिंह आकर सावधान खड़ा हो गया।

''इन सबको हवालात में बन्द करा दो। मैं अभी डिप्टी साहब से बात करता हूँ। सालों को न दो-दो साल के लिये अन्दर करवा दिया तो मेरा भी नाम लेखराज नहीं'' वह रुका, ''और चार आदमी वारदात की जगह पर तैनात कर दो। अब सभा नहीं होगी। शान्ति भंग होने का ख़तरा है।''

''साहब, आप हमारी बात तो सुनिए...'' एक कार्यकर्ता फिर बोला।

''फ़ुर्सत से सुनूँगा। पहले क्रान्ति कर लो। इतनी जल्दी क्या है।'' लेखराज बोला, ''ज़िलेसिंह, इन्हें ले जाओ।''

ज़िलेसिंह सिपाहियों की सहायता से उन्हें हटा ले गया।

‘‘तंग कर रखा है हरामज़ादों ने।’’ लेखराज बोला, ‘‘इनके मारे तो दो दिन चैन के नहीं गुज़रते। अच्छा साहब!’’ वह मक्खनलाल की ओर घूमा, ‘‘क्या लेंगे आप? चाय या कोका-कोला?’’

‘‘नहीं, आप तकलीफ़ मत करो।’’

‘‘अजी नहीं। तकलीफ़ की क्या बात है। पिछली बार आपसे मुलाकात हुई तो ढंग से बात ही नहीं हो सकी।’’

‘‘हाँ, तब आप किसी ग़लतफ़हमी के शिकार थे।’’ मक्खनलाल की मुस्कान में बड़ा बाँकापन था।

‘‘अजी क्या बताएँ साहब! सब तरह के लोगों से वास्ता पड़ता है। गलतफहमियाँ भी हो जाती हैं। पर, आपने ज़रा-सा भी इशारा किया होता कि आप शर्माजी के आदमी हैं तो हमें कोई ग़लतफ़हमी न होती। वह मामला तो अब ठीक हो गया है न—मेरा मतलब है पोस्टमार्टम की रिपोर्ट वगैरह?’’

‘‘जी हाँ!’’ मक्खनलाल बोला, ‘‘आपकी दया से तभी सब कुछ ठीक हो गया था!’’

उन्नीस

डॉ. कपिला के घर पर स्टडी सर्कल की बैठक हो रही थी।

स्टडी सर्कल डॉ. कपिला ने कॉलेज में ही आरम्भ किया था। पर उसकी बैठक वे सदा छुट्टी वाले दिन ही रखते थे। छुट्टी वाले दिन कॉलेज में जाकर चौकीदार को खोजना; उसे यह विश्वास दिलाना कि जो बैठक वे कर रहे हैं, वह कॉलेज का ही काम है और उन्होंने इस सिलसिले में प्रिंसिपल साहब से अनुमति ले ली है; विश्वास दिलाने की इस प्रक्रिया के बाद उससे कमरा खुलवाना; कमरे में कुर्सियों को ठीक करना, झाड़ना-पोछना—यह सब कुछ उन्हें काफ़ी कष्टकर लगता था।

फिर कुछ वैयक्तिक कठिनाइयाँ भी थीं। छुट्टी वाले दिन सवेरे-सवेरे उठकर तैयार होना बड़ा भारी काम लगता था। वे हर छुट्टी के दिन कॉलेज चल दें तो न उन्हें लगता था, न शारदा को कि वह छुट्टी का दिन था। कुछ लोग उन्हें मिलने के लिये, यह सोचकर आ जाते थे कि छुट्टी का दिन है, वे घर पर ही होंगे। उन लोगों से भी वे नहीं मिल पाते थे।

इन परेशानियों से छुटकारा पाने के लिये उन्होंने अपने स्टडी सर्कल के सदस्यों से परामर्श किया कि क्यों न बैठकें उनके घर पर ही हों। चौकीदार की ख़ुशामद भी नहीं करनी पड़ेगी। बैठने की भी सुविधा होगी। चाय-वाय भी आसानी से मिल जाएगी। उन्हें छुट्टी वाले दिन तैयार भी नहीं होना पड़ेगा। वे अपने मिलने-जुलने वालों से भी मिल सकेंगे। बस, एक ही बात थी कि उनका घर कॉलेज से दूर था। स्टडी सर्कल के सदस्य लड़के-लड़कियाँ, ज़्यादातर कॉलेज के आस-पास ही रहते थे। उन लोगों का घर दूर पड़ता था। पर वे लोग डॉ. कपिला की सुविधा के लिये सहमत हो गए; और फिर छुट्टी वाले दिन उन्हें भी कॉलेज की कुर्सियों से छुटकारा मिलेगा। वे समझेंगे, बैठक में नहीं गए किसी से मिलने के लिये उसके घर गए थे।

शुरू-शुरू में तो बैठकें काफ़ी औपचारिक होती थीं, पर धीरे-धीरे शारदा और निकुंज भी स्टडी सर्कल के सदस्य बन गए। लड़कियाँ शारदा के अधिक समीप आ गईं। दो-एक लड़कियाँ शारदा के कॉलेज से भी आने लगीं तो बैठकों का रूप

बदल गया। निकुंज की बातें, उसका चीखना-चिल्लाना व्याघात के न रूप में लेकर, मनोरंजन के रूप में स्वीकार कर लिया गया और वह भी एक प्रकार से बैठकों का आवश्यक अंग बन गया था।

पिछली कुछ बैठकों में कुछ सदस्यों ने बड़ी अच्छी और परिपक्व रचनाएँ सुनाई थीं। कमलनयन की कविताएँ सबको बड़ी विचारात्मक लगी थीं। सोनाली मेहता, सुशीला तथा निरंजन की कहानियाँ अब इतनी परिपक्वता तक आ पहुँची थीं कि किन्हीं साधारण पत्रिकाओं में प्रकाशित भी होने लगी थीं। आशुतोष कहानियों के साथ व्यंग्य-निबन्ध और व्यंग्य-कविताएँ भी लिखने लगा था। पल्लवी के गीत त्रुटिहीन हो गए थे।

प्रश्न था, इन रचनाकारों को प्रकाशित कौन करे?

आज की बैठक में रचनाएँ या किसी विषय की परिचर्चा प्रधान नहीं हो सकी। सब लोग ही प्रकाशन की समस्या में अधिक रुचि ले रहे थे।

''पहले तो आप लोग, जो कुछ कम महत्त्वपूर्ण छोटी पत्रिकाएँ प्रकाशित होती हैं, उनमें प्रकाशनार्थ अपनी रचनाएँ भेजिए। और उसके बाद...'' डॉ. कपिला बोले।

''उसके बाद क्या सर?'' आशुतोष ने पूछा।

''सर! हम अपनी पत्रिका नहीं निकाल सकते?'' पल्लवी बोली।

''उसके बाद से...मेरा अभिप्राय भी कुछ इसी प्रकार की चीज़ से था।''

''सर! हम पत्रिका निकालेंगे?'' कमलनयन की आँखें चमक उठी थीं।

''ठीक पत्रिका की ही बात मैं नहीं कह रहा,'' डॉ. कपिला बोले, ''क्योंकि पत्रिका के लिये कोर्ट से डेक्लेरेशन इत्यादि लेना पड़ता है। दूसरी बात है, पत्रिका बहुत नियमित होनी चाहिए। मान लो, हम लोग उतने नियमित नहीं हो सके तो? आख़िर पैसे की समस्या तो हमारे सामने भी आएगी ही।''

''हाँ सर!'' आशुतोष बोला, ''हम लोग ऐसा नहीं कर सकते कि सब लोग दस-दस रुपये या कुछ अधिक डालें और...''

''नहीं।'' डॉ. कपिला बोले, ''जब तक तुम लोग पढ़ रहे हो, कमा नहीं रहे हो और पैसों के लिये अपने माँ-बाप पर आश्रित हो, तब तक तुम लोगों से पैसे लेने की बात जँचती नहीं है।''

''फिर पैसे कहाँ से आएँगे सर?''

''पैसे।'' डॉ. कपिला ने कहा, ''पैसों के लिये मेरे पास कुछ योजनाएँ हैं। पैसे तुम लोग ही लाओगे। पर कैसे लाओगे, वह मैं बताता हूँ।''

''कैसे?''

"दो रास्ते हैं। एक यह कि तुम लोग हिन्दी के श्रेष्ठ लेखकों की श्रेष्ठ पुस्तकों की सूची बनाओ। या हम लोग इकट्ठे मिलकर इस प्रकार की एक वृहत् सूची तैयार कर लें। उसकी एक-एक प्रतिलिपि तुम सब लोग अपने पास रखोगे। उस सूची को लेकर तुम लोग अपनी जान-पहचान के लोगों, सम्बन्धियों, पड़ोसियों और मित्रों से मिलोगे। उन्हें पढ़ने का महत्त्व समझाओगे। फिर बताओगे कि अच्छी पुस्तकें कौन-कौन सी हैं और उन्हें वे पुस्तकें पढ़नी चाहिए और ख़रीदकर पढ़नी चाहिए। वे अपनी कठिनाई बताएँगे कि पुस्तकें सामान्यतः उपलब्ध नहीं होतीं। कोई ख़रीदना भी चाहे तो आस-पास कोई दुकान नहीं है। बात सच है, हिन्दी की कोई अच्छी पुस्तक ख़रीदनी हो तो शहर के हर कोने से नयी सड़क या दरियागंज जाना पड़ता है। इतनी दूर जाए कौन?"

"तब तुम लोग उन्हें अपनी योजना बताओगे। योजना का पहला भाग यह है कि वे लोग एक संकल्प कर लें कि वे प्रति मास पाँच, दस, बीस, सौ या जितनी वे चाहें, उतने रुपयों की पुस्तकें ख़रीदेंगे। तुम उन्हें हर महीने नयी और अच्छी, सभी प्रकार की पुस्तकों की जानकारी दोगे और वे उनमें से अपनी निश्चित राशि की पुस्तकों का ऑर्डर तुम्हें दे देंगे। वे ऑर्डर तुम लोग मुझे लाकर दोगे। मैं वे सारी पुस्तकें किसी पुस्तक-विक्रेता से ख़रीदूँगा और तुम्हें ला दूँगा। तुम लोग वे पुस्तकें उनके ग्राहकों तक पहुँचाकर पैसे ले आओगे।"

"इस भाग-दौड़ से हमें क्या मिलेगा? हमें बहुत कुछ मिलेगा। हम अच्छी पुस्तकों का प्रचार करेंगे। लोगों में अच्छा साहित्य पढ़ने की भूख जगाएँगे और उस भूख की तृप्ति करेंगे। इस प्रकार अच्छे पाठकों, अच्छे लेखकों और अच्छी पुस्तकों के प्रकाशकों की सहायता करेंगे, और सबसे बड़ी बात यह है कि उन पुस्तकों पर जो पच्चीस प्रतिशत कमीशन मिलेगा, वह स्टडी सर्कल का होगा। यदि हम चार सौ रुपयों की पुस्तकें प्रति मास बेचें तो सौ रुपये हमारे। पाँच सौ की बेचें तो सवा सौ हमारे, अधिक बेचें तो और अधिक। उन रुपयों को जमाकर हम उनसे पत्रिका का प्रकाशन कर सकते हैं।"

"बोलो, हो तैयार?"

"हम तैयार हैं सर।" लड़के-लड़कियाँ सम्मिलित रूप में बोले।

"योजना तो बहुत अच्छी है।" शारदा बोली, "पर लोग ऑर्डर देंगे भी?"

"यह तो हमारे अपने प्रयत्न पर है। जब साबुन, तेल और घर की अन्य ज़रूरत की चीज़ें बेचने वाली लड़कियाँ घर-घर जाकर ज़बर्दस्ती अपना सामान थोप सकती हैं तो हम सब इतने लोग मिलकर महीने में चार-चार सौ रुपये की भी अच्छी पुस्तकें नहीं बेच सकते?"

"बेच सकते हैं सर।" सोनाली मेहता बोली।

"दूसरा ढंग यह है।" डॉ. कपिला बोले, "पत्रिका छाप दी जाए। पैसे कहीं से भी आएँ। मान लो, हमने पैसे उधार लिये। जब पत्रिका छप जाए तो हम स्टडी सर्कल के सदस्यों में बराबर-बराबर प्रतियाँ बाँट दें। यह उन सदस्यों का दायित्व होगा कि वे उन प्रतियों को बेचकर पैसे इकट्ठे करें। मान लो कि हम एक प्रति का मूल्य पच्चीस पैसे रखते हैं। आप जिस किसी को बेचें, चार प्रतियाँ इकट्ठी बेचें। वह व्यक्ति उन प्रतियों को चाहे आगे बेचे, चाहे बाँटे, चाहे फेंके। हम दस आदमी मिलकर, क्या दिल्ली की लाखों की आबादी में दो सौ ऐसे ग्राहक नहीं ढूँढ सकते, जो हमें एक-एक रुपया दे दें?"

"यह भी ठीक है।" सोनाली मेहता बोली।

"तो तुम लोग दोनों योजनाओं के लिये तैयार हो?"

"जी सर!"

"तो फिर तुम लोग अपनी एक-एक श्रेष्ठ रचना आशुतोष को दे दो। वह उन्हें जमा कर मेरे पास ले आएगा। हम दोनों उन्हें सम्पादित कर प्रेस में दे देंगे। तब तक तुम लोग पुस्तकों की सूची तैयार करो और ग्राहक बनाओ।"

"सर, आप स्टडी सर्कल के अपने पुस्तकालय की बात भी कह रहे थे।" कमलनयन बोला।

"हाँ भई।" डॉ. कपिला ने कहा, "एक दिन कमलनयन से इस विषय में बात हुई थी। तुम लोगों से चर्चा नहीं हो सकी।"

"क्या सर?"

"बात कुछ इस प्रकार आरम्भ हुई कि," डॉ. कपिला बोले, "मेरे पास पिछले दिनों विभिन्न पत्रिकाओं से बहुत सारी पुस्तकें समीक्षार्थ आईं। मैंने समीक्षा कर दी और पुस्तकें मेरी हो गईं। मुझे लगता है कि उन पुस्तकों की उचित समीक्षा नहीं हुई। यदि वे पुस्तकें समीक्षार्थ मेरे पास आई हैं तो मेरा यह सामाजिक दायित्व है कि वे पुस्तकें अधिक-से-अधिक लोगों तक पहुँचें, ताकि उनकी उचित समीक्षा हो सके। ये पचास-साठ पुस्तकें मैंने निकालकर रखी हैं, हम इनसे एक सार्वजनिक पुस्तकालय आरम्भ करें। मैं प्रयत्न करूँगा कि मैं और भी पुस्तकें समीक्षा के लिये ले आऊँ और तुम लोगों को दूँ। तुम लोग उन्हें पढ़ो और उनकी समीक्षा लिखकर दो। पुस्तकें पढ़ने से तुम्हारा ज्ञान बढ़ेगा। समीक्षा करने से तुम्हारी आलोचना-शक्ति

का विकास होगा; और अन्त में वे पुस्तकें इसी पुस्तकालय को दे दी जाएँगी। मैं हर महीने इस पुस्तकालय में दस पुस्तकें दूँगा। तुम लोग भी जो दे सकोगे, दोगे और अन्य लोगों को पुस्तकें ख़रीदकर देने के लिये उत्साहित करोगे।''

''ठीक है सर?''

''ठीक है सर!''

''यह तो बहुत अच्छा आइडिया है!'' निरंजन बोला।

''तो आरम्भ करो।'' डॉ. कपिला मुस्कुराए।

सब लोग चले गए तो शारदा ने पूछा, ''पत्रिका छापने के लिये रुपये उधार कहाँ से आ जाएँगे?''

''कहीं से आएँगे।''

''फिर भी?''

''देखेंगे।''

''कहीं से विज्ञापन लेने की कोशिश न करें?'' शारदा बोली, ''वर्मा साहब इतनी बड़ी फर्म में हैं। कुछ विज्ञापन वे दे देंगे और कुछ दिलवा देंगे। मेरी एक सहेली की छोटी बहन किसी विज्ञापन एजेंसी में है। वह भी कुछ-न-कुछ कर देगी।''

''हाँ, यह हो सकता है।''

पर डॉ. कपिला मन-ही-मन इन बातों से सहमत नहीं थे। चन्दा करके सार्वजनिक काम करना उन्हें पसन्द नहीं था। इस तरह से बच्चों में पराश्रितता बढ़ेगी। कौन-सा बड़ा काम है। छोटी-सी पत्रिका ही तो छापनी है। दो-ढाई सौ रुपयों में काम चल जाएगा। वे यदि अपनी जेब में से ही दे देंगे तो ऐसा कौन-सा नुकसान हो जाएगा।

...पुस्तकालय की भी बात उन्होंने सोची है। वे हर महीने अपने बजट में पच्चीस-तीस रुपये रख देंगे। कुछ पुस्तकें समीक्षा के लिये आ जाएँगी। कुछ वे इन रुपयों से ख़रीद लेंगे। इतनी ऊँची-ऊँची बातें करते हैं तो अपनी ओर से कुछ त्याग भी उन्हें करना चाहिए...

वे शारदा को उसका मूड देखकर बताएँगे। उससे डिस्कस करेंगे। जितना वे दोनों मिलकर कमाते हैं, वह उनके लिये पर्याप्त है। कुछ राशि उन्हें इस प्रकार के कामों के लिये भी निकालनी ही चाहिए...

बीस

खैरू के अड्डे पर मक्खनलाल पहली बार आया था। उसने खैरू से सुन ज़रूर रखा था... पर देखा आज पहली बार ही था। देखकर उसे लगा था कि यह बहुत सुविधाजनक अड्डा है। कार्पोरेशन का प्राइमरी स्कूल है—किसी का घर नहीं। किसी क़िस्म के ख़तरे या बदनामी का प्रश्न ही नहीं है। छुट्टी के दिन इधर कोई भी नहीं आता, आ ही नहीं सकता। चौकीदार ने बाहर गेट का ताला लगा रखा है। गेट से कमरे तक बीसियों गज़ का फासला है। गेट के भीतर कोई आएगा नहीं और कमरे की आवाज़ गेट तक भी नहीं जा सकती—बाहर जाने की तो बात ही क्या? यहाँ तो पचासों आदमी खेलें तो किसी को पता न चले। बस चौकीदार को पटा लेने की बात है।

उन दोनों को ताश खेलते हुए काफ़ी देर हो गई थी। इस बीच में रुपयों का ढेर धीरे-धीरे खिसकता हुआ खैरू के पास जमा हो गया था और सारी खीझ सिमटकर मक्खनलाल की खोपड़ी में समा गई थी। वह बात-बात पर झुँझला उठता था। खैरू पत्ता फेंकने में देर करता, मक्खनलाल नाराज़ हो जाता। वह गुनगुनाने लगता, मक्खनलाल नाराज़ हो जाता। वह बाज़ी जीतकर हँसता तो मक्खनलाल नाराज़ हो जाता।

खैरू मस्त था। वह जानता था, यह और कुछ नहीं, हार की खीझ थी। नहीं तो मक्खनलाल इस प्रकार बार-बार खीझने वाला व्यक्ति नहीं था। उससे तो वह नाराज़गी दिखा ही नहीं सकता था। पक्के यार थे दोनों। यारों से भी कोई ऐसे खीझता है। दर्शना की हत्या के बाद तो वैसे भी दोनों की यारी बहुत बढ़ गई थी।

वैसे मक्खनलाल अक्सर खेला करता था, पर न तो कभी वह इस प्रकार खीझा था और न कभी इस प्रकार हारा था। आज हार भी उसके पीछे हाथ धोकर पड़ी थी। जिस हिसाब से वह हारता जा रहा था, इसी प्रकार चलता रहा तो उसे जेबें झाड़ देने में आध घण्टे से अधिक समय नहीं लगेगा।

हार से ही नहीं, वैसे भी मक्खनलाल के स्वभाव में चिड़चिड़ाहट पहले से बहुत बढ़ गई थी। दर्शना के जीवित रहते वह इतना चिड़चिड़ा कभी नहीं था। खैरू का पहले दिन से यही विचार था और आज भी उसे बदलने की आवश्यकता वह नहीं समझता कि मक्खनलाल दर्शना को मारना नहीं चाहता था। वह तो केवल इतना चाहता था कि कैलाशो के साथ भी ऐश कर सके और दर्शना उसको टोके नहीं। दर्शना नहीं मानी थी—उसे मनवा लेने के लिये ही उसने बल-प्रयोग किया था। शायद कहीं वह इस बात के लिये भी तैयार था कि दर्शना मर भी सकती है। इसीलिये, दर्शना के मरने के बाद उसने बड़ा संतुलित व्यवहार किया था। चीखा-चिल्लाया नहीं था, जैसे कि सब कुछ एकदम ही अप्रत्याशित न हो गया हो। पर दर्शना को खोकर वह कैलाशो के भी अधिक समीप नहीं जा सका था ...और कैसा हो गया था मक्खनलाल! अब भी वह उसके साथ ताश खेलता है। दोनों कई बार इकट्ठे बैठकर पीते हैं। कभी-कभार किसी औरत के पास भी चले जाते हैं। पर फिर भी उसे लगता है, मक्खनलाल पहले जैसा 'यार' आदमी नहीं रह गया था।

मक्खनलाल सोच रहा था, 'पता नहीं आज वह किसका मुँह देखकर उठा था। हारता ही जा रहा था, हारता ही जा रहा था। उसे अब याद भी नहीं है कि उसकी जेब में, खेल शुरू करते समय ढाई सौ रुपये थे या तीन सौ। अब कुल चालीस रुपये रह गए थे। पहले उसने नहीं सोचा था, पर इधर पिछले कई दिनों से वह अक्सर सोचा करता था कि उसकी क़िस्मत किसी ने गधे के पेशाब से लिख दी थी। ताश की ही नहीं, ज़िन्दगी की भी कोई बाज़ी सीधी नहीं पड़ रही थी। हर जगह हार, हर बार हार...।'

'और एक यह खैरू है। साला यार बना फिरता है और उसे हराए जा रहा है। खेल में चलो, हार-जीत तो चलती ही रहती है, पर यह तो उसे लूट रहा है। यार होता तो उसे हारते देख, बस कर देता। कहता, ''बहुत हार गए, मक्खणी। बस कर।'' पर यह साला तो लूटता ही जा रहा है। सोचता होगा, आज इसका दिन ख़राब है। लूट लो इसे, जितना लूट सको। पता नहीं फिर कभी अवसर आए या न आए।' उसकी बेचैनी बढ़ती जा रही थी...

तभी उसका एक और नोट खिसक गया और खैरू जीत की ख़ुशी में ज़ोर से कहकहा मार कर हँसा।

मक्खनलाल की खोपड़ी में धमाका हुआ। उत्तेजना में जैसे विस्फोट हो गया था; उसे लगा, खैरू हँसकर उसका अपमान कर रहा है।

“हँसता क्यों है बे।” वह चीखकर बोला। “बेईमानी करके लूट रहा है और ऊपर से हँस रहा है।”

खैरू के मन में अपने हारते हुए यार के लिये सहानुभूति थी। पर खेल तो खेल ही था। जब कभी मक्खनलाल जीतता है तो क्या वह रुपये लौटा देता है? जो भी कोई खेलने बैठता है, यह सोचकर ही बैठता है कि वह हार भी सकता है और दूसरे को हरा भी सकता है। ऐसा तो हो ही नहीं सकता कि एक आदमी जीतता ही जाए; हारना भी पड़ता ही है। यदि हारना नहीं है, तो कोई खेलने ही क्यों बैठता है?

मक्खनलाल का इस प्रकार चीखकर अपमानजनक ढंग से बोलना और उस पर बेईमानी का आरोप लगाना, उसे उखाड़ देने के लिये काफ़ी था।

उसके मन में सारी सहानुभूति पिघलकर बह गई। उसकी त्यौरियाँ चढ़ गईं, “मक्खणी, खेल में हारकर रोना मर्दों का काम नहीं है।”

“मैं रो रहा हूँ?” मक्खनलाल की आवाज़ और भी ऊँची हो गई, “और तू मुझे मर्दानगी सिखा रहा है हरामी के पिल्ले!”

“मक्खणी!” खैरू चीखा। वह गुस्से से थरथर काँप रहा था। वह अच्छी तरह जानता था कि मक्खनलाल से वह शारीरिक शक्ति में पार नहीं पा सकता। नहीं तो शायद वह अब तक उसे पीट भी चुका होता।

मक्खनलाल ने देखा, खैरू जिस ढंग से उसे घूर रहा था, वैसे आज तक उसने उसे नहीं घूरा था और जिस ढंग से वह बार-बार अपनी जेब टटोल रहा था, वह बहुत मैत्रीपूर्ण ढंग नहीं था। उसकी जेब में निश्चित रूप से चाकू था।

मक्खनलाल जानता था कि खैरू कोई बाबू नहीं है। वह अपने-आपको बदमाश कहने में गर्व का अनुभव करता है। उसकी जेब में चाकू रहता है और कई एक बार वह चाकू चल भी चुका है—यह भी उसे मालूम था। पर उसने खैरू को अपने सामने सदा बच्चा ही समझा था। एकदम पिद्दी। मामूली बदमाश, जो मक्खनलाल जैसे ‘दादा’ के सामने आँख नहीं उठा सकता था। और आज वह उसे आँखें दिखा रहा था...

“आँखें क्या दिखा रहा है बे?” वह आपे से बाहर हो गया, “अपनी औक़ात पहचान मैं मक्खनलाल हूँ—मक्खणी!”

इस बार खैरू आगे से तेज़ होकर नहीं बोला। बड़ी सधी हुई ठण्डी और सख़्त आवाज़ में बोला, “औक़ात अपनी तू पहचान मक्खणी! मैं खैरू हूँ! समझा? तू मेरी जेब में पड़ा है। दर्शना की लाश को मैंने ही तेरे साथ जाकर फेंका था। एक रिपोर्ट में फन्दा तेरे गले में आ पड़ेगा...”

मक्खनलाल पर वही प्रभाव हुआ, जो खैरू चाहता था। वह जैसे होश में आ गया—क्रोध का नशा उतर गया। पर मक्खनलाल इस बात को स्वीकार तो नहीं कर सकता था कि वह खैरू से डर गया है। न ही वह यह कह सकता था—''खैरू! ऐसी धमकी न दे।'' वह चुपचाप खड़ा उसे घूरता रहा। पर उसकी मुद्रा का परिवर्तन छिपा नहीं था।

खैरू हँसा, ''बस उस्ताद! हो गए ठण्डे।''

मक्खनलाल भी हँसा, ''यार, तू मुझे चिढ़ाया मत कर। फिर मुझे गुस्सा आ जाता है और मैं भूल जाता हूँ कि मेरे सामने कौन खड़ा है।''

''तो क्या हो गया।'' खैरू हँसा, ''तू भूल गया और मैंने याद दिला दिया। अच्छा मज़ाक रहा न?''

''हाँ!'' मक्खनलाल हँसा।

पर उसके पश्चात् खेल जमा नहीं। खैरू काफ़ी जीत चुका था। उसे और खेलने की इच्छा नहीं थी। अब वह हार भी सकता था और किसी बात पर फिर पहले के समान मक्खनलाल नाराज़ भी हो सकता था। वह इन दोनों में से एक भी बात नहीं चाहता था। उसका विचार था कि मक्खनलाल और खेलने की ज़िद करेगा। पर मक्खनलाल जैसे भूल ही चुका था कि वे लोग ताश खेल रहे थे और वह काफ़ी हार चुका है।

''यार, थोड़ी पीने को मिल जाती।'' थोड़ी देर के पश्चात् मक्खनलाल बोला।

''मिलेगी क्यों नहीं।'' खैरू बोला, ''जितनी कहो।''

''इंतज़ाम है?''

''हाँ।''

खैरू कमरे से बाहर निकला। बरामदे में से उसने आवाज़ लगाई, ''चौकीदार!''

चौकीदार स्कूल कंपाउंड के कोने में बने अपने क्वार्टर में से निकलकर आया। खैरू ने उसे धीरे से कुछ कहा और चौकीदार वापस चला गया।

थोड़ी देर में खैरू जब वापस कमरे में मक्खनलाल के पास आया तो उसके हाथ में ठर्रे की एक बोतल और दो गिलास थे।

दोनों बैठकर पीने लगे।

खैरू अब पहले जैसा सहज नहीं हो पा रहा था। पहले मक्खनलाल के साथ उसके सम्बन्ध कुछ और थे। मक्खनलाल ठीक ही समझता था कि खैरू उससे आँखें नहीं मिला सकता। पर आज अचानक ही आवेश में आकर खैरू मक्खनलाल को धमकी दे बैठा था, और उस धमकी ने मक्खनलाल को वैसे ही सन्नाटे में ला दिया था। जैसे शराबी को ठण्डे पानी की एक बाल्टी ले आती है। तो अब उसकी स्थिति

बदल गई है। ठीक है कि वह पुलिस में मक्खनलाल के विरुद्ध शिकायत करने नहीं जा रहा—पर अब उसकी स्थिति बदल गई है।

मक्खनलाल के मन में खैरू की बात एक काँटे के समान गड़कर भीतर ही टूट गई थी। अब वह धमकी उसके मन में से निकल नहीं पा रही थी। ठीक है कि बाद में खैरू ने उसे मज़ाक मान लिया था। पर वह मज़ाक ही था क्या? कल फिर, किसी बात पर खैरू तैश में आ जाए तो उसे यही धमकी देगा और मक्खनलाल को उसके सामने घिघियाना होगा। या फिर वह पुलिस में रिपोर्ट कर आए तो मक्खनलाल बँधा-बँधा फिरेगा। तो क्या वह खैरू की मुट्ठी में बन्द मक्खी है, जिसे वह जब चाहे तब मसल दे?

पर, फिर उसने स्वयं को समझाना आरम्भ किया—उसे खैरू से इतना डरने की ज़रूरत नहीं है। खैरू उसका यार है—पुराना। उसका चेला भी है। कितनी बार दोनों ने साथ-साथ मार-पीट की है। साथ-साथ पकड़े गए हैं, साथ बँधे हैं और साथ छूटे हैं। दर्शना की हत्या के समय भी वह उसके साथ था। उसने उसकी पूरी-पूरी सहायता की थी। यदि वह उसे फँसाएगा तो स्वयं बच जाएगा क्या? नहीं। खैरू ऐसा कुछ नहीं कर सकता।

पर, काँटे की फाँस चुभती रही। निकल नहीं पाई। खैरू कुछ करे न करे मक्खनलाल स्वयं को किसी के सामने इतना विवश और असहाय नहीं बना सकता। वह इतना बड़ा ख़तरा नहीं मोल ले सकता। उसके अपराध का चश्मदीद इस प्रकार स्वतन्त्र फिरे और उसे धमकियाँ दे? नहीं। मक्खनलाल अपने हाथ नहीं कटाएगा। खैरू का कोई-न-कोई प्रबन्ध करना ही होगा। घर जाकर वह अपने भाइयों से सलाह करेगा।

और खैरू जैसे पिद्दी ने उसे ललकारा है। उसने मक्खनलाल को समझ क्या रखा है। वह भरे बाज़ार में उसकी हड्डियाँ तोड़कर रख सकता है। खैरू ने अभी उसकी दिलेरी देखी नहीं है...अरे, जेब में एक चाकू रखने वाला बदमाश भी उसे आँखें दिखाए...

बोतल ख़त्म करके वे दोनों बाहर आए।

खैरू ने चौकीदार को बोतल का मूल्य दिया। नियम के अनुसार मूल्य उसी को देना था—वह ताश में जीता था। पाँच रुपये उसने ताश खेलने की सुविधा के लिये चौकीदार को दिए और पूछा, ''ख़ुश?''

चौकीदार ने दाँत दिखाकर सलामी दे दी।

उन दोनों ने बड़ी ललक से हाथ मिलाया और अपने-अपने रास्ते पर चले गए।

इक्कीस

निकुंज चार वर्षों का हो गया था और घर में काफ़ी हुड़दंग करने लगा था। सुबह उठकर वह डॉ. कपिला या शारदा को परेशान करने लगता था। थोड़ी देर अपने खिलौनों से खेलता। कुछ देर अपनी उन पुस्तकों के साथ लगाता, जिन्हें वह पढ़ नहीं सकता था। फिर ताज़ा अख़बार फाड़ता। कभी बर्तन तोड़ता, कभी कपड़े फाड़ता। और फिर माँ-बाप के सिर पर सवार हो जाता। उसे बहुत सारी चीज़ें चाहिए थीं। अपनी सीमित दुनिया में उसने जहाँ कहीं भी कुछ देखा था, वह सब कुछ उसे चाहिए था। खिलौनों की सारी दुकान चाहिए थी। चित्रों वाली बच्चों की पुस्तकों का पूरा पुस्तकालय चाहिए था। उसे असली हवाई जहाज़ और असली मशीनगन चाहिए थी। वह जानता था कि बंगलादेश में युद्ध हो रहा है और भुट्टो वहाँ बदमाशी कर रहा है। बदमाश अली भुट्टो को मारने के लिये उसके पास असली हवाई जहाज़ और असली मशीनगन होनी ही चाहिए।

बच्चा था। ऊर्जा उसमें भरी-पूरी थी। काम उसके पास कोई था नहीं। कोई खेल उसे पन्द्रह-बीस मिनटों से अधिक लुभा नहीं पाता था। घूम-फिरकर वह फिर माँ-बाप के सिर हो जाता। कभी शारदा उसे बहलाती, बातें करती, इधर-उधर की कहानियाँ सुनाती। कभी अक्षर-ज्ञान की कोई पुस्तक लेकर उसे अक्षरों की पहचान करवाती। वह कई अक्षरों को पहचानने भी लगा था। कभी डॉ. कपिला उसे सँभालते। बंगलादेश के युद्ध के विषय में बताते। कभी रूस के अन्तरिक्ष यान सोयूज ग्यारह की बातें करते। निकुंज कितना समझता था, कितना नहीं, उन्हें पता नहीं था। पर वह तरह-तरह के प्रश्न पूछता था। कई वाक्य रच लेता था। जब घर पर कोई मिलने वाला आता, तो उसके ज्ञान का प्रदर्शन होता।

"लड़ाई कहाँ हो रही है बेटे।"

"बंगलादेश में।"

"तुम्हारे शत्रु कौन हैं?"

"भुट्टो, यैयाखाँ, टिकाखाँ।"

"सबसे बड़ा लड़ाकू कौन है?"

"भुट्टो।"

"भुट्टो का पूरा नाम क्या है?"

"बदमाश अली भुट्टो।"

या उससे पूछते :

"बेटे, पृथ्वी कैसी है?"

"गोल। गेंद जैसी।"

"उसके ऊपर क्या है?"

"वाउमंडल।"

"उसके ऊपर?"

"अंतिक्ष।"

"अंतरिक्ष में कैसे जाते हैं?"

"कैसे जाते हैं, पापा?"

"आप बताइए।"

"नहीं अब आप बताइए।"

इसका अर्थ था कि वह बताने के मूड में नहीं है।

कुछ दिनों के बाद वे उसे 'द्रौपदी स्वयंवर' की कथा रटा देते। वह पाँच-छः वाक्यों में कथा सुना देता और तब अपना अंतरिक्ष-सम्बन्धी ज्ञान भूल जाता।

पर सदा ऐसा ही नहीं होता था। डॉ. कपिला और शारदा, दोनों को अपना-अपना काम करना होता था। कभी वे थके भी होते। कभी बातें करने या खेलने का मूड नहीं होता। तब जब निकुंज परेशान करता तो वे लोग खीझ उठते। निकुंज ज़िद करता और फिर पिट जाता।

उन्हीं दिनों शारदा ने उसको स्कूल भेजने की बात चलाई। डॉ. कपिला भी सहमत थे कि उसे स्कूल जाना चाहिए। वह अब चार वर्ष का हो गया है और दुनिया भर की बातें बनाने लगा है। अब घर में रह कर वह परेशान ही करेगा।

पर स्कूल के विषय में वे दोनों सहमत नहीं हो पा रहे थे। शारदा चाहती थी कि उसे अच्छे-से-अच्छे स्कूल में भेजा जाए, पर डॉ. कपिला चाहते थे कि उसे किसी 'अच्छे-से' स्कूल में भेज दिया जाए। 'अच्छे-से-अच्छे' स्कूल का अर्थ था, बहुत महँगा स्कूल। जो ज़रा-सा भी कुछ बेहतर स्कूल था, वहाँ की केवल फ़ीस पचास-पचपन रुपयों से ऊपर-ऊपर ही थी। फिर एडमिशन, स्टेशनरी, यह फंड, वह फंड, वार्षिक शुल्क। बच्चे के कपड़े, यातायात, उसका लन्च। दुनिया-भर के ख़र्च थे। फिर वे महँगे स्कूल बच्चे में जो ऐरिस्टोक्रेसी भर देते थे—डॉ. कपिला

उसके पक्ष में एकदम नहीं थे। उनके मन में यह भावना बड़ी बद्धमूल थी कि ऐरिस्टोक्रेसी व्यक्ति में आत्मश्रेष्ठता और स्वार्थपरता की भावना भर देती है और वैसा व्यक्ति अपने सुख-आराम और दूसरों को हीन समझने के सिवाय और तीसरी बात नहीं सोच सकता। ऐसा व्यक्ति अपने देश और समाज से कट जाता है और वह किसी के लिये भी स्वस्थ उदाहरण नहीं बन सकता। फिर वे कैसे यह चाहते कि जिन बातों से वे सदा घृणा करते रहे हैं और जिन्हें अपने देश और समाज के लिये हानिकारक मानते रहे हैं, वे ही दुर्गुण उनके अपने बच्चे में घर कर जाएँ।

पर शारदा इन बातों में नहीं पड़ती थी। उसकी बात बड़ी सीधी थी कि वह अपने बच्चे को श्रेष्ठतम शिक्षा देगी—अच्छे-से-अच्छे स्कूल में भेजेगी, ताकि बच्चे के व्यक्तित्व का समुचित विकास हो और बड़ा होकर किसी भी क्षेत्र में वह स्वयं को किसी से हीन न माने। डॉ. कपिला जिसे ऐरिस्टोक्रेसी कहते थे, वह उन्हें अच्छे 'मैनर्स' मानती थी। पैसे की बात अवश्य थी। पर उनके कौन दस-पाँच बच्चे थे। एक निकुंज ही तो है। उसे भी अच्छे स्कूल में न डाला तो क्या बात बनी। जहाँ और बातों पर इतना ख़र्च करते हैं, वहाँ किफ़ायत क्या शिक्षा में ही करनी है? वह तो अच्छे-से-अच्छे स्कूल में जाएगा।

दोनों एक दिन मॉडर्न स्कूल में पूछताछ करने गए।

शारदा को मॉडर्न स्कूल बहुत पसन्द था। वहाँ के बच्चे बहुधा मेरिट-लिस्ट में आते थे। वे बच्चे खेलने-कूदने, भागने-दौड़ने, नाटक, वाद-विवाद, किसी भी क्षेत्र में पीछे नहीं रहते थे। वे बच्चे कहीं भी स्मार्टली जा सकते थे, किसी से भी आत्म-विश्वास के साथ बात कर सकते थे। शारदा के अनुसार, वह भारत का सर्वश्रेष्ठ स्कूल था।

डॉ. कपिला उसके पक्ष में हों, यह बात नहीं थी, पर उसके विरुद्ध उन्हें अधिक शिकायतें नहीं थीं। वहाँ के वातावरण में अतिरिक्त रूप से अंग्रेज़ियत भी नहीं थी। वे मान गए।

पर पूछताछ से जो उन्हें पता चला, वह इतना ही था कि वे पाँच वर्ष से छोटा बच्चा नहीं लेते, अतः निकुंज वहाँ अगले वर्ष ही जा सकता था, इस वर्ष नहीं। एडमिशन से पहले वहाँ रजिस्ट्रेशन करवाना पड़ता था। वे सारे रजिस्टर्ड बच्चों का टेस्ट लेते थे और योग्यता के अनुसार बच्चों को प्रवेश मिलता था। उनकी केवल फ़ीस तथा बस का ख़र्च मिलाकर एक सौ दस रुपये महीना था—शेष ख़र्च अलग।

वे दोनों घर लौट आए।

इस वर्ष निकुंज को किसी और अच्छी-सी नर्सरी में डालना था।

''अगले वर्ष ठीक समय पर उसका रजिस्ट्रेशन करवा देना।'' शारदा ने डॉ. कपिला को ताकीद की।

डॉ. कपिला जैसे कुछ करते-करते, कहते-कहते रुक गए। वे शारदा के चेहरे की ओर ताकते रहे।

''तुम्हारा अब भी यही विचार है कि निकुंज को मॉडर्न स्कूल में डालना है?''

''तो और क्या?''

''फ़ीस सुनकर भी?''

''हाँ। और क्या?''

''भई, हम इतना ख़र्च बर्दाश्त नहीं कर सकते।'' डॉ. कपिला झल्लाकर बोले, ''अपनी हैसियत देखो और अपनी सीमा में रहने की कोशिश करो।''

''तुम्हारा क्या विचार है कि वहाँ जो बच्चे पढ़ते हैं, सबके माँ-बाप कोई धन्ना सेठ हैं!''

''मुझे तो यही लगता है।''

''महीने में एक सौ दस रुपये बहुत होते हैं?''

''होते तो हैं।'' डॉ. कपिला बोले, ''पर मान लो कि हम किसी प्रकार इतने पैसे ख़र्च करने के लिये तैयार भी हो जाएँ तो बाकी ख़र्चों का क्या होगा?''

''कौन-से ख़र्च?''

''एक तो स्कूल वाले ही बिल्डिंग फंड और दान-दक्षिणा के नाम पर बहुत कुछ माँग लेते हैं। फिर बच्चे के शौक होते हैं। खिलौने होते हैं। स्कूल-यूनिफार्म होती है। वहाँ अमीरों के बच्चे पढ़ते हैं। उन बच्चों को कारें लेने आती हैं। कल हमारा बच्चा भी चाहेगा कि उसका ड्राइवर या पापा या मम्मी उसे कार में लेने जाएँ। छत्तीस बातें होती हैं। हम लोगों से पूरे हो नहीं पाएँगे और बच्चा अपने मन में अपने प्रति हीन भावना और हमारे प्रति शिकायतें पालता रहेगा। फिर?''

''तुमने ये सब तर्क गढ़ लिये हैं।'' शारदा बोली, ''ऐसी कोई बात नहीं है कि हम ख़र्च पूरा नहीं कर सकते। और यदि नहीं कर सकेंगे तो कहीं और से बचत कर लेंगे। बच्चे की शिक्षा में कंजूसी करने का क्या अर्थ?''

''मैं कंजूसी नहीं कर रहा।'' डॉ. कपिला कुछ नाराज़ हुए, ''सवाल कंजूसी का नहीं है। मैं यथार्थ में जीना पसन्द करता हूँ। झूठे ग्लैमर के पीछे मैं कभी नहीं दौड़ा। मैं तुमसे साफ़-साफ़ कह रहा हूँ कि मैं इतना ख़र्च नहीं कर सकता।''

शारदा उनसे बहुत अधिक नाराज़ थी, ''अच्छा अब तुम चुप रहो। घर का सारा ख़र्च तुम ही नहीं चलाते हो। मैं भी कमाती हूँ और तुम्हारे बराबर कमाती हूँ। यदि निकुंज के स्कूल पर पैसे ख़र्च करने में इतनी तकलीफ़ है तो बाकी ख़र्च भी ज़रा तुम अपने वेतन में चलाकर बताओ तो समझूँ। सारी ज़िम्मेदारियाँ तुमने ही नहीं उठाई हैं। बच्चे की शिक्षा की ज़िम्मेदारी भी नहीं उठाओगे तो आसमान नहीं गिर पड़ेगा। निकुंज मेरा भी बेटा है। उसे मैं पढ़ा लूँगी।''

डॉ. कपिला को लगा जैसे किसी ने उनके मर्मस्थल पर बहुत क्रूर आघात किया है। चीखकर बोले, "तुम मुझ पर अपने कमाने का रौब जमा रही हो?"

"हाँ। जमा रही हूँ।" शारदा बोली, "न कमाती तो देखती ये ठाठबाट। जहाँ चाहते हो, अपनी मर्ज़ी से पैसा ख़र्च कर देते हो...मैंने तुमसे कभी कुछ नहीं कहा। सारी मर्दानगी बेटे की शिक्षा पर ही मत दिखाओ।"

डॉ. कपिला का बोलना बन्द हो गया और चिन्तन की प्रक्रिया आरम्भ हो गई।

इस प्रकार का यह झगड़ा पहला नहीं था। शारदा ने अपने कमाने की बात पहली बार नहीं कही थी। उनकी मर्दानगी को पहली बार नहीं ललकारा गया था। पहले भी ऐसा हुआ था। जब कभी ऐसा झगड़ा होता, वे ख़र्च में कटौती की बात सोचते। वे चाहते कि वे अपने वेतन में ही गुज़ारा करें। पर वे जिस प्रकार रह रहे थे, वह उनके अपने वेतन में सम्भव नहीं था। फिर वे अपने वेतन में घर का ख़र्च चलाएँ और शारदा अपने वेतन को शृंगार, साड़ियों और सैरसपाटों में उड़ाए—इससे भी वे सहमत नहीं थे। यदि वे शारदा की नौकरी छुड़वा दें, घर का नौकर हटा दें, छोटे घर में रहें, खाने-पीने में से महँगी चीज़ों को निकाल दें तो शायद वे अपने वेतन में गुज़ारा चला लें। पर क्या शारदा घर का सारा काम करेगी, घरेलू स्त्री के समान समय बिता लेगी? वे जानते हैं कि ऐसा नहीं होगा।

और फिर अपने अहं की तुष्टि के लिये वे शारदा की नौकरी छुड़वाकर उसका कैरियर ख़राब नहीं करना चाहते। वह प्रथम श्रेणी में एम.ए. है। उसके व्यक्तित्व का विकास और उपयोगिता ज़रूरी है। समाज के लिये भी यह अच्छा है कि ऐसे व्यक्ति की बुद्धि और शक्ति को चूल्हे में ही न जला दिया जाए।

फिर वे क्या करें?

आख़िर शारदा उन्हें उकसाती क्यों है? क्या वह यह नहीं समझती कि घर के लिये पति-पत्नी दोनों की ज़िम्मेदारी होती है? दोनों अपनी शक्ति-भर अपना कर्तव्य निभाते हैं। क्या निकुंज उनका बेटा नहीं है—क्या वे उससे प्यार नहीं करते? पर जिन बातों, जिन आदर्शों, जिन सुविधाओं को वे उसके भविष्य के लिये अशुभ मानते हैं, वे क्यों उसे जुटाएँ?

उनके चिन्तन ने कछुआ-वृत्ति अपना ली।

शारदा ठीक कहती है। उसके वेतन के बल पर ही तो वे खुला ख़र्च कर रहे हैं। वे स्टडी सर्कल के लिये जो पुस्तकालय बनाने की बात सोच रहे हैं, वह क्या मात्र अपने वेतन के बल पर? स्टडी सर्कल की पत्रिका छपवाने का काम क्या उनके अपने वेतन में हो सकता है? आख़िर उन्हें क्या अधिकार है कि वे शारदा के पैसे इस प्रकार ख़र्च करें? ये सारे आदर्श उनके हैं, शारदा के नहीं। उनके जैसा

असफल व्यक्ति और कौन होगा, जो अपनी पत्नी को आदर्शों की सार्थकता नहीं समझा सका और वह उन आदर्शों को समाज के सामने रखना चाहता है...

उनके मस्तिष्क की एक-एक योजना, भूकम्प में गिरते हुए ऊँचे-ऊँचे भवनों के समान धराशायी होने लगी... वे स्टडी सर्कल के पुस्तकालय की योजना छोड़ देंगे... वे पत्रिका को छपवाने की बात भी आगे नहीं बढ़ाएँगे...वे अन्ध महाविद्यालय को दिए जाने वाले दस रुपये मासिक बन्द कर देंगे...वे कल्याण समिति की सदस्यता छोड़ देंगे...वे अपने ऊपर भी कुछ ख़र्च नहीं करेंगे...वे...

उन्हें लग रहा था कि उनके घरेलू झगड़े के दो पाटों में उनके सारे आदर्श, सारी योजनाएँ पिसकर आटा बन गई थीं और उनकी सांसारिक ज़रूरतें उस आटे को खा गई थीं। उनके पास क्या बचा था—आदर्शों के टूटने का दर्द। वक्ष में होती हुई हल्की-हल्की पीड़ा।

वे अस्वस्थ-से जाकर लेट गए। उनकी साँस, सामान्य से कुछ अधिक तेज़ चल रही थी।

थोड़ी देर में शारदा उनके पास आई।

"नाराज़ हो?"

वे कुछ नहीं बोले।

"सुनो। नाराज़ मत होओ। मैं उस समय क्रोध में थी। मुझे माफ़ कर दो।"

"अच्छा।"

उन्होंने करवट बदल ली।

"सुनो। नाराज़गी छोड़ दो। मैंने तुम्हें बहुत कुछ कह दिया है।"

"नहीं। तुमने कुछ गलत तो नहीं कहा।" डॉ. कपिला बोले, "मैं ही बेशर्म हो गया हूँ। मर्द होकर भी हर बार मैं तुम्हारा वेतन ले लेता हूँ। उसे अपने पैसों की तरह ख़र्च करता हूँ। मैं बहुत ज़लील हो गया हूँ शारदा।"

डॉ. कपिला रोक नहीं पाए। उनके आँसू उनके गालों पर आ गए। वे पूरी तरह रो रहे थे, बिना किसी संकोच या दुराव के।

"मेरा मतलब यह नहीं था।" शारदा ने उनका चेहरा अपने हाथों में ले लिया, "मेरा वेतन आख़िर है किसलिये। मैं तो वह सब केवल गुस्से में कह गई थी।"

थोड़ी देर में डॉ. कपिला सँभलकर बैठ गए थे।

"नाराज़ तो नहीं हो?"

"नहीं"

पर डॉ. कपिला जानते थे कि क्रोध में कही गई बातों का भी उन्हें ध्यान रखना है। वे अपने वेतन से बाहर की योजनाओं को उठाने का साहस अब भी नहीं कर सकते थे। उचित यही है कि वे अपनी उन योजनाओं को भूल ही जाएँ।

बाईस

कैलाशो मक्खनलाल के सामने भी बहुत रोयी थी और उससे अलग होकर घर जाकर भी बहुत रोयी। अकेली बैठी सोचती रहती और रोती रहती।

उसके पास सोचने को भी बहुत समय था और रोने को भी। घर में बाबा और वह—बस दो ही व्यक्ति थे। माँ के देहान्त को चार वर्ष हो गए थे और तब से वे दो ही व्यक्ति थे। बाबा का एक 'होटल' था, जिसमें चाट-पकौड़ी, पूरियाँ, छोटी-मोटी मिठाइयाँ, आइसक्रीम और कोका-कोला जैसी चीज़ें मिलती थीं। बाबा सवेरे चले जाते थे और दोपहर तक नहीं लौटते थे। दोपहर को खाना खाने के लिये आते, थोड़ा-सा आराम करते और लौट जाते। रात को भी वे जल्दी नहीं आते थे। उन्होंने कई बार सोचा भी था कि कैलाशो सुबह से रात तक घर में अकेली होती है और जवान लड़की का रोज़ इतनी देर तक घर में अकेली होना ठीक नहीं है। पर उनकी एक दूसरी बेटी भी थी, उनका 'होटल'। दूसरी बेटी अधिक जवान थी, अधिक सुन्दर थी और दिन-रात नौकरों के हाथ में रहती थी। बाबा उसे यदि थोड़ी देर के लिये भी नज़र से ओझल कर दें तो वह लुट जाएगी। फिर कैलाशो पर उन्हें भरोसा था। वह समझदार लड़की थी। जबकि उनकी दूसरी बेटी, लोगों को ललचाती थी, उकसाती थी, आमन्त्रित करती थी—पर उन्हें रोकने का प्रयत्न कभी नहीं करती थी।

...बाबा को 'होटल' भेज कैलाशो बिस्तर पर कभी औंधी और कभी सीधी लेट जाती। छत पर, दीवारों पर शून्य में कोई बिन्दु ढूँढकर उस पर अपनी दृष्टि टिका देती। उस बिन्दु को घूरती जाती और सोचती जाती। सोचती और रोती।

उसने कई बार अपने-आपको समझाया—इसमें रोने की क्या बात थी? जो कुछ हुआ था और हो रहा है—वह सब कुछ उसका अपना किया-धरा है। बाबा घर में नहीं होते थे, वह अकेली थी। समय नहीं कटता था। पहले उसने घर के कामों में मन लगाया। पर घर का काम इतना नहीं था कि उसका दिन-भर कट जाता। तब उसने अपनी सखी-सहेलियों और पड़ोसिनों से लेकर हल्के उपन्यास

पढ़ने शुरू किए थे। उन उपन्यासों में रोमांस था। समाज के प्रति विद्रोह था। प्रेम की उन्मुक्तता थी। कैलाशो को उन उपन्यासों का संसार बहुत भाया था।...फिर वह घर से बाहर निकली थी। अपनी सहेलियों के घर आना-जाना आरम्भ किया था। उनके साथ पिक्चरें देखने जाने लगी थी। वहाँ भी वही प्यार-भरा रोमानी संसार उसके सामने था। एक हीरो, एक हीरोइन, उनका प्यार। मिलना-जुलना, नाचना-गाना, घूमना-फिरना। कैलाशो का जीवन की समस्याओं से परिचय हुआ था। हल्के उपन्यासों और पिक्चरों के जिस संसार से उसका परिचय हुआ था, उसके रोमानी जीवन में भी समस्याएँ नहीं थीं। पर उसका मन ऊबने लगा था, अपनी सहेलियों से, अपनी पुस्तकों से, उन पिक्चरों से—ये सारी चीज़ें उसे उकसाती थीं। तृप्ति कहीं नहीं थी।...और तभी मिला था उसे मक्खनलाल!

मक्खनलाल को उसने बड़ा हल्का-सा संकेत दिया और मक्खनलाल उसकी ओर बढ़ आया। उसके लिये एक नया जीवन आरम्भ हुआ, जो सामान्य जीवन की ऊब से उसे बहुत दूर ले गया। उसे घर में अकेला घुसे रहने की आवश्यकता नहीं थी। कभी उसे मक्खनलाल कहीं बुला लेता, कभी वह मक्खनलाल को कहीं बुला लेती। घूमना-फिरना, सैर-सपाटा और पिक्चरें...

फिर उसे पुरुष के साहचर्य और पुरुष-शरीर के सम्पर्क का सुख मिलने लगा। उसके लिये सुखों के एक नये लोक की सृष्टि हो गई थी।

तब उसने कहीं, किसी सोपान पर रुककर यह नहीं सोचा था कि वह क्या कर रही है? कहाँ जा रही है? वह जानती थी कि मक्खनलाल दर्शना का है, वह उसका कभी नहीं हो सकता। पर तब तो उसने कभी यह चाहा भी नहीं था। वह तो लूट के माल का सुख उठा रही थी, जैसे कोई बच्चा पड़ोसी के बाग में से अमरूद तोड़कर ख़ुश होता है। मक्खनलाल दर्शना का था और उसने उसे लूट लिया था। दर्शना पत्नी के रूप में मरती-खपती थी और कैलाशो को मिलता था सुख—केवल सुख। घूमने-फिरने, सैर-सपाटे का सुख। खाने-पीने का सुख। शारीरिक भोग का सुख।

और जब कभी मक्खनलाल पर दर्शना का अधिकार, उसके मार्ग में बाधा के रूप में आया, कैलाशो ने कभी नहीं सोचा था कि दर्शना का अधिकार औचित्यपूर्ण था और वह अनधिकार चेष्टा कर रही थी। उसे सदा यह लगा कि वह मक्खनलाल की प्रेमिका है, और दर्शना 'समाज' है जो दो प्रेमियों के मार्ग की बाधा बन रही है। उसकी पुस्तकों और पिक्चरों में 'समाज' प्रेमियों के बीच का व्यवधान था और यह कोसे जाने योग्य वस्तु थी।

पर दर्शना की मृत्यु के पश्चात् उसका चिन्तन सहसा अपने-आप ही बदल गया था। उसके अज्ञान में ही उसके भीतर से उसका नारी-रूप उदित हो गया था। वह मक्खनलाल के इतने समीप जा चुकी थी कि अब लोगों की नज़रों से छिपी हुई, मक्खनलाल की प्रेमिका बनकर नहीं रहना चाहती थी। आख़िर उसने मक्खनलाल को ऐसा क्या नहीं दिया जो कोई और स्त्री किसी पुरुष को दे सकती है? तो फिर वह लुक-छिपकर क्यों रहे? उसे सामाजिक मान्यता क्यों न मिले? वह उसकी पत्नी के रूप में उसके साथ, उसके घर में ही क्यों न रहे?

वह बहुत अच्छी तरह जानती थी कि बाबा इस सम्बन्ध को कभी स्वीकार नहीं करेंगे। उनकी लड़की में क्या कमी थी कि वे उसे एक दुहाजू को दे दें? पर बाबा को वह मना सकती थी। यह तो बड़ी छोटी-सी आपत्ति थी। इसके अतिरिक्त हज़ार आपत्तियाँ भी और हों तो वह बाबा को मना सकती है। जब वह बाबा को बताएगी कि उसका मक्खनलाल के साथ पुरुष-स्त्री का सम्बन्ध है—तो बाबा मना कैसे कर पाएँगे?

तभी उसने मक्खनलाल से मिलना चाहा था। मिली थी, बातचीत की थी और मक्खनलाल ने इनकार करके उसे रुला दिया था।

उस दिन से वह रो रही थी।

मक्खनलाल से अधिक वह स्वयं को कोसती थी। आख़िर उसे क्या सूझी थी कि वह राह चलते मक्खनलाल की गोद में जा गिरी। वह समझती थी कि वह प्रेमिका है, वह समाज से विद्रोह कर रही है। वह अपने रोमानी संसार की हीरोइन थी।...और मक्खनलाल उसे हल्की, बाज़ारू, सस्ती औरत समझता रहा, जो कुछ थोड़े-से सुख-आराम के लिये अपना शरीर लुटा रही थी...

अब जब वह अपनी मान्यता के लिये तड़प रही है, मक्खनलाल ने उसकी आँखों के सामने से सारा भ्रमजाल हटा दिया है। वह जान गई है कि वह मक्खनलाल की पत्नी नहीं बन सकती। वह उसकी प्रेमिका भी नहीं रही है। वह उसकी रखैल है। जब चाहता है, जहाँ चाहता है, उसे बुला लेता है और कैलाशो को जाना पड़ता है। वह अपने अतीत को धो नहीं सकती। उसका अतीत उसके वर्तमान को कलंकित कर रहा है।

वह मक्खनलाल को इनकार नहीं कर सकती। वह उसे भरे बाज़ार में नंगा कर देगा। वह अपने पिछले सम्बन्धों के आधार पर उसे कहीं भी बदनाम कर सकता है। उसका मुँह बन्द रखने के लिये कैलाशो को उसके पास जाना पड़ता है...

मक्खनलाल साधारण आदमी नहीं है। पिछली बार कैलाशो ने जब कुछ कड़ा रुख अपनाया था तो वह हत्थे से उखड़ गया था, "कैलाशो! अपनी औक़ात पहचान और मुझे समझने में भूल मत कर। ज़रूरत पड़ने पर मैं तुझे कहीं से भी उठाकर ले जा सकता हूँ। समझी! और जिस दिन ऐसी नौबत आई, उस दिन तू मुझ तक ही सीमित नहीं रहेगी। मेरे बाद तुझे मेरे चेले-चाटे भोगेंगे, जैसे शेर के शिकार को उसके बाद गीदड़ खाते हैं..."

कैलाशो काँप गई थी। वह जानती थी कि मक्खनलाल अपनी धमकी पूरी करने की क्षमता रखता है। उसे आजकल बहुधा सन्देह होता था कि दर्शना को भी स्वयं मक्खनलाल ने ही मार डाला था। तभी तो उसकी मृत्यु की सूचना देने के बाद भी उसने उसके साथ पिक्चर देखी थी। जब वह चाहेगा, कैलाशो का भी गला दबा देगा। सब जानते हैं कि पुलिस उसका कुछ नहीं करेगी, कुछ नहीं कर सकती। दर्शना के साथ वह उतना बुरा नहीं हो सकता था, जितना कैलाशो के साथ हो सकता था। दर्शना उसकी पत्नी थी, वह उसकी इज़्ज़त थी। उसका शरीर वह दूसरों के भोग के लिये नहीं फेंक सकता था, पर कैलाशो उसका शिकार थी, उसके साथ वह वैसा कर सकता था...

कैलाशो का मक्खनलाल से मिलना अब आनन्द की वस्तु नहीं था। उसका सन्देश मिलते ही कैलाशो को बुखार-सा चढ़ने लगता था। उसका जी डूबने लगता। वह उससे बचना चाहती थी। उससे दूर भागना चाहती थी, पर जिस दलदल में वह फँस गई थी, उससे निकलने का कोई मार्ग नहीं था...मक्खनलाल का स्पर्श अब उसे फूल की छुवन नहीं लगता था। उसे लगता था, उसके शरीर पर गिजगिजे-घिनौने साँप रेंग रहे हैं। मक्खनलाल की साँसों के ताप से उसका शरीर मुलायम मोम के समान अपने-आप अब नहीं पिघलता था, उसके समीप आते ही उसका शरीर जैसे सिकुड़ने लगता, अपने-आप में ही कहीं समा जाना चाहता था, ताकि मक्खनलाल उसे छू न सके। वह पत्थर हो जाती, जड़, स्पन्दन-शून्य। ...मक्खनलाल का हर शारीरिक सम्पर्क अब बलात्कार था...कैलाशो एकान्त में सिर पटक-पटककर रोती। कितनी मजबूर है वह! ऐसा भी कोई और है, जो अपने पैरों चलकर जाए, स्वयं अपना शरीर किसी को बलात्कार के लिये सौंप दे और फिर किसी के सम्मुख शिकायत भी न कर सके...

एक बार फिर कैलाशो ने अपने बन्धन तोड़ने का प्रयत्न किया था...

"मक्खणी!" उसने यथासम्भव प्यार का अभिनय किया, "मैं अब तुमसे नहीं मिल सकूँगी। बाबा मेरा विवाह कर रहे हैं..."

मक्खनलाल उसकी आँखों में घूरकर, बड़े ज़ोर से पाशविक अट्टहास कर उठा था, ''चलित्तर मत कर मेरे साथ। तेरा विवाह अब कभी नहीं हो सकता। कभी भुतहे घर में भी आकर कोई रहा है! तू भुतहा घर है, समझी! मैं तेरा भूत हूँ। जब चाहूँगा आऊँगा, जब चाहूँगा जाऊँगा। मेरे सिवा और कोई नहीं आ सकता।''

''मैं सच कह रही हूँ मक्खणी।'' कैलाशो ने अपने अभिनय को निभाना चाहा।

''अच्छा, सच है तो सच सही।'' मक्खनलाल बोला, ''एक बार तेरे ससुराल में जाकर बता आऊँगा, तेरा-मेरा क्या रिश्ता है। फिर कर ले तेरा बाबा तेरी शादी, जहाँ करना चाहे।''

कैलाशो एकदम फूट पड़ी, ''कमीने कुत्ते! तूने मेरी ज़िन्दगी तबाह कर दी। न ख़ुद विवाह करेगा न किसी को करने देगा...''

उसकी आँखों से मोटे-मोटे आँसू बह रहे थे और उसकी हथेलियाँ मुट्ठियाँ बनकर धड़ाधड़ मक्खनलाल के शरीर से टकरा रही थीं।

मक्खनलाल क्षण-भर अपनी बात का आनन्द लेता रहा और फिर उसे हाथ से परे झटककर बोला, ''चल हट! मेरे सामने ज़्यादा टसुए मत बहा। मैं जब बुलाऊँगा, तू ऐसे ही मेरे पास आएगी।''

कैलाशो के सामने उसका भविष्य भी अत्यन्त स्पष्ट है। वह ऐसे ही रहेगी—रखैल। अपनी इच्छा के विरुद्ध निष्फल, वेश्यावृत्ति करती हुई। भुतहा मकान—ठीक कहता है मक्खनलाल—वह भुतहा मकान है। वह कभी आबाद नहीं हो सकती। कभी पति-पत्नी की मनुहार नहीं होगी, कभी बच्चों की किलकारियाँ नहीं गूँजेंगी। वह उजाड़-बियाबान है, भूतों का डेरा, उसके साथ वही हो सकता है, जो हो रहा है...

अभी बाबा नहीं सोच रहे। पर साल, दो सालों में जब कभी वे उसके विवाह की बात सोचेंगे, वह विवाह से इनकार करेगी, रोएगी, सिर पटकेगी, बेहाल हो जाएगी...। बाबा कारण पूछेंगे, और वह कारण नहीं बताएगी। बाबा भी परेशान होंगे। वे उसे पुचकारेंगे, समझाएँगे, पूछेंगे, ज़िद करेंगे, डाँटेंगे, धमकाएँगे, शायद कभी मारें भी—पर वह कुछ नहीं बताएगी। बस रोती जाएगी, रोती जाएगी और इनकार में सिर पटकेगी...बाबा उससे निराश हो जाएँगे, उसे पागल समझेंगे। शायद उसका इलाज कराएँ, शायद जादू-टोने के भय से झाड़-फूँक करवाएँ...पर उसका भूत कोई नहीं उतार पाएगा।

जब उस पर से यौवन और रूप का जादू टल जाएगा, जब वह मक्खनलाल के लिये आकर्षण की वस्तु नहीं रहेगी, तब उसका भूत टलेगा—पर तब तक बहुत देर हो चुकी होगी। तब वह क्या करेगी?

तेईस

काम बहुत ऊबाऊ था, पर जब स्वीकार किया था तो उसे पूरी ईमानदारी से करना ही होगा।

डॉ. कपिला ने पहले परीक्षार्थियों में उत्तर-पुस्तिकाएँ बाँट दी थीं, फिर उनके एडमिट कार्ड देख लिये थे। उपस्थिति-पत्र में सब परीक्षार्थियों के हस्ताक्षर भी करा लिये थे। प्रश्न-पत्र देने के पश्चात् चक्कर लगाकर यह भी देख लिया था कि कहीं किसी ने कोई कागज़ छिपाकर न रखा हो, किसी ने दीवार पर या डेस्क पर न लिख रखा हो। किसी ने कोई और ढंग न अपनाया हो। पर उन्हें सब कुछ ठीक ही लगा, कहीं कोई बात नियम-विरुद्ध नहीं लग रही थी। सब लड़के-लड़कियाँ बड़े तन्मय होकर अपना काम कर रहे थे। ताक-झाँक करने का किसी ने प्रयत्न नहीं किया था।

डॉ. कपिला ने दो-तीन चक्कर और लगाए, पर कहीं कोई गड़बड़ नहीं थी। वे कमरे के दरवाज़े के पास आ गए और चौखट से टेक लगाकर खड़े हो गए। इस प्रकार वे कमरे में बैठे परीक्षार्थियों पर भी नज़र रख सकते थे और बरामदे में आने-जाने वालों को भी देख सकते थे। बातचीत करने का मन हो तो बातचीत भी कर सकते थे।

वैसे, जिस कमरे में परीक्षा चल रही हो—जहाँ परीक्षार्थी अपने पूरे ध्यान और पूरी शक्ति से लिखने में तन्मय हों, वहाँ इंविज़िलेटर आपस में बातचीत कर, परीक्षार्थियों की तन्मयता में व्याघात पहुँचाएँ, यह उन्हें पसन्द नहीं है। जब वे स्वयं विद्यार्थी थे और इसी प्रकार हर वर्ष दो-तीन परीक्षाएँ दिया करते थे, तब भी इंविज़िलेटर्स का इस प्रकार बातचीत करना उन्हें पसन्द नहीं था। उन दिनों वे कुछ इतने तेज़-तर्रार हुआ करते थे—उन्हें अच्छी तरह याद है—कि कई बार अपने कमरे के इंविज़िलेटर्स से कह बैठते थे कि वे बातें न करें।

पर अब वे स्वयं इंविज़िलेट करते हैं तो उन्हें पता चला है कि यह कितना ऊबाऊ काम है और व्यक्ति का मन बरबस ही किसी से बातचीत करना चाहता

है। शायद समय के साथ-साथ उनका आदर्शवाद भी ढील दे जाए, पर अभी तक वे सचेत थे कि उन्हें कमरे में बातें नहीं करनी हैं और वे यथाशक्ति इसे निभाने का प्रयत्न करते थे।

वैसे भी उनके अपने मित्र वर्ग के लोग इंविज़िलेट करने के लिये नहीं आते थे। विश्वविद्यालय आज भी इस काम के शायद उतने ही पैसे देता है, जितने पच्चीस वर्ष पहले दिया करता था। अब पैसों के लिये यह काम करना निरर्थक हो चुका था। इस तीन घण्टे की जानमारू ड्यूटी के जो आठ रुपये मिलते थे, वे तो गर्मी से बचने के लिये स्कूटर पर आने-जाने और कोका-कोला इत्यादि पीने में निकल जाते थे।...फिर, इस काम में अब जोखिम कितना बढ़ गया है। लड़के नक़ल करना अपना अधिकार समझते हैं। उस अधिकार की रक्षा वे धमकी, डण्डे या चाकू-छुरी से करते हैं। हर वर्ष परीक्षाओं की ऋतु में इस प्रकार के अनेक समाचार आते हैं—कहीं किसी सुपरिंटेंडेंट को पीटा गया, कहीं इंविज़िलेटर को; कई बार तो हत्याएँ ही हो जाती हैं। पहले तो कहीं-कहीं सुना जाता था—अब तो सब जगह वही हाल है। दिल्ली में ही कितनी घटनाएँ हो चुकी हैं। फिर लोग थोड़े-से पैसों के लिये अपनी जान जोखिम में क्यों डालें। धीरे-धीरे लोग इंविज़िलेशन की ड्यूटी लेना बन्द करते जा रहे हैं। जल्दी ही वह समय आएगा जब यह करने के लिये कोई भी आदमी नहीं मिलेगा।

...पता नहीं विश्वविद्यालय वाले यह क्यों नहीं सोचते कि पढ़ाने का यह ढंग परीक्षा की यह पद्धति बहुत पुरानी हो चुकी है—आउट ऑफ़ डेट। इसे बदलते क्यों नहीं? हायर सेकेंडरी के बाद के बी.ए. तक के तीन वर्ष जैसे लड़कों को बहलाए रखने के लिये एक आँख-मिचौनी थी। शायद सरकार ने यह नियम बना लिया था कि वह तीन वर्षों तक लड़के-लड़कियों को बहलाए रखेगी, ताकि उससे कोई काम न माँगे। और इन तीन वर्षों तक के बहलाने का ख़र्च उनके अपने माँ-बाप के कन्धों पर होगा। कुछ थोड़ा-सा वह भी विश्वविद्यालय अनुदान आयोग के माध्यम से सहयोग कर देगी।...लड़के भी पढ़ते हुए जानते हैं कि इस पढ़ाई से उनका कोई लाभ नहीं होने जा रहा...उनके मन में इस शिक्षा के लिये, व्यवस्था के लिये और अपने अध्यापकों के लिये कोई आदर नहीं है; और लड़कियाँ जानती हैं कि ये तीन वर्ष उनके विवाह की प्रतीक्षा के वर्ष हैं—जब तक उनकी विवाह-योग्य आयु न हो जाए, जब तक उनके माता-पिता विवाह के लिये एक मनपसन्द लड़का और ख़र्च के लिये धन एकत्रित करने में सफल नहीं हो जाते—तब तक वे कॉलेज में रहेंगी...कोई नहीं चाहता कि ये लोग कुछ सोचें, अपने विषय में, अपने घर-बार के विषय में, अपने देश और समाज के विषय में। यदि वे सोचेंगे तो निष्कर्षों पर पहुँचेंगे, वे ऊपर वालों के लिये बहुत शुभ नहीं होंगे...

...वह कोने में कौन-सा लड़का बैठा है? शायद यह, वह लड़का, क्या नाम है इसका...जितेन्द्रकुमार है। हाँ, जितेन्द्रकुमार है...यह कुछ अधिक सतर्क लग रहा है...हाँ, कुछ गड़बड़ है यह लड़का पिछली परीक्षा में भी नक़ल करता पकड़ा गया था।

डॉ. कपिला धीरे-धीरे टहलते हुए उस कोने की ओर चले गए, जहाँ जितेन्द्र कुमार बैठा था।

पर कुछ नहीं। वह चुपचाप बैठा अपने पर्चे को देख रहा था। क़लम उसने अपने डेस्क पर रख दी थी। ऐसी कोई खास बात नहीं थी। वह शायद कुछ सोच रहा था।

डॉ. कपिला लौट आए।

वे मेज़ के पास आकर रुके ही थे कि जितेन्द्रकुमार ने फिर क़लम उठा ली और सर्राटे से लिखने लगा। लिखने की प्रक्रिया में जितनी तेज़ी से उसका हाथ चल रहा था, उतनी ही तेज़ी से उसकी आँखें भी हरकत कर रही थीं, जैसे कोई एक लिखे को दूसरी जगह उतार रहा हो।

'यह ज़रूर नक़ल कर रहा है' डॉ. कपिला ने सोचा—'मैं जाता हूँ तो यह कागज़ छिपाकर सोचने की मुद्रा बना लेता है।'

वे कमरे में बैठे लड़कों की अन्तिम पंक्ति में चक्कर लगाते-लगाते अन्तिम कोने तक पहुँच गए। वहाँ से वापस मेज़ तक लौटकर जितेन्द्रकुमार वाली पंक्ति में जाना पड़ता था। पर वे मुड़े नहीं। उन्होंने बहुत धीरे से बीच की पंक्ति की एक खाली कुर्सी उठा ली। एकदम आवाज़ नहीं हुई थी और दूसरी पंक्ति में जाने का मार्ग बन गया था। जितेन्द्रकुमार उनके मेज़ तक लौटने की प्रतीक्षा में होगा। वे पीछे ही पीछे से उसके सिर पर जा पहुँचे...

वह किसी पुस्तक से फाड़े गए मुद्रित पृष्ठों से बड़ी तेज़ी से नक़ल कर रहा था...

डॉ. कपिला उस पर झपट पड़ने से पहले एक क्षण के लिये सोच में पड़ गए—वे क्या कर रहे हैं?

यह जितेन्द्रकुमार है। पिछले वर्ष भी नक़ल करता हुआ पकड़ा गया था, पर क्या हुआ उसका? कुछ भी नहीं। पता नहीं कैसे उसने सब कुछ ठीक-ठाक करा लिया था। यह वह लड़का है जो महीने में एक-आध बार मार-पीट ज़रूर करता है, पर उसकी फ़ाइल में उसके विरुद्ध शिकायत का एक भी कागज़ नहीं है। उसका दावा है कि दिल्ली में तो उसके विरुद्ध कुछ हो नहीं सकता...

और वे उसे पकड़ने जा रहे हैं? हो सकता है, उसकी जेब में इस समय भी चाकू हो। निकालकर एक-आध हाथ चला देगा। वे घायल होकर अस्पताल में पड़े रहेंगे या उनकी मृत्यु हो जाएगी। पीछे शारदा और निकुंज का क्या होगा? उनकी देख-भाल कौन करेगा?

तो क्या करें?

करना क्या है? चुपचाप टहलते रहें। किसी को क्या पता कि वह नक़ल कर रहा है। न किसी को पता चलेगा, न उनकी बदनामी होगी। वह नक़ल कर ही लेगा, तो क्या मुसीबत आ जाएगी। ज़्यादा से ज़्यादा पास ही तो हो जाएगा। उसका कुछ लाभ हो जाएगा तो उन्हें या किसी और को क्या हानि है? आख़िर वे उसे पकड़कर क्यों एक हंगामा खड़ा करना चाहते हैं। अपने लिये जोखिम मोल ले रहे हैं—अपने अपमानित होने, पिटने, घायल होने या मरने का प्रबन्ध कर रहे हैं...

पर सहसा ही जैसे उनका तेज जागा। वे क्या कायरों की-सी बातें सोच रहे हैं? क्या वे अपनी आँखों से देखते हुए भी उसे नक़ल करने देंगे? ईमानदारी से काम करने वाले लड़कों से यह नालायक और बेईमान लड़का अधिक अंक ले जाए? यदि वे संघर्ष से इतना ही डरते हैं तो फिर वे न्याय की बात क्यों सोचते हैं? भ्रष्टाचार के विरोध का दम्भ क्यों भरते हैं? उन्हें फिर अध्यापक की नौकरी करने की क्या आवश्यकता थी? पुलिस में चले जाते, डरकर क्या वे अपने कर्तव्य से पीछे हट जाएँगे! आँखें बन्द कर लेंगे? डॉ. कपिला! कहाँ गए तुम्हारे सिद्धान्त...

एक आवेश में अकस्मात् झपट पड़े, "ऐ लड़के! क्या कर रहे हो तुम?"

जितेन्द्रकुमार ने फुँकारते नाग के समान सिर उठाया और सीधे उनकी आँखों में घूरने लगा, जैसे उन्हें सम्मोहित करने का प्रयत्न कर रहा हो। उसके व्यवहार में न भय था, न घबराहट, न अकस्मात् पकड़े जाने के कारण अस्त-व्यस्तता। वह घूरता जा रहा था...

डॉ. कपिला ने जैसे स्वयं को उसके असर में बँधने से रोका और तेज़ सधी हुई आवाज़ में बोले, "वे कागज़ मुझे दो।"

जितेन्द्रकुमार उठकर खड़ा हुआ। उसने मुद्रित पृष्ठ मोड़कर अपनी जेब में डाले और डॉ. कपिला की आवाज़ के समान तेज़ आवाज़ में बोला, "मुझे जो लिखना था, लिख लिया है। ये लो।"

और उसने अपनी उत्तर-पुस्तिका उनकी ओर खिसका दी।

"मैं कहता हूँ, वे कागज़ मुझे दो।" डॉ. कपिला ने अपनी आवाज़ कुछ और सख्त की।

उसने उन्हें क्रोध से देखा और एक हल्की 'ऊँह' के साथ अपनी कुर्सी छोड़कर चल पड़ा। डॉ. कपिला अपनी जगह पर खड़े उसे घूरते रहे और वह कमरे से निकल गया।

कमरे में बैठे अन्य सारे लड़कों का ध्यान उनकी ओर खिंच आया था। पर उस घटना का लाभ किसी ने नहीं उठाया था। कोई गड़बड़ नहीं हुई। किसी ने बात तक करने का प्रयत्न नहीं किया, नहीं तो ऐसे अवसरों पर लड़के कॉपियाँ तक बदल लेते हैं। शायद सारे लड़के भी हतप्रभ-से रह गए थे।

डॉ. कपिला कमरे में अकेले इंविज़िलेटर थे। दूसरा इंविज़िलेटर उनके साथ होता तो शायद वे कमरे से बाहर भी जाते। शायद जितेन्द्रकुमार को रोकने का प्रयत्न करते। शायद परीक्षा-संचालक के पास जाते...पर वे इस समय अकेले थे। कमरा छोड़कर वे बाहर नहीं जा सकते थे।

वे फिर से कमरे में टहलने लगे। लड़के भी जैसे मस्तिष्क से इस घटना को झटककर अपने-अपने काम में लग गए थे।

डॉ. कपिला फिर से एक द्वंद्व में फँस गए थे।

वह लड़का परीक्षा में नियम-विरुद्ध कार्य कर रहा था। उसके लिये उसे दण्ड मिलना चाहिए। पर उसे कोई दण्ड नहीं मिला था। वह बड़े मज़े से अपनी उत्तर-पुस्तिका उनकी ओर खिसकाकर शान से टहलता हुआ बाहर निकल गया था। हो सकता है कि नक़ल की हुई उसकी इस उत्तर-पुस्तिका में उसे इतने अंक मिल जाएँ कि वह परीक्षा में उत्तीर्ण भी हो जाए। फिर उनका उसे पकड़ने का क्या लाभ?

यदि वे लिखकर परीक्षा-संचालक के पास उसकी शिकायत करते हैं तो साथ-साथ उस लड़के का वक्तव्य भी उन्हें देना पड़ेगा। पर वह वक्तव्य उनके पास नहीं था। अब उसे पकड़कर वक्तव्य लिया भी नहीं जा सकता था। वे जानते हैं कि वह वक्तव्य नहीं देगा। फिर उनकी शिकायत का क्या लाभ?

और उनका अपमान?

कैसे बोला था वह लड़का उनसे! किस बदतमीज़ी से! कभी कोई विद्यार्थी ऐसे भी फुफकारता है अपने अध्यापक के सामने?

पर वे उसका क्या कर सकते हैं?

वे अपने ऊपर खीझ रहे थे।

और एक दूसरा स्वर कहीं उनसे कह रहा था, ''तुम बच गए। वह अपनी उत्तर-पुस्तिका देकर चुपचाप चला गया है। तुम भी चुपचाप रहो। तुमने उसे पकड़ लिया। तुम्हारी कर्तव्य-भावना पूरी हो गई। तुम्हारे मन पर बोझ नहीं रहेगा, तुम्हारी अन्तरात्मा तुम्हें नहीं सताएगी। अब अधिक बखेड़ा मत करो। चुप रहो।''

वे निर्णय नहीं कर पा रहे थे कि जो कुछ हुआ, अच्छा हुआ या नहीं; उनके व्यवहार में कितना औचित्य था, कितना अनौचित्य। क्या सचमुच वे विवश थे और उस लड़के को रोक नहीं सकते थे या अपने भय को उन्होंने विवशता की आड़ में छिपा लिया था...

परीक्षा समाप्त होने में अब अधिक समय नहीं था। दूसरे इंविज़िलेटर भी कमरे में लौट आए थे। पर इस समय वे बाहर नहीं जा सकते थे...

उन्हें लगा कि कॉलेज बिल्डिंग के एक कोने में कुछ शोर उठ रहा है। शायद काफ़ी लड़के अपने पर्चे देकर बाहर निकल आए थे और आपस में बातें कर रहे थे। शायद अपने उत्तर मिला रहे थे...

परीक्षा समाप्त होने से आधा घण्टा पहले ही रोज़ ऐसा शोर मच जाता था। जो लोग अभी लिख रहे होते थे, उनका ध्यान इससे बँट जाता था, पर डॉ. कपिला क्या कर सकते थे।

पर यह शोर शायद वैसा शोर नहीं था। यह शोर दूसरी तरह का था। यह गनगनाहट की आवाज़ नहीं थी, जो गूँज पैदा करती है। यह तो भीड़ का शोर था– जिनमें लोग वहशियों की तरह चिल्ला रहे थे। यह तो आवेश में भरी हुई कोई भीड़ थी...

शोर बढ़ता गया।

डॉ. कपिला अपने कमरे के दरवाज़े के साथ आकर लग गए। वे बाहर नहीं जा सकते। पर उन्होंने देखा, बरामदा लड़कों से भर गया था। लड़के चीख रहे थे। सबसे आगे जितेन्द्रकुमार था। उसने अपनी बाँह ऊँची की–''दोस्तो, देखो! मुझे डॉ. कपिला ने चाकू मारा है।''

उसकी बाँह पर खरोंच थी! कुछ थोड़ा-सा ख़ून भी था...

डॉ. कपिला सन्न रह गए।

भीड़ बढ़ती गई। एक लेक्चरर ने एक लड़के को चाकू मार दिया था, भीड़ उत्तेजित होती गई और सहसा भीड़ फट पड़ी। वे प्रिंसिपल के खाली कमरे पर टूट पड़े थे...

कोई नहीं जानता था कि क्या हो रहा है। भगदड़ मची थी। कोई चीख रहा था और वह नहीं जानता था कि वह क्यों चीख रहा है। कोई चुप करा रहा था और नहीं जानता था कि किसे चुप करा रहा है। कोई भाग रहा था और यह नहीं जानता था कि वह कहाँ जा रहा है। कोई भागते लोगों को रोक रहा था और नहीं जानता था कि किसे रोक रहा हूँ...

सहसा किसी ने डॉ. कपिला का हाथ पकड़कर झटके से खींचा। वे लड़खड़ाते हुए-से बरामदे में आ गए। किसी ने पीछे से उनको अपने जूते से ठोकर मारी। वे पलटकर देखना चाहते थे कि वह कौन है, पर तभी उनकी नाक पर किसी ने घूँसा मारा...

वे गिर पड़े।

उन पर प्रहार हो रहे थे। वे निर्णय नहीं कर पा रहे थे कि कहाँ उन्हें जूते की ठोकर लगी थी, कहाँ मुक्का लगा था, कहाँ थप्पड़, कहाँ झटका, कहाँ धक्का...

वे एक वृत्त में घिर गए थे। वह वृत्त उन्हें पीट रहा था। उस वृत्त के दसियों चेहरे थे, जैसे दो-तीन रावण मिल गए हों। पर उन दसियों चेहरों में से उनका पहचाना हुआ चेहरा एक भी नहीं था, उनके पहचाने हुए चेहरे उस वृत्त के बाहर खड़े थे...फिर जैसे सब कुछ गडमड हो गया। सब ओर अँधेरा-सा छा गया और रावणों के सम्मिलित चेहरे उसी अँधेरे में कहीं खो गए...

चौबीस

बलराम रोज़ के समान नियमानुसार तैयार होकर ठीक समय पर बस-स्टैंड पर आ गया था, पर बस-स्टैंड पर लगी लम्बी क़तार देखकर उसे कुछ बुरा-सा भी लगा। यह क़तार क्या है, बाक़ायदा भीड़ है। हर दूसरे-तीसरे दिन एक-आध बार ऐसा हो जाया करता है। दूर से ही उसे क़तार रूपी भीड़ नज़र आ जाती थी और उसका दफ़्तर जाने का सारा उत्साह ठण्डा पड़ जाता था।

'इसका अर्थ है, आज फिर दो-एक बसें मिस हैं।'...उसने सोचा।

बसों का इस प्रकार मिस होना, उसकी समझ में एकदम नहीं आता था।

आप घर से अच्छे-खासे मूड में आएँ, यहाँ आकर एक मेला-सा लगा हुआ पाएँ और पता चले कि सवा आठ की बस नहीं आई, साढ़े आठ वाली भी नहीं आई और पौने नौ वाली का भी अभी पता नहीं है। बस-स्टैंड पर मेला नहीं लगेगा तो क्या होगा...? भीड़ बढ़ती जाती है तो लोगों में घबराहट भी बढ़ती जाती है देर से दफ़्तर जाने पर आगे से मिलने वाली डाँट की आशंका उन्हें उत्तेजित कर देती है और जब भीड़ उत्तेजित होती है तो उसे रोकना बड़ा मुश्किल हो जाता है। दो बार अपनी आँखों से वह भीड़ को उत्तेजित होते हुए देख चुका है। पिछली बार तो बहुत ही अधिक हंगामा हुआ था। पथराव हुआ था, एक ए.टी.आई. पिट गया था और स्टैंड पर खड़ी दो बसों को आग लगाने का प्रयत्न किया गया था—एक तो बच गई थी, पर दूसरी की कुछ क्षति हो ही गई थी।

दिल्ली में अभी कलकत्ता वाली हालत नहीं हुई है—बलराम सोच रहा था—पर यदि बस-व्यवस्था इसी प्रकार बिगड़ती गई, तो यहाँ भी वह हालत हो जाएगी।

पिछली बार जब झगड़ा हुआ था तो बड़ी कमेटियाँ-शमेटियाँ बनी थीं और बसें बड़े नियमित ढंग से चलने लग गई थीं। पर वही हफ़्ता, दस दिन। अब फिर पहले जैसी बेढंगी चाल आरम्भ हो गई है। कोई बस आती है, कोई आती नहीं। जो बसें आती हैं, उनमें से कोई जाती है, कोई जाती ही नहीं।

आज जिस हिसाब से बसें ग़ायब थीं और भीड़ बढ़ती जा रही थी—लगता था, आज भी कुछ होगा।

बस-स्टैंड पर खड़े रहने का उसका मन नहीं हो रहा था। एक तो अभी बस आई नहीं थी और यदि आई तो उसे कौन-सी उसमें जगह मिल ही जाएगी? इतनी लम्बी क़तार है। बस आने पर यह लाइन एक बेक़ाबू भीड़ में बदल जाएगी। उस भीड़ के स्वार्थ-भरे संघर्ष में हिस्सा लेना उसके बस का नहीं था। न तो वह लोगों से कुश्ती लड़ सकता था और न ही अपनी टैरिलीन की क़मीज़ फड़वाना चाहता था। क़मीज़ कीमती थी और नयी भी। उसे सम्प्रति तो यहाँ से टल ही जाना चाहिए...

वह बस-स्टैंड से हटकर, टहलता हुआ, बाज़ार की ओर चल पड़ा, 'चलो पान ही खा लें।' जब कोई काम न हो तो बहुधा उसे पान की याद आती है।

बाज़ार में अभी बहुत भीड़ नहीं थी। पान-सिगरेट की दुकानें और चाय-समोसों वाले 'होटल' तो बहुत सवेरे ही खुल जाते हैं। बाक़ी दुकानें एक-एक करके खुल रही थीं। पर अभी ग्राहकों का आवागमन शुरू नहीं हुआ था।

वह कुछ सोचते हुए पान की दुकान तक जा पहुँचा। उसने पानवाले से पान बनाने के लिये कहने के लिये सिर उठाया ही था कि उसकी दृष्टि खैरू पर पड़ी। खैरू दुकान पर लटकी जलती रस्सी से अपनी सिगरेट जला रहा था।

बलराम को लगा, वह ग़लत जगह पर आ गया है। उसे इस प्रकार लापरवाही में नहीं चलना चाहिए था। वह यदि अपने होश-हवास में देख-भालकर आता तो उसे दुकान पर खड़ा खैरू और पास ही खड़ा उसका स्कूटर रिक्शा अवश्य दिख जाता। ऐसी हालत में वह इस दुकान पर कभी न आता।

वापस लौटे?

खैरू ने भी उसे देख लिया था। उसके होंठों पर एक कुटिल मुस्कुराहट आ गई, "आइए, आइए पड़ोसी साहब।" वह पानवाले की ओर मुड़ा, "भाई गेंदालाल! ये हमारे पड़ोसी हैं। इन्हें बढ़िया पान खिलाओ। बड़े ऊँचे आदमी हैं। पान पसन्द नहीं आया तो तुम्हें बन्द करवा देंगे। ये तुम्हारे घर में ईंटें फेंककर पुलिस से कह देंगे कि तुमने इनके घर में ईंटें फेंकी हैं।"

बलराम का मुँह कड़ुवा गया।

पानवाला भी उसे देखकर हँस रहा था। पता नहीं वह हँसकर उसका सम्मान कर रहा था या मज़ाक उड़ा रहा था। खैरू की बात को उसने किस रूप में लिया, बलराम यह समझ नहीं पाया।

खैरू की सिगरेट सुलग चुकी थी और वह उसे अपने बायें हाथ की कनिष्ठा और अनामिका में दबाए, मुट्ठी बन्द किए ज़ोरदार कश खींच रहा था।

'इस समय लौटना उचित नहीं है'—बलराम ने सोचा—'तब पता नहीं पानवाला क्या समझे। इससे तो अच्छा है कि वह चुपचाप खड़ा रहे। कम-से-कम अगली बात अनिश्चित तो रहेगी।'

उसने गर्दन उठाकर अपनी आँखें बाज़ार के अन्तिम सिरे पर टिका दीं, और उसकी अँगुलियाँ हाथ में पकड़े हुए दस-दस पैसों के दो सिक्कों से खेलने लगीं, जैसे वह खैरू और गेंदालाल से नज़रें नहीं चुरा रहा था, पान बनने की प्रतीक्षा में लापरवाही में खड़ा था।

बाज़ार के दूसरे छोर से एक ट्रक आ रहा था। बड़ी तेज़ी और लापरवाही से आगे बढ़ता आ रहा था। बाज़ार के भीतर इतनी जगह नहीं थी कि ट्रक इस तेज़ी से चल सके। पर वह ट्रक था और उसका ड्राइवर जानता था कि ट्रक जिससे टकराएगा, वह चूर हो जाएगा या जो ट्रक से टकराएगा, वह चूर हो जाएगा। जब चोट दूसरी वस्तु या व्यक्ति को ही लगनी है तो ट्रक इतनी असावधानी से धड़धड़ाता हुआ क्यों न चले?

ट्रक तेज़ी से आगे बढ़ता आ रहा था और बलराम की आँखें अधिकाधिक उस पर गड़ती जा रही थीं। यह ट्रकवाला आज अवश्य ही किसी को मारेगा।

खैरू अपनी सिगरेट के आरम्भिक कश लगाकर सड़क पर अपने स्कूटर के पास खड़ा था। सिगरेट के हल्के-हल्के कशों का मज़ा लेता हुआ वह अपने स्कूटर का निरीक्षण कर रहा था। जैसे कोई भी व्यक्ति दिन का काम आरम्भ करने से पहले अपनी मशीन की निरख-परख करता है।

ट्रक एकदम सिर पर आ गया। बलराम ड्राइवर को घूर रहा था।

खैरू ने भी सहसा पलटकर देखा—"मक्ख..."

और बलराम समझ नहीं पाया कि खैरू ट्रक के झटके द्वारा स्कूटर के भीतर फेंक दिया गया या जान बचाने के लिये वह स्वयं स्कूटर में घुस गया।

बलराम लपककर उसकी ओर मुड़ा। गेंदालाल भी अपनी जगह पर उठ खड़ा हुआ। आस-पास से दो-एक लोग और भी लपके...

...पर ट्रक रुक गया था। उसमें से चार व्यक्ति झपटकर बाहर निकल आए। उन चारों के पास लाठियाँ थीं। उन्होंने खैरू को घसीटकर स्कूटर से बाहर निकाला और क्षण-भर में ही दस-बीस लाठियाँ बरस पड़ीं।

खैरू अपने ख़ून में भीगा, औंधा, हाथ फैलाए, सड़क पर पड़ा था, जैसे कोई बच्चा दौड़ता-दौड़ता गिर पड़ा हो। वह हिल-डुल नहीं रहा था। उसके चेहरे पर कोई भाव नहीं था।

लोग जहाँ के तहाँ खड़े थे, जैसे फिल्म की चलती हुई रील किसी विशिष्ट मुद्रा में रुक गई हो।

हरकत फिर उन्हीं चारों व्यक्तियों में हुई। उन्होंने एक-दूसरे की आँखों में देखा और लपककर ट्रक में जा बैठे। जब तक कि लोग कुछ समझें, ट्रक बाज़ार से बाहर होकर, मुख्य सड़क पर मुड़ चुका था।

उस सन्नाटे में पहली चीख़ गेंदालाल पानवाले की गूँजी।

आस-पास के लोग सिमट आए। भीड़ बढ़ने लगी और उस भीड़ के बीच पड़ा था खैरू का शरीर। उसे लाठियों की इतनी चोटें लगी थीं कि यह पता नहीं चल रहा था कि चोट कहाँ लगी है, कहाँ नहीं लगी। ख़ून की धारियाँ जगह-जगह से बहकर सिर, शरीर तथा शरीर के कपड़ों के विभिन्न भागों को लाल कर रही थीं। दूर से, केवल देखकर यह बताना भी कठिन था कि जहाँ ख़ून है, वह वहीं से निकला था या किसी दूसरी जगह से बहकर आया था। उसके लिये शरीर का धोया-पोंछा जाना आवश्यक था।

"मर गया है।" किसी ने कहा।

"मरना नहीं था। उन चारों ने लाठियाँ मार-मारकर भुर्ता बना दिया। बचने की कोई गुंजाइश ही नहीं छोड़ी।" किसी और ने कहा।

"ट्रक से दबकर मरा है या लाठियों से?"

"लाठियों से। मैंने ख़ुद देखा है साहब। उन्होंने उसे स्कूटर से बाहर घसीटकर सड़क पर डाला और मार-पीटकर मार डाला।"

"मेरा तो खयाल है कि वह ट्रक से टकराकर ही मर चुका था। लाठियों से उन्होंने केवल उसकी लाश को पीटा है।"

"नहीं। कुछ ट्रक से दबकर मरा था, कुछ लाठियों ने मार डाला।"

बलराम, किंकर्तव्यविमूढ़-सा चुपचाप खड़ा था। देखा उसने भी सब कुछ था, पर वह कुछ बोल नहीं रहा था। क्या बोले?

खैरू के साथ उसका पहले भी झगड़ा हो चुका था। खैरू ने उसे परेशान भी किया था और अपमानित भी। जब वह सब-इंस्पेक्टर को लेकर रात को आया था तो कितनी परेशानी हुई थी उसे? कितनी रातें वह सो नहीं सका था। अपमान की आग में झुलसता हुआ बलराम और नींद के बिना करवटें बदल-बदलकर बिताई वे रातें।...आज भी खैरू ने अपनी ओर से उसे अपमानित करने में कोई कसर नहीं छोड़ी थी। वह ही चुप रह गया था, नहीं तो भरे बाज़ार में झगड़ा होता और वह और अधिक अपमानित होता।

तभी उसने देखा गेंदालाल ने अपनी चीज़ें समेटकर भीतर कर ली थीं और दुकान का शटर गिरा दिया था। आस-पास की कुछ दुकानें तो अभी बन्द ही थीं—जो खुली थीं, वे भी धड़ाधड़ बन्द हो गई थीं।

"पुलिस!" किसी ने कहा।

"पुलिस-पुलिस!"

बिना ऊँची आवाज़ में कहे ही चारों ओर 'पुलिस' शब्द फैल गया, जैसे वातावरण में व्याप्त हो गया हो।

बलराम अपनी चिन्ताओं से बाहर निकला। वह समझ गया था कि और लोगों के समान उसे भी खिसक जाना चाहिए। यदि कहीं पुलिस की पकड़ में आ गए तो व्यर्थ ही थाने-कचहरियाँ भुगतते फिरेंगे।

जाते-जाते उसने एक नज़र में देख लिया था कि सारा बाज़ार बन्द हो चुका था। लोग खिसक गए थे। कुछ ऐरे-गैरे लोग ही वहाँ रह गए थे, जिन्हें पुलिस द्वारा पकड़े जाने का कोई भय नहीं था।

तभी पुलिस की गाड़ी आकर खैरू के शव के पास रुकी।

पच्चीस

ऐसा कभी-कभी ही होता है कि स्टाफ़ की मीटिंग हो और दो-तिहाई लोग भी आ जाएँ और ठीक समय पर आ जाएँ। आज कुछ वैसा ही अपवाद अवसर था। साठ अध्यापकों में से चौवन आ चुके थे। अब और कोई न भी आए तो भी आज की उपस्थिति बहुत अधिक उपस्थिति मानी जाएगी। इतने लोगों के उपस्थित होने की आशा तो स्वयं स्टाफ़ एसोसिएशन के सेक्रेटरी को भी नहीं थी, जिसने यह मीटिंग बुलाई थी।

प्रिंसिपल अपने दफ़्तर में बैठे कुछ आवश्यक काम निबटा रहे थे। मीटिंग में अभी दस मिनट की देर थी। दस मिनट में प्रिंसिपल भी आ जाएँगे और मीटिंग शुरू हो जाएगी।

स्टाफ़-रूम काफ़ी शोर-गुल से भरा हुआ था। आक्रोश, उत्तेजना और त्रास के चिह्न साफ़-साफ़ देखे जा सकते थे। और उन सबके ऊपर तैर रहा था, एक बड़ा सा प्रश्न चिह्न। जैसे प्रत्येक व्यक्ति यही पूछ रहा था—अब क्या होगा?

डॉ. कपिला पिछली पंक्ति में सबसे कोने वाली कुर्सी पर चुपचाप बैठे थे। वे जानते थे कि यहाँ उपस्थित प्रत्येक व्यक्ति को पता है कि उन्होंने एक लड़के को नक़ल करते हुए पकड़ा था और उसके मित्रों ने उनको पीटा था। जिन्हें नहीं भी पता था, उन्हें उनके शरीर के विभिन्न भागों में बँधी पट्टियाँ, चिपकी हुई टाँकियाँ और एक आध टाँका बता देता था कि उनके साथ क्या हुआ है...

प्रिंसिपल स्टाफ़-रूम में आए और सब लोग उठकर खड़े हो गए। प्रिंसिपल अपनी नियत कुर्सी पर बैठे तो शेष लोग भी बैठ गए और मीटिंग आरम्भ हुई।

सबसे पहले प्रिंसिपल ही बोले, "आप सब लोगों को मालूम है कि अट्ठारह अप्रैल की दूसरी शिफ्ट में जब बी.ए. पास कोर्स का पर्चा हो रहा था, कमरा नम्बर तेरह में डॉ. कपिला इंविज़िलेट कर रहे थे। उन्होंने एक लड़के को नक़ल करते हुए पकड़ा; लड़का कमरे से निकल गया और बाहर से बहुत सारे लड़के इकट्ठे कर लाया। उन लोगों ने कुछ फर्नीचर तोड़ा, कुछ शीशे तोड़े और डॉ. कपिला को पीटा। डॉ. कपिला को काफ़ी चोटें लगी हैं और वे दो दिन अस्पताल में भी रहे

हैं। पर फिर भी हम भगवान के कृतार्थ हैं कि कोई बहुत गम्भीर चोट नहीं आई, जो कि आ सकती थी। आज की मीटिंग हमने इसी घटना पर विचार-विमर्श करने के लिये बुलाई है...''

''प्रिंसिपल साहब!'' डॉ. चक्रवर्ती बोले, ''मैं चाहूँगा कि विचार-विमर्श से पहले हम डॉ. कपिला से सुन लें कि घटना किस प्रकार घटी थी।''

''डॉ. कपिला!'' प्रिंसिपल साहब ने पुकारा।

डॉ. कपिला धीरे-धीरे उठकर खड़े हुए। लोग उत्सुकता में अपनी कुर्सियों के अगले भागों पर खिसक आए, सबकी नज़रें उनके चेहरे पर लगी हुई थीं।

वे बहुत धीरे से बोले, ''प्रिंसिपल साहब ने जो कुछ कहा है, वह सब कुछ एकदम सही है। मुझे इस विषय में और कुछ नहीं कहना है।''

वे झटके के साथ कुर्सी पर बैठ गए।

वह झटका जैसे सारे उपस्थित लोगों को लगा। सब लोग उनसे वह घटना पूरे विस्तार के साथ सुनने की आशा लिये बैठे थे। और उन्होंने अपनी ओर से एक शब्द भी नहीं कहा। वैसे उन्हें इसके लिये बाध्य भी नहीं किया जा सकता था। वे इस सारी चर्चा में स्वयं को कितना अपमानित महसूस कर रहे होंगे...

''इट्स ऑल राइट।'' प्रिंसिपल ने चुप्पी तोड़ी।

''मुझे भी कुछ कहना है सर!'' मेहता साहब उठ खड़े हुए, ''मुझे यह कहना है कि जब विश्वविद्यालय की ओर से यह स्पष्ट आदेश है कि परीक्षा के पूरे समय तक प्रिंसिपल कॉलेज में उपस्थित रहें तो हमारे प्रिंसिपल उस समय कॉलेज में क्यों नहीं थे, जिस समय यह घटना घटी? मैं समझता हूँ कि प्रिंसिपल साहब यदि उस समय कॉलेज में होते तो यह सब कुछ न हो पाता। जैसे ही यह झगड़ा आरम्भ हुआ था, वैसे ही पुलिस बुलाई जा सकती थी। पुलिस के आने में इतनी देर न होती तो शायद लड़के न तो फर्नीचर तोड़ सकते थे, न शीशे तोड़ सकते थे और न ही डॉ. कपिला पर हाथ उठा सकते थे।''

प्रिंसिपल के चेहरे पर नाराज़गी उभरी। मेहता हर मीटिंग में यही करता है। बात कोई हो रही होगी और वह उसे घसीटकर प्रिंसिपल की खोपड़ी पर पटक देगा। आख़िर इस घटना में प्रिंसिपल बीच में कहाँ आते हैं? एक इंविज़िलेटर ने एक लड़के को पकड़ा और लड़के ने अपने मित्रों की सहायता से इंविज़िलेटर को पीटा। इसमें प्रिंसिपल का क्या काम?

पर तब तक डॉ. श्यामलाल खड़े हो चुके थे, ''उतना ही नहीं। मुझे यह भी बताया गया है कि प्रिंसिपल साहब ने जाते हुए हेड क्लर्क को यह हिदायत दी थी कि यथासम्भव पुलिस को न बुलाया जाए। यही कारण था कि स्थिति के

बिगड़ने पर भी हेड क्लर्क ने पुलिस को सूचना नहीं दी। वह तो बहुत बाद में जब मार-पीट भी हो चुकी थी, किसी इंविज़िलेटर ने ही पुलिस को टेलिफ़ोन किया था। मैं कहता हूँ कि आख़िर प्रिंसिपल क्यों चाहते हैं कि हम लोग पिटें? जब रोज़ इतना जोखिम बढ़ता जा रहा है, तो प्रिंसिपल कुछ करते क्यों नहीं! आज डॉ. कपिला के साथ हुआ है, कल हमारे साथ होगा। मैं पूछता हूँ कि जब हमें इंविज़िलेशन के लिये बुलाया जाता है तो ऐसे बदमाश लड़कों से हमारी सुरक्षा का प्रबन्ध क्यों नहीं किया जाता? हमारी सुरक्षा का क्या प्रबन्ध किया गया है? मैं पूछता हूँ...''

डा. श्यामलाल की आवाज़ ऊँची होती जा रही थी और लगता था कि वे अपनी आदत के अनुसार चीख़ने लगेंगे।

''डा. श्यामलाल! प्लीज़!'' प्रिंसिपल ने कुछ सख्त आवाज़ में कहा, ''लैट मी एक्सप्लेन वन बाई वन। (कृपया मुझे सब कुछ बारी-बारी से कहने दीजिए)''

धीमा-धीमा मर्मर, जो पार्श्व-संगीत के समान क्षण-क्षण बढ़ता जा रहा था, शान्त हो गया। सब लोग प्रिंसिपल की बात सुन रहे थे, ''मैं जानता हूँ कि विश्वविद्यालय का यह आदेश है कि परीक्षा के पूरे समय तक प्रिंसिपल कॉलेज में रहें। पर यह भी विश्वविद्यालय का ही आदेश था कि प्रिंसिपल एकेडमिक काउंसिल की मीटिंग में आएँ। विश्वविद्यालय ने अपने पहले आदेश की पूर्ति के लिये मुझे उस मीटिंग से मुक्त नहीं रखा था। और आप लोग मेरी इस अक्षमता को क्षमा करेंगे कि मैं एक ही समय में सशरीर दो भिन्न स्थानों पर उपस्थित नहीं रह सकता ...जहाँ तक हेड क्लर्क को दी गई हिदायत की बात है, वह आप उन्हीं से पूछ सकते हैं कि क्या उनको ऐसी कोई हिदायत दी गई है?''

वे रुके। उन्होंने अपनी जीभ होंठों पर फिराई और बोले, ''जहाँ तक सुरक्षा का प्रश्न है, वह आप तक ही सीमित नहीं है। आप यह बताइए कि मेरी सुरक्षा का क्या प्रबन्ध है? विश्वविद्यालय ने प्रत्येक प्रिंसिपल को अनिवार्य रूप से परीक्षा का सुपरिंटेंडेंट बनाकर उसके हाथ में तोप तो नहीं पकड़ा दी है कि वह सुरक्षित हो गया। सुरक्षा का प्रश्न हमारे कॉलेज या हमारे विश्वविद्यालय तक ही सीमित नहीं है। यह सारे देश की समस्या है। मुझसे आप पूछेंगे तो मैं कहूँगा कि हमारी सुरक्षा इसी में है कि ऐसा कोई भी अवसर आने पर हम सब मिलकर उसका विरोध करें। वे ऐसा करने वाले लड़के को डिमॉरेलाइज़ करें। और कोई रास्ता मेरी समझ में नहीं आता।''

प्रिंसिपल ने अपनी आवाज़ में कुछ अधिक आवेश भरकर कहा, ''मैं यह समझ नहीं पाता हूँ कि प्रत्येक मीटिंग में वास्तविक समस्या से हटकर प्रिंसिपल पर कीचड़ उछालना क्यों आवश्यक समझा जाता है? मैं आज सबके सामने अत्यन्त खेदपूर्वक कह रहा हूँ कि ये ही डॉ. श्यामलाल हैं, जिन्हें मैं अब तक तीन बार इस सिलसिले में विचार-विमर्श के लिये बुला चुका हूँ और वे एक बार भी नहीं आए हैं। और यही डॉ. श्यामलाल हैं जो हर मीटिंग...''

''इट्स ऑल राइट।'' गुप्ताजी ने प्रिंसिपल साहब की ही शैली में उन्हें टोका, ''प्रश्न यह है कि इस घटना के पश्चात् उस लड़के के साथ क्या व्यवहार किया और भविष्य में ऐसी घटनाओं की रोकथाम के लिये क्या प्रबन्ध किया गया है?''

''हाँ। यह कहिए।'' प्रिंसिपल शान्त हुए, ''जहाँ तक सुपरिंटेंडेंट के रूप में ऐक्शन लेने का प्रश्न है, उस विषय में कुछ नहीं हो सका है। शायद कुछ नहीं हो सकता। उसके लिये आवश्यक यह था कि उस लड़के से वे मुद्रित पृष्ठ ले लिये जाते, जिनसे वह नक़ल कर रहा था। पर उस लड़के ने वे कागज़ डॉ. कपिला को नहीं दिए थे। जिस समय किसी परीक्षार्थी को अनुचित कार्य करते हुए पकड़ा जाता है, उस समय उससे इस सन्दर्भ में एक स्वीकृति-पत्र लिया जाता है, वह भी हमारे पास नहीं है। ऐसी स्थिति में केवल इंविज़िलेटर की रिपोर्ट कुछ भी नहीं कर सकती।''

''तो क्या वह लड़का परीक्षा देता रहेगा?'' किसी ने पूछा।

''देता रहेगा नहीं। दे रहा है।'' प्रिंसिपल बोले।

''उसे पुलिस के हवाले क्यों नहीं किया गया?'' कई आवाज़ें एक साथ चीख़कर काफ़ी बदतमीज़ी से बोलीं।

पर इस बार प्रिंसिपल साहब को क्रोध नहीं आया। वे बहुत शान्त मुद्रा में मुस्कुराए, ''मैंने पुलिस बुलाई थी। सब-इंस्पेक्टर को लड़के का नाम तथा घर का पता बता दिया गया था। उसके एडमिशन फार्म पर लगा उसका चित्र भी दिया गया था। सब-इंस्पेक्टर ने मुझसे कहा था, प्रिंसिपल साहब! अपने तौर पर मैं इस लड़के को थाने में बुलाकर डरा-धमका दूँगा। पर उसके विरुद्ध कोई कार्रवाई तब ही होगी, जब आप लिखित रूप में रिपोर्ट करें।' और मैं रिपोर्ट करने के लिये डॉ. कपिला के स्टेटमेंट का इंतज़ार कर रहा हूँ।''

''डॉ. कपिला के स्टेटमेंट का इंतज़ार क्यों?'' डॉ. श्यामलाल चीख़ते हुए खड़े हो गए, ''इस मामले में ढील देने का क्या अर्थ है? प्रिंसिपल साहब ने अब तक

रिपोर्ट क्यों नहीं की? मैं पूछता हूँ कि प्रिंसिपल साहब पुलिस में रिपोर्ट करने से इतना डरते क्यों हैं?''

''मैं पुलिस में रिपोर्ट करने से नहीं डरता। पर मुझे इस प्रकार रिपोर्ट करने का बड़ा बुरा अनुभव है।'' प्रिंसिपल अत्यन्त धैर्य से बोले, ''आप लोगों को याद होगा। मैंने पिछले वर्ष भी इस प्रकार एक लड़के के विरुद्ध पुलिस में रिपोर्ट की थी, जो एक लड़की को नियमित रूप से परेशान करता था। मैं पुलिस नहीं, कचहरी तक गया था। पर वहाँ उस लड़की ने ही इस बात को अस्वीकार कर दिया कि उस लड़के ने उसे एक बार भी परेशान किया है। आप सोचिए, कितनी बुरी बात होगी की कि मैं एक लड़के के विरुद्ध पुलिस में रिपोर्ट करूँ और फिर कोर्ट में उसके विरुद्ध प्रमाण न जुटा सकूँ?''

''मेरा विचार है कि डॉ. कपिला को अपना स्टेटमेंट देने में कोई आपत्ति नहीं होगी।'' डॉ. श्यामलाल बोले।

''डॉ. कपिला!'' प्रिंसिपल ने पुकारा।

डॉ. कपिला उठकर खड़े हुए और बड़े धीमे स्वर में ठहर-ठहरकर बोले, ''आप लोग मुझे क्षमा करेंगे, मैं पुलिस में रिपोर्ट नहीं करूँगा।'' वे रुककर बोले, ''मैं लड़कों से पिटकर लोगों की दृष्टि में काफ़ी गिर चुका हूँ, पर अब अपने ही विद्यार्थियों के विरुद्ध पुलिस में रिपोर्ट लिखाकर मैं अपनी दृष्टि में गिरना नहीं चाहता। यह गुरु का धर्म नहीं है। कोई पिता अपने बच्चे के विरुद्ध शिकायत लेकर पुलिस में नहीं जाता।''

लोग फिर एक बार झटका खा गए थे। सब ओर मौन था। कोई क्या बोले?

''आप लोग मुझे क्षमा करें।'' डॉ. कपिला बोले, ''मैं काफ़ी थकावट महसूस कर रहा हूँ। मैं यदि मीटिंग छोड़कर जाना चाहूँ तो आप लोग उसे मेरी अशिष्टता न मानें।''

कोई कुछ नहीं बोला और डॉ. कपिला धीरे-धीरे चलते हुए स्टाफ़-रूम से बाहर चले गए।

छब्बीस

इंस्पेक्टर वीरबहादुर सिंह को इस थाने का इंचार्ज बनकर आने की सार्थकता आज समझ में आई थी।

खैरू की हत्या की सूचना पाकर उन्होंने एक सब-इंस्पेक्टर को जाँच के लिये घटना-स्थल पर भेजा था। पर उसकी रिपोर्ट और उसका रुख़ देखकर यह केस उसके पास छोड़ना उन्हें उचित नहीं लगा था। समझ गए कि सब-इंस्पेक्टर उनके समान मूर्ख न होकर काफ़ी समझदार है। वह जानता है कि उन्नति का रास्ता कौन-सा है। वह केस की सच्चाई खोजने और अपराध समाप्त कर देने के पीछे पड़ने वाला आदमी नहीं है। वह पहले यह देखता है कि अपराधी को पकड़ने में उसकी उन्नति की सम्भावना है या अपराधी को छोड़ने में। इसलिये वह जल्दी ही प्रमोशन पाएगा और जीवन में काफ़ी उन्नति करेगा।

पर इंस्पेक्टर वीरबहादुर सिंह पुलिस अफ़सरों की दूसरी कोटि के व्यक्ति थे। वे पुलिस फ़ोर्स में 'मूर्ख' के नाम से जाने जाते थे। इस प्रकार के मूर्खों का पुलिस में एक बहुत छोटा-सा वर्ग था—अल्प संख्यक वर्ग। वे स्वयं सब-इंस्पेक्टर के रूप में भर्ती हुए थे और बीस वर्षों की नौकरी के पश्चात् इंस्पेक्टर पद पर पहुँचे थे, जबकि उनके समय के हेड-कांस्टेबल तक अब डी.एस.पी. बन चुके थे और सब-इंस्पेक्टर में से तो दो-एक डी.आई.जी. के पद पर सुशोभित थे। अपने विषय में वे बहुत अच्छी तरह जानते थे कि वे इसी पद से रिटायर होंगे। यदि कहीं उन्हें अवनत कर, फिर से सब-इंस्पेक्टर बना दिया गया, तो भी उन्हें कोई आश्चर्य नहीं होगा।

वे स्वयं घटना-स्थल पर तब गए थे, जब खैरू का शव हटाया जा चुका था और सारा बाज़ार खुल गया था। वे स्वयं एक-एक कर प्रत्येक दुकान पर गए थे। प्रत्येक दुकान पर उनका स्वागत हुआ था—वे एस.एच.ओ. साहब थे, इलाक़े के मालिक। सत्कार तो होना ही था। पर उनके प्रश्नों का एक ही उत्तर था—"सरकार! हमारी तो तब तक दुकान भी नहीं खुली थी। हमें क्या पता, हमें तो बाद में लोगों ने बताया था।"

पचीसों दुकानदारों को लोगों ने बताया था, पर बताने वाले वे 'लोग' कौन थे, यह हर कोई भूल चुका था, किसी को याद नहीं आ रहा था और किसी ने ध्यान ही नहीं दिया था।

इंस्पेक्टर वीरबहादुर सिंह के लिये यह कोई नयी बात नहीं थी। अपनी बीस वर्षों की नौकरी में उन्होंने ऐसे अनेक केस देखे थे, जहाँ दिन-दहाड़े, हज़ारों की भीड़ के सम्मुख किसी को लूट लिया गया था या किसी की बोटी-बोटी कर दी गई थी, पर एक भी व्यक्ति यह कहने के लिये तैयार नहीं था कि उसने ऐसा होते देखा है।

वे अपने अनुभव से जानते थे कि ऐसा तब होता है, जब अपराधियों का आतंक—नागरिकों की कर्तव्य-भावना, कानून से सहानुभूति, अन्याय के विरोध की भावना तथा पुलिस में विश्वास, इन सबसे अधिक बढ़ जाता है। जब लोग यह समझ जाते हैं कि अपराधियों के हाथ, पुलिस के हाथों से भी लम्बे हैं और अवसर आने पर पुलिस निरपराध नागरिकों के विरुद्ध अपराधियों का पक्ष लेगी—तो लोग आँखों देखी हत्याओं को भी चुपचाप हज़म कर जाते हैं। ऐसी स्थिति में एक भी गवाह का मिलना असम्भव हो जाता है।

कोई भी समझदार पुलिस अधिकारी, ऐसी परिस्थितियों में, उन अपराधियों के धन से अपनी जेब भरकर उनके आतंक को स्थायी बनाने में उनकी सहायता करता है; और उन अपराधियों के आश्रयदाताओं को प्रसन्न कर 'योग्य अधिकारी' के रूप में असाधारण उन्नति करता है।

पर सब जानते हैं कि इंस्पेक्टर वीरबहादुर सिंह 'समझदार' पुलिस अधिकारी नहीं हैं। जब कभी ऐसा कोई केस उनके सामने आता है तो उनका राजपूती रक्त उनको पुकारने लगता है। वे मूँछों पर हाथ फेरकर कहते हैं, "यह मेरा केस है, इसे कोई और कैसे सुलझा सकता है?" ऐसे केस उनके लिये चुनौती हैं—उनकी मर्दानगी के लिये ललकार! वे प्रत्येक बार स्वयं को याद दिला लेते हैं कि वे निरपराधों की रक्षा के लिये पुलिस में आए हैं, कुत्तों का पेशाब पीने के लिये नहीं। अपराधियों का धन उनके लिये कुत्ते के पेशाब के समान घृणित है।

बाज़ार में दुकानदारों का रुख़ देखकर उनका ख़ून भीतर-ही-भीतर बड़े शान्त और गम्भीर स्वर में उन्हें पुकार रहा था; और पिछले अनेक अवसरों के समान, वे फिर एक बार चुनौती का अनुभव कर रहे थे। यह उन्हीं का केस था...

गेंदालाल पानवाले की दुकान के सामने आकर वे रुक गए।

चमनलाल हेड कांस्टेबल उनके साथ था। उसने बताया, "ठाकुर साहब! लाश यहीं मिली थी।"

चमनलाल का सम्बोधन 'ठाकुर साहब' उनके ख़ून को उबाल देने के लिये काफ़ी था। वे सच्चे ठाकुर थे; और ठाकुर का काम क्या है—वे अच्छी तरह जानते थे।

"क्यों भई! क्या नाम है तुम्हारा?"

"हुज़ूर, गेंदालाल।"

ठाकुर साहब ने चमनलाल को इशारा किया, दुकान पर खड़े दोनों-तीनों ग्राहकों को हटा दो।

ग्राहक हटा दिए गए।

"तो गेंदालाल! खैरू ने तुमसे पान लिया था या सिगरेट?" ठाकुर साहब ने पूछा।

गेंदालाल के सारे शरीर में झुरझुरी दौड़ गई—क्या यह व्यक्ति जानता है कि उसने खैरू को मरते देखा है?

"कौन खैरू हुज़ूर?" उसने आँखें झुकाकर पान बनाते हुए पूछा।

"बनो मत।" ठाकुर साहब ने अपने हाथ की छड़ी गेंदालाल के पान बनाते हाथों पर झटक दी, "जो मैं पूछूँ, सच-सच बताओ।"

गेंदालाल का शरीर प्रत्यक्ष काँपने लगा और आवाज़ हकलाने लगी, "सच कह रहा हूँ हुज़ूर! मैं किसी खैरू को नहीं जानता।"

"तू नहीं जानता, तो मैं बता देता हूँ।" ठाकुर साहब बोले, "आज सुबह जिसकी लाश तेरी दुकान के सामने मिली है, उसे जानता है?"

"हुज़ूर! मैंने सुना ज़रूर है कि यहाँ झगड़ा हुआ है। पर तब तक मैंने दुकान नहीं खोली थी। सुबह मेरे सिर में दर्द था, इसलिये मैं देर से आया था दुकान पर।"

ठाकुर साहब हँस पड़े, "इस साले ने भी सुना ही है चमनलाल। इसे गाड़ी में बैठाओ। थाने जाकर पता करेंगे, तब इसे कुछ याद आ जाए।"

थाने लाकर इंस्पेक्टर वीरबहादुर सिंह ने एकान्त में अपने हाथों गेंदालाल को इतना पीटा कि जगह-जगह से उसकी खाल फट गई और ख़ून छलक आया। पहले तो गेंदालाल अपनी बात पर अड़ा रहा, पर जब मार नहीं सह सका तो रो पड़ा, "हुज़ूर! मुझ ग़रीब को मारकर आपको क्या मिलेगा! हत्या मैंने तो की नहीं है।"

"अबे मैं कब कहता हूँ कि हत्या तूने की है।" ठाकुर साहब ने बेंत रख दिया। अब उसकी ज़रूरत नहीं रह गई थी।, "पर बकता क्यों नहीं कि हत्या किसने की है? अपराधी को पकड़वाना तेरा धर्म नहीं है?"

“मेरे धर्म की बात रहने दें हुज़ूर। आप बड़े आदमी हैं, अपने धर्म का निर्वाह कर लेंगे। पर जब शहर के नामी बदमाश लाठियाँ लेकर मेरी लाश का चूरा कर देंगे और मेरे बाल-बच्चे गलियों में भीख माँगते फिरेंगे, तब मुझे कौन बचाएगा?”

“अबे मैं जो हूँ। मेरे रहते तुझे किसका डर है?”

गेंदालाल रोते-रोते हँस पड़ा, “हुज़ूर साल-दो साल में किसी और इलाके में होंगे। फिर मुझे कौन बचाएगा?”

ठाकुर साहब को लगा कि अब रोने की बारी उनकी है। गेंदालाल एकदम ठीक कह रहा था। कई बार जब वे केस सुलझाते-सुलझाते अपराधी पर हाथ डालने की स्थिति तक पहुँचते, उन्हें चार्ज किसी और को देकर, दूसरे क्षेत्र में चले जाने की आज्ञा मिल जाती। कई बार अपराधी को दण्ड दिलवाने में वे सफल भी हो गए थे, पर उसके पश्चात् उन्हें किसी और जगह भेज दिया गया था।

पर सही बात का पता गेंदालाल से ही लग सकता था।

वे नम्र हुए, “देख गेंदालाल! तू ग़रीब आदमी है—मैं समझता हूँ। पर तू ईमानदार भी है—यह भी मैं जानता हूँ। तू मुझे सच्ची-सच्ची बात बता दे। मैं शपथ खाकर कहता हूँ, तेरा नाम किसी काग़ज़ पर नहीं आएगा। गवाह के रूप में तुझे कचहरी में खड़ा नहीं करूँगा। गवाह मैं और ढूँढ लूँगा।”

“हुज़ूर, अपनी बात से फिरेंगे तो नहीं?”

“गेंदालाल!” ठाकुर साहब की आवाज़ आवेश से भरी हुई थी, “मैं अपनी बात से फिरूँ तो असली राजपूत का बीज नहीं। और तेरे ऊपर आँच आए तो मेरे मुँह में कुत्ते से पेशाब करवा देना। मैं ठाकुर वीरबहादुर सिंह हूँ, कोई कुंजड़ा-कबाड़ी नहीं। समझे?”

गेंदालाल ठाकुर साहब के कान के पास बहुत धीरे-धीरे फुसफुसा रहा था।

सत्ताईस

कॉलेज से निकलकर सड़क तक आते-आते डॉ. कपिला जैसे हाँफ गए थे।

वे उस घटना के पश्चात् बहुत ही कमज़ोरी महसूस करने लगे थे। चोटें तो उन्हें लगी थीं, पर इतना ख़ून नहीं बहा था कि कमज़ोरी महसूस करते। उन्हें लगता था कि उनकी मनःस्थिति कुछ इतनी पराजित हो चुकी है कि उनका शरीर भी हार गया है। ज़रा-से श्रम से थक जाते हैं। ज़रा-से अनिष्ट की आशंका से डर जाते हैं। ज़रा-से काम की बात सोचकर घबरा जाते हैं। ज़रा-सी कोई बात उनकी इच्छा के प्रतिकूल हो जाए तो घबराहट के सारे चिह्न प्रकट हो जाते हैं। मुँह सूख जाता है, दिल ज़ोर-ज़ोर से धड़कने लगता है और असुरक्षा की भावना उन्हें पीड़ित करने लगती है। मन में केवल हिंसा की, मार-धाड़ की कल्पनाएँ आती हैं और अपनी उन कल्पनाओं में वे इतने क्रूर हो जाते हैं कि अपनी उस मानसिक हिंसा में अपने किसी भी शत्रु को वे जीवित नहीं छोड़ना चाहते।

टैक्सी में बैठकर जब वे घर की ओर चले तो कुछ शान्त हुए।

उनका ध्यान बार-बार कॉलेज में हुई मीटिंग की ओर चला जाता था। कितने अशान्त थे लोग! जैसे सब लोग अपनी आँखों से देख रहे हों कि कल उनके साथ भी वही होने जा रहा है, जो आज डॉ. कपिला के साथ हुआ है। वे लोग चाहते हैं कि डॉ. कपिला उन शरारती तत्वों के साथ फिर जाएँ, उन्हें कुचल दें, पुलिस में जाएँ, कचहरी में जाएँ, ताकि कल उन पर कोई प्रहार न कर सके। वे उनके कन्धे पर रखकर बन्दूक चलाना चाहते हैं। वे चाहते हैं कि डॉ. कपिला और प्रिंसिपल पुलिस में रिपोर्ट कर उन लड़कों की आँखों में खटकें, उनसे और झगड़ा मोल लें। और प्रिंसिपल भी चाहते हैं कि डॉ. कपिला ही रिपोर्ट करें...

और वे कह आए हैं कि पुलिस में रिपोर्ट नहीं करेंगे, क्योंकि वे लड़के उनके विद्यार्थी हैं। वे गुरु होकर अपने पढ़ाए हुए लड़कों के विरुद्ध पुलिसवालों से शिकायत करें...

कॉलेज में लोग अभी बैठे होंगे। आपस में चर्चा कर रहे होंगे और उन्हें कोस रहे होंगे। उनके आदर्शवाद को गालियाँ दे रहे होंगे। हो सकता है कि कुछ लोग उनके आदर्शवाद को सराह भी रहे हों...

आदर्शवाद!

वे सोच में पड़ गए, क्या यह सचमुच उनका आदर्शवाद है?

उनकी आँखों के सामने वह वृत्त घूम गया, जिसके भीतर वे घिर गए थे, पिटे थे और फिर बेहोश होकर गिर पड़े थे। उस वृत्त के रावणी चेहरे उनकी आँखों के सामने घूम गए—पर उन चेहरों में से तो एक भी उनका जाना-पहचाना चेहरा नहीं था। उनमें से कोई भी उनका विद्यार्थी नहीं था। वे सब बाहरी लड़के थे—उस जितेन्द्रकुमार द्वारा बुलाए गए गुण्डे। उनका पढ़ाया हुआ लड़का कुछ भी हो जाए, उन पर हाथ नहीं उठा सकता। फिर यह आदर्शवाद किसके प्रति था? जिस लड़के के कारण यह सब कुछ हुआ, क्या उस एक लड़के को बचाने के लिये? नहीं...! शायद, उस लड़के को और अधिक नाराज़ न करने के लिये। क्योंकि वह लड़का यदि फिर नाराज़ हुआ तो रावणी चेहरों का वह वृत्त उनके चारों ओर फिर एक बार नाच उठेगा; और तब शायद वे अस्पताल से इतनी जल्दी घर भी न लौट सकें...

अस्पताल!

अस्पताल एक अत्यन्त खूँखार मुखौटे के रूप में उनकी आँखों के सामने नाच गया।...यदि कहीं कुछ ऐसा हुआ कि उन्हें चार-छः महीने अस्पताल में पड़े रहना पड़ा, तो...?

...वे अस्पताल की चारपाई पर पड़े हैं। उन्हें किसी चीज़ की ज़रूरत है...

वे उदास हैं...वे शारदा की प्रतीक्षा कर रहे हैं...पर शारदा नहीं आ रही है...

शारदा घर में है। उसे उनके पास कपड़े पहुँचाने हैं, फल पहुँचाने हैं, दवाइयाँ पहुँचानी हैं...शारदा को कॉलेज पढ़ाने जाना है...शारदा को दूसरे दिन पढ़ाने के लिये लेक्चर तैयार करना है...शारदा को निकुंज को सँभालना...

उन्होंने देखा, शारदा बीच में खड़ी है और तीन बड़े-बड़े गिद्ध अपनी भयंकर चोंचों से उसका जीवित मांस नोच-नोचकर खा रहे हैं—घर, कॉलेज और अस्पताल! वह चीख रही है। पीड़ा से कराह रही है। अकेली निःसहाय खड़ी है...क्या करे?

उनकी 'सिक-लीव' समाप्त हो चुकी है और कॉलेज से वेतन मिलना बन्द हो गया है। शारदा का वेतन घर के किराये, दूध और महीने के राशन में निकल गया है...अस्पतालवाले अपना बिल माँग रहे हैं...शारदा के पास अस्पताल के लिये

पैसे नहीं हैं। उसके पास घर का ख़र्च चलाने के लिये पैसे नहीं हैं...वह रो रही है...निकुंज रो रहा है...

डॉ. कपिला के मुँह से चीख़ निकलते-निकलते रह गई। उन्होंने स्वयं को सँभाला! अभी कहीं वे चीख़ पड़ते तो टैक्सी ड्राइवर क्या सोचता...

कितना असहाय है आदमी इस देश में! किसी क़िस्म की कोई सामाजिक सुरक्षा नहीं! जैसे कोई समाज में न रह रहा हो, जंगल में रह रहा हो...और यह हालत उनकी है, जो गुज़ारे लायक अच्छा खासा कमाते हैं। ग़रीब आदमी को कुछ हो जाए, तो उसके परिवार को भीख माँगने के लिये गलियों में निकलना पड़ जाए।

वे शारदा और निकुंज को इस प्रकार रोते हुए नहीं देख सकते।

वे अस्पताल जाना किसी भी प्रकार बर्दाश्त नहीं कर सकते...

वे उस वृत्त के विरुद्ध रिपोर्ट नहीं करेंगे!

तो क्या वे डर गए हैं?

डॉ. कपिला इस बढ़ती हुई गुंडागर्दी से घबरा गए हैं? उसके विरुद्ध संघर्ष करने के स्थान पर, उन्होंने उसके सम्मुख घुटने टेक दिए हैं? धिक्कार...

''नहीं। मैं डरा-वरा नहीं हूँ'' उन्होंने स्वयं को डाँटा, ''यह मेरा व्यावहारिक दृष्टिकोण है।''

धिक्कार फिर नहीं उठी। वे समझ गए थे कि आदर्शवादी बनकर पिटते रहना भी कोई बहुत अधिक शोभनीय बात नहीं है...

घर में घुसते ही उन्होंने देखा कि मेजर तथा श्रीमती खन्ना ड्राइंग रूम में आए बैठे थे और शारदा उनके लिये कोका-कोला की बोतलें खोल रही थी। कुछ ही दिन हुए, मेजर खन्ना उनके पड़ोस में आ गए थे। पति-पत्नी और एक लड़की तक ही परिवार सीमित था। लड़की शायद बी.ए. में पढ़ती थी—चुस्त, फैशनेबल और आधुनिक!

मेजर खन्ना बहुत मिलनसार आदमी थे। या तो वे किसी के घर होते थे या उनके घर कोई आया होता था। पर, डॉ. कपिला के साथ उनका अधिक मेल-जोल नहीं हो पाया था। डॉ. कपिला के पास इतना समय ही नहीं था कि वे अपनी पुस्तकें और लिखने की मेज़ छोड़कर लोगों के यहाँ बिना किसी काम के जाकर, तथाकथित सामाजिक कर्तव्यों की पूर्ति करें।

''कैसे हैं डॉक्टर साहब?'' मेजर खन्ना ने पूछा।

''ठीक हूँ। कोई ऐसी खास बात नहीं है।'' डॉ. कपिला हल्के से मुस्कुरा दिए, ''इट्स ए पार्ट ऑफ़ दी गेम।''

''आज मीटिंग में क्या हुआ?'' शारदा ने पूछा।

''होगा क्या!'' डॉ. कपिला बड़े तटस्थ-से हो गए, ''लोगों ने बहुत शोर मचाया कि इंविज़िलेटर्स की सुरक्षा का प्रबन्ध होना चाहिए। पर, प्रिंसिपल कोई पुलिस अफ़सर तो है नहीं। उसने कहा, 'जब कभी ऐसी बात हो जाए, सब लोगों को मिलकर उसके विरुद्ध संघर्ष करना चाहिए'।''

''दैट्स राइट स्पिरिट।'' मेजर खन्ना बोले। ''देखिए जब तक किसी के मन में यह बात होती है कि उसकी रक्षा करने वाला कोई और है या उसकी सुरक्षा किसी अन्य व्यक्ति की ज़िम्मेदारी है, वह आलसी और कायर बना रहता है। मेरे घर में चोर घुस आता है तो मैं सोचता हूँ कि उसे पकड़ने के लिये पुलिस आए। पर, जब मैं स्वयं को याद दिलाता हूँ कि मैं सैनिक हूँ तो चोर को पकड़ने का काम मैं स्वयं कर लेता हूँ। फिर मुझे पुलिस की आवश्यकता नहीं रह जाती।''

''इस केस के विषय में मीटिंग में क्या बात हुई?'' शारदा मीटिंग की बात जानने के लिये अधिक उत्सुक थी।

''सब लोगों का फ़ैसला यही था कि पुलिस को रिपोर्ट की जाए, पर मैंने इनकार कर दिया।''

''बट व्हाय?'' मेजर खन्ना काफ़ी उत्तेजित स्वर में बोले, ''यह आपका कर्तव्य है कि आप पुलिस में रिपोर्ट करें, वे लड़के पकड़े जाएँ और उन्हें दण्ड मिले। आपको पता है कि आर्मी के डिसिप्लिन का भेद क्या-क्या है। दण्ड! हमारे यहाँ जब कोई गड़बड़ करता है तो वी सी टू इट कि उसे पूरा दण्ड मिले।''

''आपके यहाँ की बात और है मेजर खन्ना।'' डॉ. कपिला बड़ी निरीह-सी आवाज़ में बोले, ''आप जिन्हें दण्ड देते हैं, वे आपके अधीन होते हैं, शिष्य नहीं।''

और डॉ. कपिला के भीतर से फिर वही धिक्कार उठा—क्यों झूठ बोल रहे हैं वे? स्पष्ट रूप से क्यों स्वीकार नहीं करते कि वे भयभीत हैं। और फिर गुरु-शिष्य का रिश्ता अब कहाँ है? उनके कॉलेज में पन्द्रह सौ विद्यार्थी हैं। क्या वे उन सबके गुरु हैं? वस्तुतः वे उनमें से मुश्किल से ढाई-तीन सौ लड़कों को पढ़ाते हैं। शेष के गुरु वे कैसे हैं? जिन्हें वे पढ़ाते भी हैं—उनके भी वे गुरु हैं, या केवल शिक्षक या अध्यापक? वस्तुतः अब कहीं कोई गुरु नहीं है। गुरु का अर्थ ही है बड़ा, महान! वह व्यक्ति जिसकी आत्मा, दूसरों की आत्मा से महान हो, जिसका चरित्र अनुकरणीय हो, जिसका मन उदार और विशाल हो, जिसे उसके शिष्य की अन्तरात्मा स्वयं से महान मानकर, उसके सम्मुख झुक जाए...और वे लोग क्या हैं? किसी एक

क्षेत्र में दूसरे की अपेक्षा कुछ अधिक सूचनाएँ प्राप्त कर उनकी बार-बार आवृत्ति कर वे गुरु बनना चाहते हैं? उनके कितने साथी हैं जो अपना दैनिक आचरण, अपना व्यवहार, अपना चरित्र क्षण-क्षण कर, रत्ती-रत्ती-भर अपने विद्यार्थियों के सामने रख दें और उसकी परीक्षा करने दें? जो वास्तविक गुरु थे, वे अपनी 'पर्सनल लाइफ़' नहीं रखते थे। वे चौबीसों घण्टे अपने शिष्यों के बीच रहते थे और अपने व्यक्तित्व से उन्हें प्रभावित करते थे। अब क्या है? व्यावसायिक झूठे नेताओं के समान ही, व्यावसायिक झूठे गुरु! गुरु नहीं, वे मात्र अध्यापक थे...

मेजर खन्ना उनकी बात को लेकर उलझे हुए थे, "शिष्य हों या न हों। यह अनुशासन का मामला है, बल्कि मैं कहूँगा कि अपराध और कानून को अपने हाथों में लेने का मामला है। प्रत्येक नागरिक का यह कर्तव्य हो जाता है कि वह इस तरह की घटना होने पर पुलिस को सूचित करे। परेशान हो, पैसे खर्चे, समय नष्ट करे, पर अपराध के विरुद्ध अवश्य लड़े।"

"चाहे अपराधी अपना ही बच्चा हो?"

"हाँ। चाहे अपराधी अपना ही बच्चा हो।" मेजर खन्ना बोले, "हम समझते हैं कि अपराधी अपराधी है और कुछ नहीं। इसलिये जो व्यक्ति अपराध या अपराधी को छिपाता है, उन्हें सहानुभूति देता है, उन पर दया करता है या उनसे डर जाता है, वह भी अपराधी है।"

"आप बहुत दिलेर हैं मेजर साहब!" डॉ. कपिला बोले।

"आर्मी वाले भी दिलेर न हों, तो काम कैसे चले!" मेजर खन्ना हँस पड़े।

अट्ठाईस

ठाकुर साहब को मक्खनलाल कहीं नहीं मिला, पर उसके दो भाइयों—रामलाल और मिश्रीलाल को उन्होंने शाम तक बाँध लिया।

दिन-भर की दौड़-धूप में ठाकुर साहब को बहुत सारी और बातों का पता चल गया था। मक्खनलाल की पहुँच को वे जान गए थे। राजनीतिक नेता लोग उससे क्या-क्या काम लेते रहे थे, उन्हें मालूम हो गया था। लोगों के आतंक का कारण भी वे जानते थे। पिछली बहुत सारी बातें उनके सामने खुल गई थीं; और उनके आत्म-विश्वास में कहीं दरार पड़ने लगी थी।

क्या वे इन अपराधियों को दण्ड दिलवा पाएँगे?

उन्हें आशंका थी कि यदि वे अपनी प्रतिज्ञा पर इसी प्रकार दृढ़ रहे तो मूल अपराधी पर हाथ डालने और उसे कचहरी में खड़ा करने से पहले ही उनके ट्रान्सफर का परवाना आ जाएगा।

अपनी चिन्ता उन्हें नहीं थी। सारी आयु उन्होंने इसी प्रकार अफ़सरों को नाराज़ कर कठिन-से-कठिन जगह पर काटी थी। पर उनके चले जाने के बाद? गेंदालाल की बातें उन्हें याद थीं। वह ठीक कहता था। तब कोई किसी को बचाने वाला नहीं होगा। मक्खनलाल और उसके भाई जिस पर शक करेंगे, उससे बदला ले लेंगे।

पर इससे क्या? वे उन लोगों को छोड़ दें?

वे अपने-आप ही ज़ोर से हँस पड़े।

ठाकुर वीरबहादुर सिंह से ऐसी आशा नहीं की जा सकती थी। जो कुछ उनके वश में होगा, वे अवश्य करेंगे। बाक़ी भगवान की इच्छा।

शाम को क्वार्टर पर जाने की सोच ही रहे थे कि सब-इंस्पेक्टर वेदप्रकाश एक व्यक्ति को ले आया, "जनाब! ये आपसे मिलना चाहते हैं।"

ठाकुर साहब ने उस व्यक्ति को ध्यान से देखा—पतला-दुबला, बेढंगे तरीके से लम्बा व्यक्ति था वह। खद्दर के कुर्ते-पाजामे में और भी लम्बा लग रहा था।

कपड़ों से वह किसी राजनीतिक दल का कार्यकर्ता लगता था, पर चेहरे का काइयाँपन, तेल से चिपके बाल और होंठों के कोरों से बहती पीक उसे घटिया क़िस्म का बदमाश घोषित कर रही थी।

वह सामने की कुर्सी पर पैर उठाकर पालथी मारकर बैठ गया था और एक लय के साथ दाहिना घुटना हिलाए जा रहा था।

''कहिए।'' ठाकुर साहब ने कहा।

''हुज़ूर! मुझे शर्माजी ने भेजा है।''

आज दिन-भर की छानबीन में ठाकुर साहब को शर्माजी का नाम कई जगहों पर, कई बार सुनने को मिला था। पर उन्होंने यह आशा कभी नहीं की थी कि शर्माजी उनके पास भी अपना आदमी भेजने का साहस करेंगे।

उनकी भवें तन गईं, ''किसलिये भेजा है?''

''जी। उन्होंने पूछा कि हुज़ूर किसलिये नाराज़ हैं?''

''मैं उन्हें जानता तक नहीं। फिर नाराज़ होने का क्या अर्थ?'' ठाकुर साहब मुस्कुराए।

''हुज़ूर, वे मिश्रीलाल और रामलाल अपने ही आदमी हैं।'' वह व्यक्ति रुका, ''शर्माजी ने कहा है कि आपके डी.एस.पी. होने का ऑर्डर कल ही आ जाएगा।''

''किस ख़ुशी में?''

''मिश्रीलाल और रामलाल को जाने दें।''

ठाकुर साहब और अधिक नाटक नहीं कर सके। उनकी आँखें जलने लगीं, होंठ फड़कने लगे। कड़क कर बोले, ''लानत है मुझ पर और मेरी इंस्पेक्टरी पर कि तुम बैठे हो और मैं तुम्हें बाँध नहीं सकता। तुम अब यहाँ से दफ़ा हो जाओ, नहीं तो रात-भर को तो अन्दर कर ही दूँगा, और सुबह तुम डी.एस.पी. बनकर ही थाने से बाहर जाओगे।''

वह व्यक्ति ढीठ-सा वहीं बैठा रहा। उस पर कोई प्रभाव नहीं पड़ा। आँखें तिरछी कर, मुस्कुराकर उसने ठाकुर साहब को देखा और बोला, ''शर्माजी को क्या कह दूँ?''

ठाकुर साहब का कलेजा जल उठा, बोले, ''अपने शर्मा से कह दो, जब तक ठाकुर वीरबहादुर सिंह यह वर्दी पहनकर यहाँ बैठा है, वह अपनी चोंच बन्द रखे। ठाकुर उन लोगों में से नहीं है, जिनको अब तक तुम्हारे शर्मा ने देखा है। उसे कहो, ऐसे घटिया पाप करके अब वह ब्राह्मण नहीं चांडाल हो गया है, इसीलिये

स्वयं को शर्मा कहलाना छोड़ दे। और जाकर उससे यह भी कह देना कि ठाकुर उसके फेंके हुए टुकड़े पर लपकने वाला कुत्ता नहीं है, ठाकुर शर्मा जैसे लोगों को बाँधकर चौराहे पर पीटने का साहस रखता है।''

वह व्यक्ति हतप्रभ-सा खड़ा हो गया, ''हुज़ूर परिणाम भी सोच लें।''

''जा बे जा।'' ठाकुर साहब ने हाथ में बेंत उठा लिया, ''ठाकुर घर पर अपना बिस्तर बाँधकर ही थाने आता है। जब आज्ञा आई, उठाकर चल दूँगा। इस नौकरी में आराम के लिये नहीं आया हूँ। रिश्वत को मैं कुत्ते का पेशाब समझता हूँ और ठाकुर उसे पीने का आदी नहीं है। जहाँ तक तुम्हारे शर्मा की बात है, उसे कहो कि आदमी बनकर रहे। और तुम...।'' उन्होंने अपने बेंत को देखा, ''अच्छा है कि यहाँ से जल्दी निकल जाओ।''

वह व्यक्ति चुपचाप बाहर चला गया।

ठाकुर साहब ने देख लिया था, उसकी आँखों में से भय झाँक रहा था।

उनतीस

डॉ. कपिला कुछ बीमार-से हो गए थे। रात को बहुधा उन्हें नींद नहीं आती थी। करवटें बदलते रहते और एक विचित्र प्रकार की बेचैनी का अनुभव करते रहते थे। उनकी अवस्था ऐसे अस्वस्थ व्यक्ति जैसी भी नहीं थी, जो चुपचाप पड़ा रहे और आराम का अनुभव करे। उन्हें लेटने से भी कुछ अजब-सी घबराहट होने लगती थी। लेटे-लेटे जी घबराने लगता तो उठकर बैठ जाते। बैठे-बैठे जी धड़कने लगता तो उठकर टहलने लगते। टहलते हुए इतनी कमज़ोरी लगती जैसे गिर पड़ेंगे। आकर फिर लेट जाते।

रात को थकावट महसूस करते। आँखें नींद से फट रही होतीं, पर नींद नहीं आती। उनका जी चाहता, शारदा उनसे बातें करे। पर शारदा दिन-भरके काम के बाद थककर सो जाती थी। उसे जगाया जाता तो वह जाग जाती, पर उसे जगाना उन्हें न्यायोचित नहीं लगता था। इस समय तो उन्हें भी सोना चाहिए था। उन्हें नींद नहीं आ रही थी तो शारदा को क्यों जगा दें? उसे जगा देंगे तो उसकी नींद पूरी नहीं होगी। सुबह उसे कॉलेज भी जाना होगा। दिन-भर थकी-थकी रहेगी। क्या लाभ? काम भी नहीं कर पाएगी!

वे कभी-कभी उठकर बाहर निकल जाते। शायद बाहर हवा में नींद आ जाए। पर नींद नहीं आती थी। तरह-तरह की भयानक कल्पनाएँ करते रहते और घबराते रहते। उन्हें लगता था, उस मार-पीट में उन्हें किसी ऐसी जगह चोट आ गई है, जिससे उनका नर्वस-सिस्टम बहुत दुर्बल हो गया है। अब शायद वे कभी भी नॉर्मल नहीं हो पाएँगे।

रात में काफ़ी देर गए थोड़ी देर के लिये सो पाते तो सुबह बहुत सवेरे नींद खुल जाती। क्या करें? नींद भी नहीं आती और करने को कोई काम नहीं है। काम तो बहुत थे, पर कर नहीं पाते थे। किसी काम में मन ही नहीं लगता था। कोई पुस्तक लेकर पढ़ने बैठते तो दो-तीन पृष्ठ पढ़ते-पढ़ते जैसे तबियत घबराने लगती। उनके भीतर जैसे कोई व्यक्ति हंटर लिये खड़ा था। पल-पल में वह हंटर फटकार देता—''चल उठ। उठ।'' और वे पुस्तक फेंककर उठ खड़े होते।

सुबह-सवेरे का वह समय काटना उनके लिये बहुत कठिन हो जाता था। घर में कोई जाग नहीं रहा होता था और वे अभिशप्त प्रेतात्मा के समान इधर-उधर मँडराते फिरते। अपने लिये छोटे-मोटे काम ढूँढते फिरते। कभी घर की बिखरी हुईं चीज़ें समेटते, कभी पानी की बोतलें भर-भर कर फ्रिज में रखते। घर की झाड़-पोंछ करने लगते। शेव करते, नहाते-धोते। *रामायण* लेकर बैठ जाते। कसरत करने की कोशिश करते। कभी सवेरे अँधेरे-अँधेरे में सैर करने के लिये निकल जाते...

पर सब व्यर्थ। किसी भी प्रकार उन्हें चैन नहीं मिलता था, मन घबराता रहता, बार-बार मुँह सूख जाता, कमज़ोरी लगती। कॉलेज में काम नहीं हो पाता था। आधे लेक्चर के बाद ही जैसे प्राण निकल जाते। दो-तीन बार क्लास में ही लड़खड़ा गए, गिरते-गिरते बचे। प्रिंसिपल साहब ने उन्हें संकेतों में ही कई बार कहा कि वे कॉलेज से छुट्टी लेकर आराम करें। पर छुट्टी के नाम से डॉ. कपिला को और भी घबराहट होती थी। उन्होंने पिछले दिनों ढाई महीनों की छुट्टियाँ काटी थीं—उन छुट्टियों से क्या हुआ। कॉलेज आते हैं तो एकदम खाली होते हैं और उनको समझ में ही नहीं आता कि क्या करें...

सुबह से ही उनकी तबियत बहुत ख़राब थी। कॉलेज पहुँचकर स्टाफ़-रूम में बैठे ही थे कि हाँफ़ने लगे। साँस जैसे उखड़ने लगी। सहयोगियों ने उनकी यह हालत देखी तो एकदम घबरा गए। उन्हें पकड़कर सोफ़े पर लिटाया और डॉक्टर को टेलीफ़ोन कर दिया। उनके मित्रों ने उनके बूट और जुराबें उतार दीं और जब तक डॉक्टर नहीं आया, उनकी हथेलियों और तलवों को मलते रहे। डॉक्टर ने आकर उन्हें अच्छी तरह देखा-भाला। तब तक उनकी तबियत भी सँभल गई थी। डॉक्टर ने तरह-तरह के प्रश्न पूछे, "आप विवाहित हैं? बच्चा है? बच्चा बीमार तो नहीं है? पत्नी से अनबन तो नहीं है? कोई आर्थिक संकट तो नहीं है? जीवन में कोई अन्य परेशानी तो नहीं है?" पर इन प्रश्नों के उत्तरों से वह कोई निष्कर्ष नहीं निकाल सका। डॉ. कपिला को ऐसी कोई परेशानी नहीं थी। डॉक्टर ट्रैंक्वलाइज़र खाने और आराम करने की सलाह देकर चला गया।

घर लौटकर डॉ. कपिला बड़ी देर तक एकदम बेजान-से लेटे रहे। उनके मन में अनेक प्रकार की दुष्कल्पनाएँ थीं...उन्हें अब दौरे पड़ने लगे थे। कॉलेज में जो कुछ हुआ था, वह दौरा ही तो था। वैसे ही कभी राह चलते, सड़क पर, किसी चौराहे पर उन्हें दौरा पड़ गया, तो क्या होगा...

उनके साथ ही पलँग पर निकुंज लेटा हुआ सो रहा था। वे एकटक उसे देखते रहे। बेचारा बच्चा! अभी क्या देखा है इसने। और यदि वे न रहे तो कितना असुरक्षित हो जाएगा वह? कैसे जीवन का सामना करेगा?...उनका जी चाह रहा

था कि उसे उठाकर छाती से लगा लें और ज़ोर से भींच लें पर वह सो रहा था। छेड़ने से जाग जाएगा और रोएगा...

शारदा कॉलेज से लौटी तो डॉ. कपिला खाना खाने बैठे, पर खाना उनसे खाया नहीं गया। हर कौर जैसे गले में अटक जाता था। मन भरा-भरा हो रहा था।

"क्या बात है? आपकी तबियत कुछ ज़्यादा ख़राब है?"

"हाँ! मन काफ़ी घबरा रहा है।" डॉ. कपिला स्वयं को सँभालने का पूरा प्रयत्न कर रहे थे। पर सँभाल नहीं पा रहे थे।

शारदा ने बड़ी गम्भीर दृष्टि से उन्हें देखा। वह उठी और हाथ धो आई। उसने डॉ. कपिला को कन्धों से पकड़कर उठाया।

"उठिए।"

वह उन्हें बेडरूम में ले आई। पलँग पर निकुंज अभी तक सोया हुआ था शारदा ने डॉ. कपिला को लेटा दिया। स्वयं वह दीवार के साथ तकिया रख, टेक लगाकर उनके पास बैठ गई।

"मेरे साथ कुछ बातें करिए। मन सँभल जाएगा।"

डॉ. कपिला ने सिर उठाकर बड़ी निरीह दृष्टि से शारदा को देखा और अपना सिर उसकी गोद में रखकर रो पड़े।

"मुझे क्या हो गया है शारदा? मैं दैनिक जीवन के एकदम अयोग्य हो गया हूँ। कहीं आ-जा नहीं सकता, कुछ कर नहीं सकता। अब तो पढ़ाया भी नहीं जाता। मुझे लगता है, मैं एकदम ही पंगु हो गया हूँ। ऐसे तो मैं तुम्हारे लिये बोझ बन जाऊँगा। आख़िर तुम भी ऐसे कब तक मेरा साथ निभाओगी? तुम मुझसे तंग आकर मुझे छोड़ तो नहीं जाओगी शारदा?"

शारदा ने प्यार के हाथ से उनके आँसू पोंछ अँगुलियों से शून्य में झटक दिए, "कैसी बातें सोचते हो राजू! इस बात से डरते हो कि तुम्हारी शारदा तुम्हें छोड़ जाएगी? मैं कोई पागल हूँ। और तुम्हें हुआ ही क्या है? कुछ थोड़ी-सी कमज़ोरी है, और कुछ भी नहीं। ज़रा-सी बात को मन के साथ इतना लगा लेते हो। तुम एकदम ठीक-ठाक हो। डॉक्टरों ने अच्छी तरह चेक-अप कर लिया है। सारे टेस्ट कर लिये हैं। कुछ भी तो नहीं निकला। फिर डरते किस बात से हो।"

"शारदा! मैं अब पहले जैसा राजेश नहीं रहा।" डॉ. कपिला बोले, "पहले मुझमें इतनी महत्त्वाकांक्षाएँ थीं। कभी सोचता था कि मुझे कॉलेज का प्रिंसिपल बना दिया जाए तो मैं पता नहीं क्या-क्या सुधार कर दूँगा। कभी सोचता था, मुझे

किसी विश्वविद्यालय में वाइस-चांसलर बना दिया जाए तो विश्वविद्यालय को सारी बुराइयों से मुक्त कर दूँगा। कभी सोचता था, मुझे किसी बड़ी पत्रिका का प्रधान सम्पादक बना दिया जाए तो साहित्य के क्षेत्र में क्रान्ति कर डालूँगा। पर अब मेरा सारा आत्म-विश्वास कहीं खो गया है। मुझे लगता है कि मैं किसी योग्य नहीं हूँ, कुछ भी तो नहीं कर सकता। आज मुझे यदि प्रिंसिपल, वाइस-चांसलर या प्रधान सम्पादक का पद दे दिया जाए तो मैं उसे स्वीकार नहीं करूँगा।''

शारदा ने मुस्कुराकर उन्हें देखा, ''सब ठीक हो जाएगा राजू! तुम्हारा स्वास्थ्य ठीक हो जाएगा तो तुम्हारा आत्म-विश्वास भी लौट आएगा।''

डॉ. कपिला शून्य में घूरते रहे, जैसे शारदा की बात ही उन्होंने न सुनी हो, और सहसा वे फफक पड़े, ''मुझे कुछ हो गया तो तुम निकुंज को सँभाल लोगी शारदा?''

''आप कैसी बातें करते हैं?'' शारदा ने हँसकर उन्हें डाँटा। उसने उनके बालों में हल्के-हल्के अँगुलियाँ फेरनी आरम्भ कीं, ''आपको कुछ भी नहीं हुआ है और कुछ नहीं होगा। जिस दिन आपके साथ वह दुर्घटना घटी थी, मैं उसी दिन समझ गई थी कि आपके शरीर को उतनी चोट नहीं लगी है, जितना आपका मन आहत हुआ है। आप स्वयं को बहुत अपमानित समझने लगे हैं। उसी हताशा ने आपको इतना दीन बना दिया है। अपना आत्म-विश्वास बनाए रखने के लिये उस घटना का प्रतिकार करना चाहिए था। आपको पुलिस में रिपोर्ट करनी चाहिए थी।''

''पुलिस में रिपोर्ट!'' डॉ. कपिला सँभलकर उठ बैठे, ''तुम नहीं जानती हो शारदा, मैं इन दिनों क्या-क्या सोचता रहा हूँ। मेरे शरीर को चोट लगी है, मुझे भरे बाज़ार में अपमानित होने की पीड़ा चीरती रहती है; और अपने सिद्धान्तों से गिर जाने के कारण सबसे अधिक मेरा मन टूटा है। पर मैं इतनी हिम्मत नहीं बँटोर पाता' कि पुलिस से रिपोर्ट करने की बात सोचूँ। अपने लिये मैं अब नहीं डरता। 'मैं' अब हूँ ही नहीं। मैं केवल अपने प्रति ही उत्तरदायी नहीं हूँ। केवल अपनी बात होती तो शायद मैं आत्मघात कर लेता। पर मैं तुम्हारे प्रति और तुम से ज़्यादा निकुंज के प्रति उत्तरदायी हूँ। मुझे उसके सिर से सुरक्षा का हाथ हटा लेने का कोई अधिकार नहीं है। मैं सोचता हूँ, मैंने पुलिस में रिपोर्ट कर दी और उन बदमाशों ने मुझे मार डाला या पंगु कर दिया तो तुम्हारा या निकुंज का क्या होगा?''

"यही सोच-सोचकर आप अपने-आपको परेशान करते रहते हैं।" शारदा बड़े हल्के से आवेश में बोली, "आपको कुछ नहीं होगा। साहसी और उद्यमी व्यक्ति को कुछ नहीं होता। और क्या आप सोचते हैं कि दुनिया में आदमी अपने बचाए बचा हुआ है? मनुष्य क्या इतना बलवान हो गया है? रोज़ इतनी दुर्घटनाएँ होती हैं, दंगा-फ़साद होता है, बीमारियाँ हैं—क्या उनसे हम अपने-आप बच जाते हैं! जिसकी आई है, वह तो जाएगा ही। भगवान न करे, कभी आपको कुछ हो। पर यदि कुछ हो गया, तो आप क्या कर लेंगे और मैं क्या कर लूँगी? जिनके पतियों को कुछ हो जाता है, वे क्या कर लेती हैं?"

डॉ. कपिला शारदा को देखते रह गए। आख़िर वे ये सारी बातें क्यों नहीं सोच पाते? क्या शारदा यह सब कुछ इसलिये सोच पाती है कि उस पर कभी कुछ घटा नहीं, या उस पर वह दायित्व नहीं है, जो डॉ. कपिला के कन्धों पर है? क्या यह अबोध अनुभवहीन साहस की बातें हैं, या वे ही अपनी बुद्धिमत्ता, अनुभव और उत्तरदायित्व की आड़ लेकर अपनी कायरता छिपा रहे हैं?

"तुम्हारी बातों से मेरी हिम्मत बँधती है शारदा! पर फिर भी मैं कुछ कर नहीं पाता। इतना दंभी नहीं हूँ कि सोचूँ कि मैं अपने बचाए बचा हुआ हूँ। पर फिर भी मैं जान-बूझकर कोई ऐसा काम नहीं करना चाहता, जिससे बाद में तुम्हें या निकुंज को कोई परेशानी हो। तुम्हें कैसे बताऊँ कि मैं हर समय कितना आशंकित रहता हूँ। अनिष्ट मुझे चारों ओर से दौड़ता हुआ आता दिखाई देता है। मेरा आत्म-विश्वास मुझे बिलकुल ही छोड़ गया है। जब कभी सोचता हूँ तो अपने भीतर कितनी ग्लानि का अनुभव करता हूँ। पर सब कुछ जानते-समझते हुए भी, मार-पीट वाले मामले में उलझने का साहस कर नहीं पाता...।"

"मैं समझती हूँ।" शारदा बोली, "इसीलिये कहती हूँ कि उन बातों को भूल जाओ।"

"चाहता मैं भी यही हूँ। जब कुछ कर नहीं सकता तो भूल ही जाऊँ।" डॉ. कपिला की आँखें फिर से डबडबा आईं, "पर शारदा! मुझसे भूला नहीं जाता। मैं क्या करूँ?"

शारदा कुछ नहीं बोली। उसने डॉ. कपिला को कन्धों से पकड़, अपने पास खींच लिया। उनका सिर अपनी गोद में रखा और उनके बाल धीरे-धीरे सहलाने लगी, "थोड़ी देर सो जाओ।"

तीस

ठाकुर वीरबहादुर सिंह अपने क्वार्टर पर आए तो इन्दिरा बड़ी तत्परता से उनके लिये चाय ले आई।

उन्होंने चाय ले ली। पर रोज़ के समान, उन्हें चाय देकर इन्दिरा लौट नहीं गई। वह भी अपना कप लेकर उनके पास ही बैठ गई। वे समझ गए कि पत्नी उनसे कुछ कहना चाहती है। पर इस समय उनके मस्तिष्क पर मक्खनलाल और शर्माजी छाए हुए थे। चाहते तो वे यह थे कि किसी प्रकार शर्माजी के वारंट निकलवाकर उन्हें पकड़ लें। पर जानते थे कि शर्माजी के वारंट पर कोई मजिस्ट्रेट हस्ताक्षर नहीं करेगा। सामान्यतः अब पुलिस तथा मजिस्ट्रेट के फ़ैसले, वैधानिक न होकर, राजनीतिक होते हैं। शर्मा का दल सत्ता से हटा नहीं कि वह सीखचों के पीछे दिखाई पड़ेगा। पर जब तक वह दल सत्ता में बना हुआ है, तब तक उसको हाथ लगाना मुश्किल है।...एक बार तो उनके मन में आया था कि दो सिपाहियों को लेकर वे बिना वारंट के ही चले जाएँ और शर्मा को बाँधकर गलियों और सड़कों पर उसका जुलूस निकालते हुए उसे थाने तक घसीट लाएँ। पर ऐसा सख़्त कदम उठाने से पहले उन्हें अच्छी तरह सोच-समझ लेना था।

इस मानसिक खींच-तान में वे पत्नी की बात सुनने को विशेष उत्सुक नहीं थे। किसी छोटी-मोटी बात के लिये उनके पास समय नहीं था।

कुछ देर तक वे इन्दिरा की उपेक्षा करते रहे। पर फिर उन्हें लगा कि इस सारे समय में वे उसकी उपेक्षा करके भी अपनी बात सोच नहीं पाए हैं, बल्कि कभी यह सोचते रहे हैं कि उसकी उपेक्षा कैसे की जाए और कभी यह सोचते रहे हैं कि आख़िर वह कहना क्या चाहती है? इस उधेड़-बुन से तो कहीं अच्छा है कि वे उसकी बात ही सुन लें।

"कुछ कहना है?"

"बच्चे पिक्चर जाने की ज़िद कर रहे हैं।"

"तो ले जाओ, या उन्हें भेज दो।"

ठाकुर साहब ने अपनी उलझन में यह सोचा ही नहीं कि आख़िर यह उनसे कहा ही क्यों जा रहा है?

''आप या तो मैंनेजर को टेलीफ़ोन कर देते या किसी आदमी को साथ भेज देते।''

वे चौंके। तो इन्दिरा इसलिये उनके पास बैठी चाय पी रही थी और चुपचाप बैठी, बात कहने के अवसर की प्रतीक्षा कर रही थी।

''तुम जाकर पैसे ख़र्च कर टिकट लो। मुफ़्त में पिक्चर क्यों देखना चाहती हो?''

''मुफ़्त कौन देखना चाहता है।'' वह बोली, ''मैं तो पास के लिये कह रही हूँ।''

''एक ही बात है। आख़िर हमें वह पास देगा, तो क्यों देगा?''

''सारे पिक्चर-हॉल पुलिसवालों को पास देते हैं तो क्यों देते हैं? हम कोई नयी बात नहीं कर रहे हैं।'' इन्दिरा ने अपना तर्क दिया।

''ठीक है!'' ठाकुर साहब कुछ-कुछ नाराज़ हो चले थे, ''तुम चाहती हो कि मैं उससे दो-चार सड़े-से पास लेकर अपने हाथ बँधवा लूँ। वह कल से आधी टिकटें ब्लैक में बेचा करे और मैं बैठा चुपचाप देखा करूँ?''

''मैं तुमसे दो-चार पासों के लिये कह रही हूँ और तुम टिकटें ब्लैक करने की ओर चल पड़े। और एस.एच.ओ. क्या पास नहीं लेते?'' इन्दिरा भी रुष्ट हो गई थी, ''तुमसे तो कुछ कहते ही डर लगता है। एस.एच.ओ. हो, इलाके के मालिक हो! पर क्या फ़ायदा? औरों को देखो, मुफ़्त सब्ज़ियाँ चली आ रही हैं, फल आ रहे हैं, कपड़े आ रहे हैं, फर्नीचर आ रहा है; और तुमसे पिक्चर के पास के लिये कह दिया तो जैसे डकैती के लिये कह दिया।''

''हाँ! डकैती के लिये कह दिया।'' इस बार ठाकुर साहब उत्तेजित नहीं थे। वे समझाने के अन्दाज़ में बोले, ''इतने वर्ष हो गए तुम्हारे विवाह को, और अभी तक तुम मुझे पहचान नहीं पाईं। आज भी तुम मुझे इन छोटी-छोटी चीज़ों के लालच में धकेलना चाहती हो! तुम ख़ुद सोचो इन्दिरा कि आख़िर वह गोरखधन्धा क्या है। मैं अपने समय का कुल मैट्रिक पास, छह सौ रुपए वेतन पाने वाला व्यक्ति हूँ। मैं ऐसा क्या हूँ कि मुझे पूरे इलाक़े का मालिक बना दिया गया? इसीलिये तो बनाया गया, क्योंकि मुझ पर यह विश्वास किया गया कि मैं ईमानदारी से अपने कर्तव्य का पालन करूँगा! हर ग़रीब और बेसहारा आदमी चाहता है कि मैं अपने कर्तव्य का पालन करूँ और उसको सताने वाले अपराधी और शोषक को दण्ड दूँ। पर हर वह व्यक्ति जो बेईमानी करता है, शोषण करता है, गैर-कानूनी काम करके

अपने लिये सुख-सुविधाएँ जुटाता है और दूसरों के अधिकारों का हनन करता है, वह यह चाहता है कि मैं उसकी बेईमानी में हिस्सा बँटाऊँ! वह मेरी ओर टुकड़ा फेंकता है और चाहता है कि मैं ग़रीबों को लूटने, नोचने, खसोटने में उसकी मदद करूँ। तुम सोचो। मैं छः सौ रुपए मासिक कमाने वाला व्यक्ति और मेरे चारों ओर लखपती लोग फैले हुए हैं। और मैं हूँ इस इलाके का मालिक! कितना लालच है मेरे सामने। पर मैं अपने कर्तव्य का पालन तभी कर सकता हूँ, जब तक मैं उस लालच के सम्मुख झुकने से स्वयं को बचा सकता हूँ। जब मैं उन टुकड़ों पर लपकूँगा तो अपनी न्याय-बुद्धि पर चलने वाला पुलिस-अधिकारी न होकर, उन समाज-विरोधी तत्वों के संकेतों पर लपकने वाला कुत्ता बन जाऊँगा! क्या तुम चाहती हो कि मैं वह बनूँ?''

''तुम ये समझते हो कि बाक़ी लोग कुत्ते हैं?'' इन्दिरा पर उनके समझाने का कोई असर नहीं हुआ था, ''तुम्हारे बच्चे छोटी-छोटी चीज़ को तरस जाते हैं और तुम्हारे मातहतों के बच्चे ऐश करते हैं। कभी तुमने आँखें खोलकर देखा है कि तुम्हारे बच्चे चीथड़े पहनते हैं और सारे सब-इंस्पेक्टरों के बच्चे इम्पोर्टेड कपड़े पहनते हैं। हमारे बच्चे एक वक़्त में एक पूरा आम माँगते हैं। और हम उन्हें वह भी नहीं दे पाते और लोगों के घर फ्रिज अटे पड़े होते हैं। हम घर में अच्छे पर्दे तक नहीं लगा सकते और लोगों के पाखानों तक में कालीन बिछे हैं।''

''तुम समझते हो कि तुम्हारे बच्चे तुम्हारी इस ईमानदारी को माफ़ कर देंगे? ये बच्चे बड़े होकर तुमको कोसेंगे, जब देखेंगे कि उनके बाप के अधीन काम करने वालों के बच्चे पब्लिक स्कूलों में पढ़कर उनके अफ़सरों के अफ़सर बने हुए हैं और तुम उन्हें क्लर्क ही बना पाए हो। यदि तुम चाहो तो वे भी उन बच्चों के समान हो सकते हैं—आज ही, अभी। तुम जानते हो इसी क्वार्टर में रहने वाले पिछले एस.एच.ओ. के घर में टेलीविज़न भी था और हमारे पास एक अच्छा ट्रांजिस्टर भी नहीं है...''

ठाकुर साहब बहुत ज़ोर से हँसे, ''सब जानता हूँ इन्दिरा देवी! सब जानता हूँ। मेरे बच्चे यदि सही क़िस्म के बच्चे होंगे तो समझेंगे कि उनका बाप सच्चा राजपूत था, जिसने लालच के सामने कभी सिर नहीं झुकाया और किसी के संकेत पर लपकने वाला कुत्ता बनने से इनकार कर दिया। महाराणा प्रताप के बच्चे अपने बाप को कोसने वाले होते तो महाराणा महाराणा न होकर कुछ और होते।''

''तुमको साधु-फ़कीर बनने का शौक है तो बड़ी ख़ुशी से बनो।'' इन्दिरा बोली, ''बच्चों को क्यों तरसाते हो? उनका दोष इतना ही है न कि वे एक आदर्शवादी के घर पैदा हुए? तुम्हें इस ईमानदारी का बदला क्या मिलेगा? तुम्हें कोई होम मिनिस्टर बना देगा क्या?''

"ईमानदारी का बदला सुख-सुविधा के रूप में आज तक किसी को मिला है कि मुझे मिलेगा? उसका बदला है कष्ट और आत्म-गौरव। जहाँ तक उन्नति की बात है, मैं आज अपने कर्तव्य की ओर से आँखें बन्द कर लूँ और कल डी.एस.पी. हो जाऊँ।"

"मुझे मालूम है।" इन्दिरा की आवाज़ में कड़वाहट बहुत बढ़ गई, "मुझे तुम्हारे अर्दली ने बताया है कि तुमने नेताजी के आदमियों को हवालात में बन्द कर रखा है और डी.एस.पी. बनने से इनकार कर दिया है। मुझे तो लगता है कि महीने, दो महीने में तुम्हारी यहाँ से भी बदली होगी। पब्लिक स्कूल तो दूर, तुम अपने बच्चों को कार्पोरेशन के स्कूलों में भी पढ़ने नहीं दोगे। हम फिर किसी जंगली गँवारू गाँव में फेंक दिए जाएँगे और बच्चों की पढ़ाई का सत्यानाश होगा।"

"पर मेरे बच्चे देखेंगे कि उनके बाप ने अपने कर्तव्य के पीछे क्या-क्या सहा।"

इन्दिरा उन्हें घूरती रही। फिर जैसे अपनी खीझ हज़म कर तर्क की लड़ाई के लिये तैयार हुई, "तुम पुलिस में हो और अनुशासन पुलिस की पहली शर्त है। तुम्हारा कर्तव्य है कि तुम अपने उच्चाधिकारियों की बात मानो। उनकी इच्छाओं के अनुसार चलो। पर तुमने वह भी नहीं किया, नहीं तो आज तक इंस्पेक्टरी में ही न सड़ रहे होते।"

ठाकुर साहब फिर एक बार ज़ोर से हँसे, "आज्ञा-पालन के भुलावे में ठाकुरों को बहुत दिनों तक भुलाया गया। अब यह नहीं चलेगा। आज्ञा वही है जिसके पीछे न्याय का बल हो, नहीं तो वह आज्ञा नहीं, डकैती है। मैं अपने अधिकारियों की उन आज्ञाओं को मानने से इनकार करता हूँ, जो अन्याय तथा स्वार्थ से पूर्ण हैं।"

इन्दिरा मौन होकर उन्हें देखती रही फिर उठकर खड़ी हो गई और चलते-चलते बोली, "तुम्हें पता है आज तुम्हारा बड़ा लड़का मुझसे क्या पूछ रहा था?"

"क्या?"

"पूछ रहा था, 'माँ! सब-इंस्पेक्टर वेदप्रकाश के घर में फ्रिज है, हमारे घर में क्यों नहीं है?"

"तुमने क्या कहा?"

"मैंने कहा," इन्दिरा बोली, "वेदप्रकाश के पास एक फ्रिज है और तुम्हारे पिताजी के पास उससे बहुत ऊँची चीज़ है।" "क्या?" उसने पूछा। मैंने कहा, 'अन्तरात्मा।' जानते हो उसने क्या कहा?"

"क्या?"

उसने कहा, "पिताजी से कहो, अपनी अन्तरात्मा में एक बार आईसक्रीम जमाकर तो खिलाएँ।"

ठाकुर साहब कुछ नहीं बोले। एक कड़वी-सी मुस्कान उनके होंठों पर मचलकर रह गई।

इकतीस

खैरू की हत्या के समय से ही बलराम सोच रहा था।

खैरू के गिरते ही, घटना-स्थल पर ही, बलराम के अपमानित और आहत अहम् ने अपने शत्रु को पराजित होते देखकर एक प्रकार के राजसी सुख का अनुभव किया था। उस समय उसने एकदम नहीं सोचा था कि खैरू की हत्या हो रही है। हत्या एक अपराध है। दिन-दहाड़े, भरे बाज़ार में हत्या करने वाले लोग भयंकर और दुस्साहसी अपराधी हैं। वह स्वयं एक शान्तिप्रिय नागरिक है। अपराधियों को पकड़वाने में कानून की सहायता करना उसका कर्तव्य है...उसे बस एक बात की प्रसन्नता थी कि उसे अपमानित करने वाले को किसी ने दण्ड दे दिया है।

पर यह मनःस्थिति अधिक देर नहीं चली।

वह दूसरे ढंग से भी सोचता रहा था। यदि वह यह भूल जाए कि जिसकी हत्या की गई, वह खैरू था तो वह क्या करेगा? वह खैरू नहीं था, कोई एक व्यक्ति था। उसने कुछ नहीं किया था। वह बाल-बच्चों वाला, घर-बारी आदमी था। सुबह-सवेरे, तैयार होकर, बीवी-बच्चों को घर में छोड़, वह अपनी रोज़ी कमाने के लिये निकला था। काम शुरू करने से पहले, वह एक सिगरेट पीने के लिये यहाँ चला आया था। उसने कुछ नहीं किया था, उसका कोई दोष नहीं था—और चार आदमियों ने जान-बूझकर, पहले ट्रक की सहायता से उसे लगभग कुचल दिया था और फिर उसे सड़क पर घसीटकर, लाठियों से पीट-पीटकर मार डाला था।

और वह—बलराम—वहाँ खड़ा था, घटना-स्थल पर। उसने सब कुछ अपनी आँखों से देखा था। तो क्या उसका कोई कर्तव्य नहीं था?

उसका कर्तव्य था कि वह सीधा थाने चला जाता। अपना बयान देता और जो कुछ उसने देखा था, सब कुछ सच-सच बता आता।

पर, राधा उससे सहमत नहीं थी।

घर पर राधा से बात हुई तो राधा ने उसे साफ़-साफ़ मना कर दिया कि वह ऐसी कोई मूर्खता कभी न करे। क्या उसके माथे पर लिखा था कि वह घटना-स्थल

पर उपस्थित था; और उसने बहुत पास से, अपनी आँखों से हत्या होते देखी है? और क्या उसे किसी हकीम ने बताया था कि वह जाकर पुलिस में सूचना दे?

पुलिस में सूचना देने का अर्थ था, रोज़-रोज़ थाने और कचहरी के चक्कर में पड़ जाना। रोज़ पूछताछ होती। समय नष्ट होता, परेशानी होती। दफ़्तर से छुट्टियाँ लेनी पड़तीं। लिखने-पढ़ने का अवकाश नहीं रह जाता। और अपनी इतनी क्षति कर उसे मिलता क्या? पुलिसवालों का रुख़ वह देख चुका था। खैरू के साथ आधी रात को जो सब-इंस्पेक्टर आया था, वह भी तो पुलिस में ही था न। वैसे ही होते हैं पुलिसवाले। उसकी सहायता के लिये आभारी होने के स्थान पर, उलटे उसी को फँसाने की कोशिश करेंगे—वह घटना-स्थल पर था, तो उसने खैरू को बचाने का प्रयत्न क्यों नहीं किया? क्या वह हत्यारों से मिला हुआ था? क्या वह भी अपराधी वर्ग का आदमी है? नहीं है? शरीफ़ है? तो वह पुलिसवालों को रिश्वत क्यों नहीं देता? हर शरीफ़ आदमी का कर्तव्य है कि पुलिस को ख़ुश रखे।

अभी पिछले दिनों ही एक घटना घटी थी। उसका एक सहयोगी उप-सम्पादक राजेन्द्र पाठक अपने स्कूटर पर रिंग रोड पर नौरोजी नगर के पास से गुज़र रहा था। दोपहर के डेढ़ बज रहे थे। धूप खासी तेज़ और गर्म थी। सड़क सुनसान थी। वह कुछ अधिक तेज़ी से स्कूटर चला रहा था। रामनगर के पास उसने सहसा देखा कि एक बूढ़ा देहाती सड़क पार कर रहा है। वह स्कूटर के ठीक सामने और इतना निकट था कि उसे बचाना सम्भव नहीं था। राजेन्द्र पाठक एकदम घबरा गया और उसका सन्तुलन बिगड़ गया।

वह उस सड़क पर दो घण्टों तक बेहोश पड़ा रहा और उसका रक्त बहता रहा। किसी ने उसे उठाकर अस्पताल नहीं पहुँचाया, जबकि सफदरजंग और मेडिकल इंस्टिट्यूट जैसे बड़े-बड़े अस्पताल वहाँ से कुल सौ, डेढ़ सौ गज़ की दूरी पर थे।

साढ़े तीन बजे के लगभग वहाँ एक स्कूटर रिक्शावाला आया। उसने देखा कि एक व्यक्ति सड़क पर बेहोश पड़ा है, उसका स्कूटर पास ही उलटा पड़ा है और उस व्यक्ति के सिर से ख़ून बहता जा रहा है। उसने किसी प्रकार उसे उठाकर अपने स्कूटर रिक्शा में डाला और सफदरजंग अस्पताल में ले आया। डॉक्टर ने उसे बहुत-बहुत सराहा कि उसने एक व्यक्ति की जान बचाई है। डॉक्टर का विचार था कि यदि उसे और आधा घण्टा सड़क पर पड़ा रहने दिया जाता तो वह ख़ून की कमी के कारण अवश्य मर जाता।

डॉक्टर और नर्सों ने पाठक को सँभाला और स्कूटर रिक्शावाले को ड्यूटी कांस्टेबल खेमचन्द ने। स्कूटर रिक्शावाले ने उसे लाख समझाया कि यह आदमी सड़क पर पड़ा था और वह उसे केवल दयावश उठा लाया है। पर खेमचन्द ऐसी

बात कैसे मानता, वह यह मान लेता तो स्कूटर रिक्शावाले से उसे एक पाई तक नहीं मिलती। खेमचन्द बिलकुल नहीं माना।

"और कोई क्यों नहीं उठा लाया। सड़क पर और भी तो हज़ारों लोग गुज़रे होंगे। दया वाले, एक साले तुम्हीं निकले। बाक़ी सब तो माँ के यार राक्षस हैं। तुम्हारे जैसे कितने हरामी हम रोज़ देखते हैं। ख़ुद मार गिराया और फिर उठा लाए कि सड़क पर गिरा पड़ा था। आगे तो तुम कभी किसी को नहीं लाए।"

स्कूटर रिक्शावाला समझता था कि खेमचन्द क्या चाहता है। पर वह उसे रिश्वत क्यों देता? एक तो किसी का भला करो और फिर पुलिसवालों की जेबें भरते फिरो। रिश्वत देना एकदम उसके सिद्धान्तों के विरुद्ध नहीं था। हर दूसरे-तीसरे दिन, उसे किसी ट्रैफिक कांस्टेबल के सामने आवश्यकतानुसार रुपये, दो रुपये या पाँच रुपये का नोट बढ़ाकर, हाथ जोड़ने पड़ते थे, "हवलदार साहब! इसे क़बूल करो और मुझे जाने दो।"

पर आज उसने कोई कुसूर नहीं किया था। फिर वह अपनी कमाई में से इस हरामी के पिल्ले का भंडा क्यों भरे।

और बाबू था कि उसे होश ही नहीं आ रहा था।

रात के आठ बजे पाठक को होश आया। उसने बयान दिया, "स्कूटर रिक्शावाले का कोई दोष नहीं है। मेरी टक्कर एक बूढ़े देहाती से हुई थी।"

पर खेमचन्द ने पाठक की बात मानने से भी इनकार कर दिया।

"बाबू साफ़-साफ़ झूठ बोल रहा है या तो स्कूटर रिक्शावाले से डर गया है या उससे कुछ पैसे ले चुका है। बूढ़े से टक्कर हुई थी, तो वह बूढ़ा कहाँ है? बाबू या तो उस बूढ़े को लाए या फिर..."

इस 'या फिर' को पाठक भी समझता था, पर वह भी खेमचन्द को कुछ देने से इनकार करता रहा।

खेमचन्द तब दोनों को चौकी ले जाने की तैयारी करने लगा।

पाठक ने खेमचन्द को बुलाया और कहा कि वह उसे चौकी तो क्या तिहाड़ जेल ले जा सकता है, पाठक तैयार है पर खेमचन्द तीन बातें याद रखे। पहली तो यह कि वह उसे एक नया पैसा भी नहीं देगा, दूसरी यह कि वह एक अख़बार में काम करता है, इसलिये यह सारी ख़बर कल के अख़बार में छपेगी और तीसरी यह कि डी.एस.पी. पाठक उसके सगे चाचा हैं।

पहली दो बातें सच्ची थीं, तीसरी झूठी, पर खेमचन्द पर अधिक प्रभाव तीसरी बात का ही हुआ।

तब कहीं जाकर, साढ़े तीन बजे का बैठा-बैठा स्कूटर रिक्शावाला साढ़े आठ बजे छूटा अपने भाग्य तथा बाबू को कोसता और पुलिस को गालियाँ देता हुआ, अपने आधे दिन की कमाई के साथ सीधा घर लौट गया।

बलराम कैसे यह विश्वास कर ले कि यदि वह खैरू की हत्या के विषय में पुलिस को सूचना देने गया तो वे लोग उसके साथ भी वैसा ही व्यवहार नहीं करेंगे?

और बात केवल पुलिस की ही नहीं थी।

वह देख चुका था कि बाज़ार में कैसे आतंक छा गया था। लोगों ने दुकानें बन्द कर दी थीं और कोई व्यक्ति एक शब्द तक बताने के लिये तैयार नहीं था। वह स्वयं तो खैरू जैसे साधारण गुंडे से ही परेशान था, यहाँ वे लोग थे, जो खैरू को भी दिन-दहाड़े भरे बाज़ार में मार गए थे। यदि वह पुलिस में सूचना देगा, कचहरी में गवाही देगा तो वे लोग उसे छोड़ देंगे क्या? वह भी किसी जगह, किसी समय, चुपचाप झटक दिया जाएगा, किसी को ख़बर तक नहीं होगी।

तब राधा क्या करेगी? उसका तो कोई था भी नहीं। पिताजी और मदन से उसकी लड़ाई बहुत पुरानी थी। माँ, गिरिधर और कमला को वह अब नाराज़ कर बैठा था। राधा कहाँ जाएगी?

उसे लगा, हत्यारों का आतंक, उसके रक्त को पुलिस के आतंक से भी अधिक ठण्डा कर गया था।

बलराम अपनी उधेड़-बुन में कुछ नहीं कर सका था, पर ठाकुर वीरबहादुर सिंह ने गेंदालाल से उसका पता लेकर, उसे भी बुलवा भेजा था।

ठाकुर साहब के बुलावे से बलराम की कँपकँपी छूट गई। इसका अर्थ है कि पुलिसवाले जानते हैं कि वह भी घटना-स्थल पर था। पता नहीं पुलिसवाले उससे कैसे पेश आएँगे। पर ठाकुर साहब भी बलराम के साथ बिलकुल वैसे पेश नहीं आए, जैसे कि साधारणतः पुलिस वाले आते हैं। उन्होंने उसे साफ़-साफ़ बता दिया कि उन्होंने हत्यारों का पता लगा लिया है। उसके विषय में भी उन्हें पक्का पता है कि वह खैरू का पड़ोसी था और उस समय घटना-स्थल पर उपस्थित था, जिस समय खैरू की हत्या हुई थी। अब समस्या केवल गवाहों की थी। वे उसे मारेंगे, पीटेंगे नहीं, ज़ोर-ज़बर्दस्ती नहीं करेंगे, पर चाहेंगे कि वह अपनी इच्छा से सच्ची गवाही कचहरी में दे दे।

बलराम कुछ नहीं बोला।

क्या कहता। वह तो स्वयं ही अभी तक निर्णय नहीं कर पाया था कि वह क्या करे? किसका साथ दे? अपनी आत्मा का या अपनी व्यावहारिकता का? पुलिस का या अपराधियों का?

''आप शरीफ़ आदमी हैं।'' ठाकुर साहब बोले, ''पढ़े-लिखे और ईमानदार। आप लोगों को कुछ साहसी भी होना चाहिए। देश का बेड़ा केवल इसलिये ग़र्क़ हो रहा है, क्योंकि आप जैसे लोग भीरु हो गए हैं और मक्खनलाल जैसे लोग दुस्साहसी। हम अपने समाज में तब तक सही व्यवस्था स्थापित नहीं कर सकेंगे, जब तक कि इस स्थिति का विपर्यय न हो जाए...''

''पर ठाकुर साहब! वे गुंडे मुझे जीवित नहीं छोड़ेंगे।'' बलराम बोला।

ठाकुर साहब हँसे, ''इसकी क्या गारन्टी है कि गवाही नहीं देने पर वे आपको जीवित छोड़ देंगे। वे जानते हैं कि आपने उन्हें हत्या करते देखा है।'' वे रुककर कुछ अतिरिक्त गम्भीर स्वर में बोले, ''मैं आपको सुरक्षा का झूठा वचन कैसे दूँ। मैं स्वयं अपने-आपको सुरक्षित नहीं समझता। अपनी सुरक्षा का प्रबन्ध व्यक्ति, समाज या राष्ट्र स्वयं साहसी होकर करता है। आप सोच लीजिए। मैं आपको मजबूर नहीं कर रहा। जाइए।''

बलराम घर लौट आया और बिस्तर पर औंधे मुँह पड़ा रहा।

क्या करे? क्या न करे?

बत्तीस

बलराम दफ़्तर जाने की तैयारी कर रहा था कि राधा ने बताया, ''कोई नेताजी मिलने आए हैं।''

बलराम बड़ी अच्छी तरह जानता था कि उसका किसी नेताजी से परिचय नहीं है। वह इतना बड़ा व्यक्ति भी नहीं है कि कोई नेताजी उससे मिलने के लिये आएँ। चुनाव के दिन भी नहीं थे। फिर नेताजी का क्या काम?

किसी साबुन का विज्ञापन करते-से, झक्क सफ़ेद कपड़े पहने, एक गलीज़-सा आदमी बैठा हुआ था। चेहरे पर मक्कारी, गंजा सिर, बढ़ी हुई तोंद! बलराम किसी भी प्रकार उसे पसन्द नहीं कर पाया।

''मै शर्मा हूँ।'' नेताजी बोले, ''आपने मेरा नाम सुना होगा। मैं जिले की जनता का सेवक हूँ।''

बलराम समझ गया।

खैरू की हत्या के सन्दर्भ में उसने विभिन्न लोगों से 'शर्माजी' का नाम सुना था। स्वयं ठाकुर वीरबहादुर सिंह ने भी इस नाम की चर्चा की थी।

तो, पुलिस के पश्चात् शर्माजी उस तक पहुँच गए थे।

बलराम ने किसी का पक्ष नहीं लिया था, पर दोनों पक्ष उसके विषय में जान गए थे—वह दोनों की दृष्टि में था। अब शायद वह स्वयं को तटस्थ नहीं रख पाएगा।

''कहिए।''

''देखिए। मैं आपको केवल कुछ सूचनाएँ देने के लिये उपस्थित हुआ हूँ ताकि आप लोगों की बातों में आकर कहीं कोई गलत काम न कर बैठें।'' शर्माजी बोले, ''देखिए हमारा काम तो जनता की सेवा करना है, इसलिये दुनिया के झगड़ों से कुछ लेना-देना नहीं है। पर अन्याय हमसे सहा नहीं जाता।'' वे हँसे, ''देखिए सज्जनों का काम ही है, न्याय का पक्ष ग्रहण करना।'' और वे अपनी बात पर आए, ''आपको पता होगा कि पिछले दिनों यहाँ एक बदमाश खैरू की हत्या हो गई थी। इस सिलसिले में मक्खनलाल और उसके भाइयों का नाम लिया जाता है। बात असल में यह है कि पिछले दिनों खैरू ने मक्खनलाल की घरवाली की

हत्या कर दी थी और पुलिस के साथ मिलकर उसे आत्महत्या प्रमाणित करवा दिया था। मक्खनलाल मर्द आदमी है। जब पुलिस ही अन्याय करने पर उतर आई तो वह क्या करता। उसने अपनी पत्नी की हत्या का बदला लिया। कोई भी तेजस्वी पुरुष यही करेगा।''

शर्माजी हँसे, ''आजकल यहाँ एक दुष्ट पुलिस अफ़सर आया हुआ है। वैसे तो अपने को ठाकुर कहता है। पर ठाकुर होकर भी बदले की भावना को नहीं जानता। पैसा खाना चाहता है, और क्या। होते तो ठाकुर मूर्ख ही हैं। भैंसें चराना छोड़कर अफ़सरी करने बैठ गया है। यह नहीं जानता कि हम यह अन्याय नहीं चलने देंगे। बस आज शाम तक उसका ट्रांसफर-ऑर्डर आया ही समझो।''

शर्माजी ने बलराम को एक शब्द भी बोलने का अवसर नहीं दिया, ''और आप अभी तक उप-सम्पादक ही हैं? लोहानी के अख़बार में हैं?'' वे हँसे, ''आप जैसे योग्य आदमी उप-सम्पादक क्यों रहे? आप लोगों की बातों में बहकिए मत। मैं लोहानी से कह दूँगा। अगले महीने आप सहायक सम्पादक हो जाएँगे।''

शर्माजी ने पहली बार रुककर बलराम के चेहरे की ओर देखा, जैसे उत्तर चाह रहे हों।

बलराम कुछ नहीं बोला।

''क्या सोचा आपने?''

''जी मैं सोचूँगा।''

''हाँ। सोच लीजिएगा। आप समझदार आदमी हैं। अपना भला-बुरा ख़ुद सोच सकते हैं।...अच्छा, अब आज्ञा दीजिए।''

शर्माजी ने उठकर हाथ जोड़े, बिना उसकी ओर देखे बाहर चले गए।

बलराम क्षण-भर के लिये उनके शब्द 'आज्ञा' पर अटक गया। कोई किसी को जाने की 'आज्ञा' कैसे दे सकता है? पर सब ही ग़लत बोलते हैं। रेडियो वाले दिन में छत्तीस बार 'अनुमति' के स्थान पर 'आज्ञा' शब्द का ग़लत प्रयोग करते हैं।

पर 'आज्ञा' शब्द पर वह अधिक देर नहीं अटक सका। शर्माजी उसे सोचने के लिये कह गए थे और वह सोच रहा था।...उसे शर्माजी ने यह नहीं कहा कि वे यह जानते हैं कि खैरू की हत्या के समय वह घटना-स्थल पर था। उन्होंने उससे यह भी नहीं कहा कि वह गवाही न दे, या वह गवाही क्यों दे रहा है। उन्होंने तो उसे केवल कुछ सूचनाएँ दी हैं...

शर्माजी उसे क्या कह गए थे, खैरू की हत्या क्यों हुई, इससे उसका कोई सम्बन्ध नहीं था। बदले वाली बात, यदि ठीक भी हो, तो उसे उससे क्या? क़ानून को अपने हाथ में लेने का अधिकार किसी को नहीं है।—उससे भी क्या? उसे हत्या

के औचित्य-अनौचित्य में नहीं जाना है। उसका सम्बन्ध तो इतने-भर से है कि उसने हत्या होते देखी है या नहीं।

हाँ, देखी है।

पर गवाही देने के पश्चात् यदि मक्खनलाल और उसके भाई उसके पीछे पड़ गए, तो? ठाकुर वीरबहादुर सिंह का ट्रांसफर हो रहा है। पता नहीं उसके बाद कौन आएगा। यदि मक्खनलाल और शर्माजी का कोई यार आ गया तो? पुलिस और बदमाश दोनों मिलकर उसे पीस डालेंगे। क्या सत्य के लिये उसे इतना बड़ा जोखिम उठाना चाहिए? इस सत्य के बदले में उसे क्या मिलेगा?

राधा ने भी शर्माजी की बातें सुन ली थीं।

"देखो। तुम ऐसे ही कहीं गवाही-अवाही के चक्कर में मत पड़ जाना। तुम इन नेताजी से मिलो, जो तुमसे मिलने आए थे। सहायक सम्पादक हो जाओगे तो पैसे भी बढ़ेंगे। घर का गुज़ारा तो ठीक से चलेगा। लोगों ने फ्रिज ले लिये और हम अभी छोटे-मोटे फर्नीचर को रो रहे हैं।"

बलराम समझता था कि राधा का संकेत किन लोगों के फ्रिज की ओर है। राधा ने अपना निर्णय ले लिया था। वह द्वन्द्व में नहीं पड़ी थीं। पर बलराम अभी द्वन्द्व में था।

"राधा! मैं हत्यारों का साथ कैसे दूँ?"

"हत्यारों का साथ देने के लिये कौन कह रहा है। मैं तो कह रही हूँ कि तुम इस झंझट में ही मत पड़ो। पुलिस-कचहरी के चक्कर में ही क्यों पड़ते हो। आराम से घर बैठे रहो। इसमें कोई अन्याय नहीं है।"

"पर मैंने हत्या होते देखी है।"

"देखी होगी। दुनिया में इतना कुछ होता रहता है। सब लोग देखते ही तो रहते हैं। पुलिस भी देखती रहती है। हमारे घर में जब ईंटें पड़ी थीं, तब भी तो सब देखते ही रहे थे।"

"मेरा मन नहीं मानता।"

"देखती हूँ कि तुम सत्यानाश करके ही छोड़ोगे। अपनी बात नहीं सोचते, तो मेरी सोचो।" राधा का स्वर रुआँसा हो गया, "तुम्हें वे मारकर कहीं डाल देंगे तो मेरा कौन है? मैं कहाँ जाऊँगी? और मेरी हालत तो देखो। दो-ढाई महीनों में नन्हीं-सी जान मेरी गोद में होगी—उसका क्या करूँगी? तुम्हारे नाम को रोऊँगी?"

"अच्छा। अभी तो मैं दफ़्तर जा रहा हूँ।"

पर बलराम दफ़्तर नहीं गया। ऐसी हालत में वह दफ़्तर नहीं जा सकता था। ...वह पहले ही कम परेशान नहीं था...ऊपर से ठाकुर वीरबहादुर सिंह ने बुला भेजा, ...फिर शर्माजी आ गए...और अब यह राधा! वह किसकी बात माने, किसकी न माने?

प्रश्नों की सुइयाँ उसके मस्तिष्क में चुभती थीं और उनके लम्बे-लम्बे धागे आपस में उलझ जाते थे। नसें खिंचती थीं और उसेसिरदर्द होने लगता था...

शर्माजी एक ओर उसे धमकी दे गए थे और दूसरी ओर प्रमोशन का लालच। वे लोग जब ठाकुर वीरबहादुर सिंह जैसे अड़ियल पुलिस अफ़सर की एक दिन में बदली करवा सकते हैं, तो वह किस गिनती में है। वह तो खैरू जैसे पिद्दी बदमाश से पूरा नहीं हो पाया, फिर मक्खनलाल और शर्माजी जैसे लोगों से कैसे पूरा हो पाएगा। उनके लिये क्या मुश्किल है, किसी जगह घेरकर उसे भी चार लाठियाँ लगा देंगे और किसी नाले में डाल देंगे...

शर्माजी ने उसे सहायक सम्पादक बनवाने की बात कही है। क्या मुश्किल है उनके लिये। कह देंगे, और वह सहायक सम्पादक बना दिया जाएगा।...वह जैसे ज़मीन से ऊपर उठ आया। सहायक सम्पादक! वह कभी कल्पना भी नहीं कर सकता था कि कोई उसे सहायक सम्पादक बना देगा। क्यों बना देगा कोई? उसकी न कोई ऐसी रिश्तेदारी है—न कोई दूसरी एप्रोच! किसी को क्या पड़ी है कि कोई उसे सहायक सम्पादक बनाए...यह तो बहुत अच्छा सुयोग है। कहीं कोई किसी की हत्या कर रहा था। बलराम का किसी से कोई सम्बन्ध नहीं था—न हत्यारे से, न जिसकी हत्या की गई, उससे। वह संयोग से वहाँ पहुँच गया था। उसने कुछ किया भी नहीं। बस, वह वहाँ उपस्थित-भर था। जैसे किसी ने उसे वहाँ पहुँचा दिया था—"इसे देख ले, इससे तुझे लाभ होगा।"

तो फिर वह उस देखने का लाभ क्यों नहीं उठा रहा? वह किस मूर्खता में पड़ा है। न्याय और अन्याय की बात सोचता है। कानून की रक्षा की बात सोचता है। अपने कर्तव्य की बात सोचता है।...अरे, कभी किसी ने सोचा कि उसे सहायक सम्पादक बनाना भी किसी का कर्तव्य है। यह सारा कुछ क्या उसी का कर्तव्य है घोंघा बसन्त कहीं का!

उसे डॉ. कपिला की याद आ रही थी। उन्हीं के पास जाकर सलाह की जा सकती है।

उसने कनाट प्लेस उतरकर अपने दफ़्तर टेलीफ़ोन कर दिया कि वह आज दफ़्तर नहीं आ सकेगा : और रीगल से डॉ. कपलिा के घर के लिये बस ले ली। रास्ते-भर वह यही सोचता रहा, कहीं डॉ. कपिला कॉलेज चले गए तो इतनी दूर जाकर वह क्या करेगा? दफ़्तर से भी छुट्टी ले चुका था, लौटकर दफ़्तर भी नहीं जा सकेगा। इससे तो अच्छा था कि वह दफ़्तर में पाठक को टेलीफ़ोन कर देता कि वह आज कुछ देर से आएगा।

डॉ. कपिला उसे घर पर ही मिल गए। उनको कॉलेज दोपहर के बाद जाना था। उनकी क्लासें उस दिन कुछ देर से थीं।

वह डॉ. कपिला को बड़े ध्यान से देख रहा था। क्या हो गया है राजेश को? एकदम ही सूख गया है।

‘‘क्या बात है? इतने दुबले कैसे हो गए? ठीक तो हो?’’

‘‘कुछ नहीं! यूँ ही ज़रा तबियत ठीक नहीं रहती। तुम अपनी सुनाओ। कहो क्या हाल-चाल हैं?’’

उन्होंने उसकी सारी बात बड़े ध्यान से सुनी।

‘‘भई एक अपराध हुआ है।’’ वे बोले, ‘‘और तुम्हारे सामने हुआ है, तो क्या तुम उसका विरोध नहीं करोगे, प्रतिकार नहीं करोगे? यदि हम-तुम, पढ़े-लिखे होकर भी समाज में अपराध-मनोवृत्ति का विरोध नहीं करेंगे, तो कौन करेगा?’’
बलराम चुप! वह क्या जाने कौन करेगा?

‘‘हम समाचारपत्र पढ़ते हैं। आपस में बातें करते हैं। सुनते हैं। पड़ोस में कोई घटना घट जाती है, तो हम कितने परेशान होते हैं कितना कोसते हैं, सरकार को, पुलिस को। मैं जानता हूँ कि एक हत्यारे को दण्ड दिलाकर ही अपराध की रोकथाम नहीं की जा सकती। पर फिर भी तुम्हें अपना धर्म निभाना चाहिए। तुम गवाही न देकर एक प्रकार से हत्यारों की सहायता कर रहे हो।’’

‘‘पर गवाही देने पर उन्होंने मुझे मार डाला तो?’’

‘‘पुलिस तुम्हारी रक्षा करेगी।’’

‘‘पुलिस कहाँ किसी की रक्षा करती है? फिर वीरबहादुर सिंह का तो ट्रांसफर हो रहा है। तीसरी बात यह है कि पुलिस चाहे भी तो कई बार रक्षा कर नहीं पाती। मैंने सुना है कि मक्खनलाल इत्यादि लोग जाने-माने बदमाश हैं। चलती-फिरती लाशें। जिनका कुछ भी नहीं बिगाड़ा जा सकता। क्या गवाही देकर मैं जान-बूझकर मुसीबत मोल लूँ?’’

डॉ. कपिला हँसे, ‘‘यदि कर्तव्य निभाना सरल होता तो प्रत्येक आदमी अपना कर्तव्य निभाता। कर्तव्य निभाने का तो मतलब ही है मुसीबत मोल लेना।’’

बलराम फिर चुप! डॉ. कपिला उसे क्या सलाह दे रहे हैं? वह किसी एक आदर्श भावना के लिये अपने प्राणों को जोखिम में डाले? कौन-सा आदर्श? कैसा आदर्श? यदि वह सच्ची गवाही देगा, तो उसे क्या मिलेगा? कोई उपलब्धि, कोई प्रशंसा? कुछ भी तो नहीं। कोई अपने देश पर शहीद होता है तो इसलिये कि उसके पीछे लोग उसे आदरपूर्वक याद करेंगे। उसकी प्रतिमाएँ बनाकर उसे फूल-मालाएँ पहनाएँगे। एक काल्पनिक महत्त्व के लिये ही सही। पर महत्त्व तो है। पर, यहाँ यदि वह अपने प्राणों को जोखिम में डालेगा तो मक्खनलाल के भाइयों में से कोई उसकी हत्या कर देगा और गवाह नहीं मिलने के कारण उसके हत्यारे को दण्ड भी नहीं मिल सकेगा...

यदि ऐसी ही बात थी, तो वह डॉ. कपिला के पास क्या करने आया था? क्या वह नहीं जानता था कि वे यही सलाह देंगे? निश्चित रूप से वह यही सलाह लेने आया था, नहीं तो दूसरी सलाह उसे शर्माजी भी दे गए थे—राधा ने भी वही सलाह दी थी। उसने उनकी बात मान क्यों नहीं ली?

पर डॉ. कपिला के विरुद्ध उसके मन में आक्रोश संचित हो रहा था...

"जब लड़कों ने तुम्हें पीटा था, तो क्या वह अपराध नहीं था?"

डॉ. कपिला एकदम हतप्रभ हो गए। बलराम क्या पूछ बैठा था, और किस ढंग से पूछ रहा था? पर बात ठीक थी।

"था।"

"तो तुमने पुलिस में रिपोर्ट क्यों नहीं की?"

"वे मेरे विद्यार्थी थे।" डॉ. कपिला कुछ उत्तेजित स्वर में बोले।

"इसका अर्थ यह हुआ कि अपराधी यदि अपना विद्यार्थी हो, अपना मित्र हो, अपना रिश्तेदार हो तो उसकी रक्षा की जानी चाहिए?" बलराम बोला।

"नहीं। इसका यह अर्थ कदापि नहीं है।" डॉ. कपिला क्षुब्ध होकर बोले,

"वह मेरी भावना है, उसे तर्क की कसौटी पर नहीं कसा जा सकता।"

बलराम के जी में आया, डॉ. कपिला के गाल पर एक थप्पड़ जड़ दे और कहे, "अपने ऊपर पड़ी तो भावना को ले बैठे, स्वार्थी कहीं के!"

पर उन्हें अपमानित कर वह अपनी समस्या का समाधान नहीं पा सकता था। डॉ. कपिला वैसे भी उसके सामने पिटे-पिटाए-से बैठे थे...

बलराम के भीतर उठा-पटक चल रही थी।

क्या करे?

क्या न करे?

और इस सारी उठा-पटक में वह एक व्यक्ति को भूला बैठा था— ठाकुर वीरबहादुर सिंह को। वह स्वयं सोच रहा था। लोगों से सलाहें करता फिर रहा था—जैसे सब कुछ उसकी अपनी ही मर्ज़ी से होगा। यदि वह गवाही देने से इनकार कर देगा, तो वह ऊँची-ऐंठी मूँछों वाला ठाकुर उसे छोड़ देगा क्या? उसकी भी तो कुछ मर्ज़ी है।

और अन्त में बलराम ठाकुर वीरबहादुर सिंह के सामने जा खड़ा हुआ।

"ठाकुर सहाब!"

"आइए। आइए। मैं आप ही के इन्तज़ार में था।"

"ठाकुर साहब!" बलराम बोला, "मैंने बहुत सोचा है। कई लोगों से सलाह-मशविरा किया है। और मैं इस निष्कर्ष पर पहुँचा हूँ कि..."

"कि?"

"कि इस केस में गवाही देने में मेरी भलाई नहीं है। किसी भी दृष्टि से यह ठीक नहीं है। इसमें बहुत जोखिम है, बहुत ख़तरा।" वह रुककर बड़ी दीनता से मुस्कुराया, "आप मुझे क्षमा करेंगे। मैं गवाही नहीं दे सकूँगा।"

ठाकुर साहब ने उसे अपनी पैनी आँखों से घूरकर देखा, "गवाही नहीं दोगे?"

वही बात हुई, जिसका बलराम को भय था। पर वह ठाकुर से डरेगा नहीं,

"नहीं।"

"नहीं?"

"नहीं। नहीं।"

"न सही।" ठाकुर साहब ज़ोर से हँसे, "मुझे यही आशा थी। मुझे पता था, बनबिलाव मेरी घास की रोटी भी छीनेगा।"

बलराम कुछ नहीं बोला। ठाकुर हँस क्यों रहा है?

ठाकुर साहब ने अपनी हँसी रोकी, "आपके आने से पहले ही मेरे पास ऊपर से आज्ञा आ चुकी है कि केस की छानबीन बन्द कर दी जाए। बन्दे का बिस्तर कहीं और पहुँचाया जा चुका है।"

"फिर?"

बलराम जैसे चिन्तित हो गया।

"फिर क्या? गवाही मत दीजिए। अगला एस.एच.ओ. आपसे गवाही देने के लिये कहेगा भी नहीं। जाइए जाकर आराम से सो रहिए।"

बलराम चला आया। पर बाहर निकल सहसा उसका दिल दहल गया। उसे लगा, वह भयभीत हो गया है। पहले वह चिन्तित-भर था। पर अब...अब वह वास्तविक भय का सामना कर रहा था। ठाकुर वीरबहादुर सिंह चले गए, तो क्या बचा? मक्खनलाल और शर्माजी। जब तक ठाकुर वर्दी पहने थाने में बैठा था, तब तक क्या था।

भयभीत होने की बात तो अब थी!

❑❑❑

www.ingramcontent.com/pod-product-compliance
Ingram Content Group UK Ltd.
Pitfield, Milton Keynes, MK11 3LW, UK
UKHW042019190726
13854UKWH00005B/2363